죄와 벌

가볍게 읽는 도스토옙스키의 5대 걸작선

죄와 벌

표도르 도스토옙스키 지음

김종민 옮김

뿌쉬낀하우스

일러두기

1. 이 책의 러시아어 표기는 국립국어원의 외래어 표기법에 준함.
2. 이 책의 각주는 역자의 것임.

주요 인물

로지온 로마노비치 라스콜니코프(로지온 로마니치, 로쟈) 주인공

풀헤리야 알렉산드로브나 라스콜리니코바(풀헤리야 알렉산드로브나) 라스콜니코프의 어머니

아브도티야 로마노브나 라스콜리니코바(아브도티야 로마노브나, 두냐) 라스콜니코프의 여동생

알료나 이바노브나 전당포 노파

리자베타 알료나 이바노브나의 이복 여동생

마르멜라도프 9등 문관

카테리나 이바노브나 마르멜라도바(카테리나 이바노브나) 마르멜라도프의 부인

소피야 세묘노브나 마르멜라도바(소냐, 소냐 마르멜라도바) 마르멜라도프의 딸

드미트리 프로코피이치 라주미힌(라주미힌) 라스콜니코프의 친구

조시모프 의사

표트르 페트로비치 루진(루진, 표트르 페트로비치) 두냐의 약혼자

아르카지 이바노비치 스비드리가일로프(스비드리가일로프) 상처(喪妻)한 지주

포르피리 페트로비치(포르피리) 예심판사

니코짐 포미치 경찰서장

일리야 페트로비치 부경찰서장

알렉산드르 그리고리예비치 자묘토프(자묘토프) 경찰서 사무관

안드레이 세묘노비치 레베쟈트니코프(안드레이 세묘노비치, 레베쟈트니코프) 관리

프라스코비야 파블로브나 자르니치나(프라스코비야 파블로브나, 파셴카) 하숙집 여주인

나스타시야 하녀

차례

커져가는 망상

무더위가 한창인 7월 초 어느 날 오후에 S골목 하숙집에 살고 있던 한 청년이 자신의 방에서 나와 K다리를 향해 걸어가고 있었다.

그는 방에서 나올 때 여주인과 마주치치 않은 것을 다행으로 생각했다. 5층 건물 꼭대기 층에서 방이라기보다는 마치 다락에 가까운 곳에서 살고 있던 그는 외출할 때마다 아래층에 있는 여주인의 부엌을 거쳐야 집 밖으로 나갈 수 있었다. 하숙비가 밀려 있었던 그는 내심 여주인을 만나는 것이 꺼림칙했던 것이다.

'이렇게 사소한 것을 두려워하면서 지금 대체 무슨 일을 하겠다는 거야! 세상에 하지 못할 일은 없지만 그저 두려워서 아무것도 못하는 거야. 요즘 한 달 동안 방구석에 처박혀서 그 일만 생각했기 때문이겠지. 과연 나는 그 일을 할 수 있을까? 정말 그 일은 진실한 걸까? 이건 진실이 아니라

망상일지도 몰라!'

거리는 지독히도 무더웠다. 날씨는 후텁지근했고 곳곳에 놓인 석회석과 목재더미, 벽돌들, 먼지 등으로 길가는 번잡했다. 또한 도시 근교에 별장을 소유하지 못한 페테르부르크 사람이라면 누구나 익숙한 한여름의 독특한 악취 등은 가뜩이나 혼란스러운 청년의 마음을 더욱 더 심란하게 만들고 있었다.

검은 눈에 옅은 갈색 머리카락, 준수한 외모를 지닌 그는 키가 훤칠하며 등이 곧고 체격이 좋은 편이었다.

다만 그가 입고 있는 옷은 너무도 낡고 누추했던 탓에 날이 훤한 대낮에 입고 다니기가 부끄러울 정도였으나 지금 그가 걷고 있는 지역은 옷차림만으로 주위 사람들의 시선을 끌기는 어려웠다. 센나야 광장에서 멀지 않은 이 거리는 창녀촌과 수공업자, 노동자들이 우글거리는 색다른 곳이었으므로 입고 있는 옷이 낯설다는 것은 그다지 놀랄 일이 아니었다. 더구나 지금 그는 적개심과 경멸감으로 가득 차 있어서 자신의 남루한 행색에 대해서는 조금도 부끄러워할 겨를이 없었다. 이때 마침 어떤 주정뱅이가 커다란 마차에 실려 가면서 그를 향해 '어이, 거기, 독일 모자!'라고 소리를 질렀다. 청년은 갑자기 놀라면서 모자를 움켜잡았다. 그 모자는 침메르만 제품이었으나 낡고 빛이 바랜 데다 군데군데 얼룩이 묻어 있었고 모양도 찌그러진 상태였다.

'이럴 줄 알았어!' 그는 당황해하면서 중얼거렸다. "이럴 줄 알았다고! 이 모자는 너무 눈에 띈단 말이야... 누추한 내 옷차림에는 학생모를 써야 하는 건데, 이따위 괴상한 모자를 쓰고 다니면 1베르스타[01] 밖에서도 사람들 눈에 띄어서 다 기억할거야... 사람들 눈에 띄면 안 돼... 사소한 것, 사소한 것이 중요해...! 사소한 게 항상 모든 걸 망친단 말이야..."

그가 가려고 하는 목적지까지는 그리 먼 거리가 아니었다. 자신의 하숙집에서 그곳까지 정확히 730걸음이었다. 언젠가 망상에 빠져 있었을 때 거기까지 발자국 수를 세어보았던 것이다. 그 당시에는 스스로 자신의 망상을 믿을 수 없었지만 한 달이 지난 지금 그는 무의식적으로 그 망상을 하나의 계획으로 간주하고 있었고, 자신의 이 계획을 시험하기 위해서 직접 그곳에 가는 중이었다.

청년은 심장이 멎을 것만 같은 긴장감 속에서 커다란 건물로 다가갔다. 한쪽 벽은 시궁창을 향해 있고, 다른 쪽 벽은 길가를 향해 있는 건물이었다. 이 건물에는 재봉사, 철공 기술자, 요리사, 독일인들, 하급 관리 등 여러 부류의 사람들이 세를 들어 살고 있었다. 서너 명의 경비원들이 건물을 지키고 있었다.

청년은 어느 누구와도 마주치지 않은 것을 다행으로 생

---

01 18세기 미터법 시행 이전 거리단위. 1베르스타는 1,067km(역주)

각하면서 재빨리 오른편에 있는 계단을 오르기 시작했다. '지금도 이렇게 두려운데, 정작 그 일을 시작하기도 전에 무슨 일이라도 생기면 어떡하지?' 그는 4층으로 올라가면서 생각했다. 4층에서는 인부들이 아파트에서 가구를 빼내고 있었다. 그는 그 아파트에 독일인 관리 가족이 사는 것을 이미 알고 있었다. '독일인 관리가 이사를 가는 모양이군. 그럼 4층에는 당분간 노파 혼자 있겠어. 이건... 어쨌든 잘된 일이야...' 이렇게 생각한 그는 노파의 아파트 문 앞에 매달린 줄을 당겼다. 초인종 소리는 작게 울렸다. 얼마 후 문이 열리고 노파가 얼굴을 내밀고는 경계하는 눈빛으로 청년을 쳐다보았다. 그러나 계단참에 있는 인부들을 보고는 문을 활짝 열었다. 청년은 문턱 너머 칸막이가 있는 어두운 현관으로 들어섰다. 예순 살 정도 된 작고 야윈 노파는 날카로우면서 사악해 보이는 눈초리에 뾰족한 코를 하고 있었고, 숱이 적고 흰 머리카락에는 기름이 잔뜩 발라져 있었다. 무더운 날씨에도 낡아빠진 누런 조끼를 걸친 채 끊임없이 기침을 하며 가래 끓는 소리를 내던 노파는 청년을 경계하는 기색이었다.

"저는 라스콜니코프라고 합니다. 한 달 전에 여기 한 번 왔습니다만..."

"기억하고 있어요, 젊은이. 전에 왔었던 것을 잘 기억하고 있어."

"이번에도 지난번과 같은 일로..."

라스콜니코프는 의심스러운 눈길을 보내는 노파의 반응에 당황하면서 말을 계속했다.

'아마 이 노파는 늘 이렇게 사람들한테 대하는 건지도 몰라.'

노파는 잠시 가만 있은 후 손님을 방 쪽으로 앞세우면서 말했다.

"들어가요."

청년이 들어간 작은 방은 노란색 벽지와 제라늄 화분, 창가에 드리워진 모직 커튼으로 장식되어 있었는데 때마침 방 안은 저무는 햇살을 받아 무척 환했다. '그때에도 햇살이 이렇게 비치겠군...!' 라스콜니코프의 머릿속에는 이런 생각이 스쳐지나갔다. 가구는 노란색 나무로 제작되었는데 꽤 오래된 것이었다. 나무 등받이가 휘어진 소파와 탁자, 몇몇 액자들, 한쪽 구석에 걸린 작은 성상 등 모든 것이 상당히 깨끗이 정돈된 상태였다. 가구며 마룻바닥은 모두 잘 닦여져 있어서 윤기가 흐르고 있었다. '모두 리자베타가 청소해 놓은 거겠지.' 청년은 생각했다. 이어서 그는 노파의 침대와 서랍장이 있는 두 번째 방을 흘끗 쳐다보았다.

"무슨 일로 온 거요?" 노파는 그의 얼굴을 똑바로 쳐다보면서 물었다.

"여기 전당품을 가져왔습니다." 그는 주머니에서 오래된 은시계를 꺼냈다. 쇠줄이 달린 시계 뒷면에는 지구의가 새겨져 있었다.

"지난번 저당 잡힌 물건도 기한이 다 되어 가는데, 벌써 한 달하고 사흘이 더 지난 것은 어떻게 할 텐가?"

"한 달치 이자를 드릴 테니 조금만 연기해주세요."

"기한이 지나면 물건을 팔아버리든 다시 연기를 하든 그건 내 마음이지."

"이 시계는 얼마 정도 받을 수 있을까요? 알료나 이바노브나?"

"젊은이는 시시한 물건만 갖고 다니는군. 이런 건 값을 쳐 줄 수가 없어. 지난번 반지는 2루블을 줬지만 그런 반지는 기념품 가게에선 1루블 반이면 새 걸 살 수 있거든."

"4루블만 주세요. 꼭 다시 찾으러 올게요. 이 시계는 아버지 유품이거든요."

"1루블 반에 주겠소. 이자는 제하고 말이야."

"1루블 반이라고요!"

청년은 기가 막혀서 소리쳤다.

"싫으면 관두든지."

노파는 그에게 시계를 돌려줬다.

라스콜니코프는 화가 치밀어 올라 당장이라도 문을 박차고 나가고 싶었지만 이곳에 온 다른 목적을 생각하고는 꾹 참았다.

"그거라도 주세요."

노파는 주머니에서 열쇠를 꺼내면서 다른 방으로 갔다.

라스콜니코프는 옆방 소리에 귀를 기울였다. '노파는 열쇠를 오른쪽 주머니에 넣어 두고, 돈은 서랍장이 아니라면 다른 궤짝에 넣어두는 모양이군.'

노파가 돌아왔다.

"자, 젊은 양반, 이번 물건하고 지난번 물건의 이자를 모두 제하고 나면 시계를 맡기고 받을 돈은 1루블 15코페이카요."

"아니, 지금 받을 돈이 1루블 15코페이카라고요!"

"정확히 계산한 거요."

청년은 더 이상 따지지 않고 돈을 받은 후 말했다.

"어쩌면 알료나 이바노브나, 며칠 안으로 물건을 하나 더 가져올지도 모릅니다. 은으로 된 건데... 담뱃갑이에요..."

"그건 그때 가서 얘기하시구려."

"그럼, 안녕히 계세요... 그런데, 할머니께선 집에 혼자 지내시나요? 동생분은 안 계신가요?"

"동생한테 무슨 용건이 있어서 그러는 거요?"

"아니, 그냥 여쭤본 겁니다."

라스콜니코프는 당황해서 황급히 밖으로 나갔다. 계단을 내려와 마침내 밖으로 나오자 그는 탄식했다.

'이런, 맙소사! 이게 대체 뭐하는 짓이지! 아아, 이건 정말 말도 안 되는 일이야! 그렇게 끔찍하고 더러운 짓을 내가 생각하다니! 아아, 정말 싫다! 어떻게 나는 이렇게 가증스런 일을 한 달 동안이나...'

그는 좀처럼 흥분을 진정시키지 못한 채 자신을 짓누르는 혐오감으로 인해 괴로워했고, 마치 술에 취한 사람처럼 길가의 행인들과 부딪쳐 가면서 길을 걸었다. 다음 거리에 이르러서야 정신을 차린 그는 자신이 선술집 옆에 서 있다는 사실을 깨달았다. 라스콜니코프는 지금까지 한 번도 선술집에 가본 적이 없었지만 지금은 머리가 어지러웠고 타는 듯한 갈증 때문에 시원한 맥주를 한 잔 마시고 싶은 생각이 간절했다. 그는 구석진 자리에 앉아 맥주를 시킨 다음 첫 잔을 벌컥 들이켰다. 그 시간에 손님은 많지 않았다. 얼마 되지 않는 취객 중 한 명이 술에 취해 잠들었다가 깨어나 아내를 1년 내내 애무했다는 노래를 불러댔으나 그에게 관심을 기울이는 사람은 아무도 없었다. 오직 퇴역관리로 보이는 한 사람만이 주변을 살펴보고 있었다.

마르멜라도프와의 만남

라스콜니코프는 사람들과 어울리는 것에 익숙하지 않았으며 최근에는 더더욱 사람들과 만나는 것 자체를 기피하는 편이었다. 그러나 지금은 거의 한 달 동안이나 자신을 괴롭혔던 고민과 망상으로 지쳐서 어디든 다른 곳에서 잠시나마 쉬고 싶은 생각이었다. 술집 내부는 술 냄새와 싸구려 안주에서 풍기는 역겨운 냄새로 인해 지저분했지만 그럼에도 불구하고 계속 앉아 있었던 것은 그 때문이었다. 그런 와중에 한쪽 구석에 앉아있던 퇴역관리로 보이는 한 중년 남성이 청년의 이목을 끌었다. 희끗희끗한 머리에 오십이 넘어 보이는 그 관리는 술독에 찌든 탓에 얼굴 전체가 잔뜩 부어있었다. 비록 입고 있는 의복은 낡고 해져서 초라했으나 단추를 꼭 채워 입어 단정함을 잃지 않으려는 듯 했다. 면도도 오래전에 한 듯 수염이 자라있었고, 찌든 때로 인해 끈적이는 탁자에 팔꿈치를 대고 머리카락을 쥐어뜯다가 그는 라스콜니코프를 보면서 갑자기 말을 걸어 왔다.

"저와 말씀 좀 나누지 않으시렵니까? 제 경험상 선생께서는 교육을 많이 받으신 것 같고, 술도 잘 드시지 않는 것 같군요. 저는 교양 있는 분들을 존경하고 있지요. 전 9등 문관 마르멜라도프라고 합니다. 실례지만 선생께선 관리로 계신가요?"

"아닙니다... 전 학생입니다..." 청년은 그를 쳐다보며 말했다.

"아, 그러면 대학생이시군요!" 관리는 큰소리로 말했다.

"그럴 줄 알았습니다. 경험상 학생이시거나, 학자 출신인 줄 알았습니다! 그럼 실례하겠습니다." 그는 자신의 술병과 잔을 들고 청년이 있는 테이블에 앉았다.

"존경하는 선생, 가난은 죄가 아니라는 말은 진리입니다. 음주가 선행이 아니라는 것 또한 진리입니다. 그러나 하루하루를 빌어먹어야 할 정도의 가난은 죄악입니다..."

"어이, 관리라고 소개하면서 왜 일은 안하는 거야?"

이들의 대화를 듣고 있던 술집 주인이 갑자기 물었다.

마르멜라도프는 마치 라스콜니코프가 그 질문을 하기라도 한 것처럼 그를 향해 말했다.

"왜 일을 하지 않느냐고요? 이렇게 비참하게 세월을 보내는 저는 마음이 편한 줄 아십니까? 선생께선 혹시... 어떠한 희망도 없는 상태에서 돈을 꾸어보신 적이 있는지요?"

"돈을 꾸러 가본 적은 있습니다만... 희망이 없다는 것은 무슨 말씀이지요?"

"상대방이 절대 돈을 꿔줄 리 없다는 걸 알면서도 가기 때문이지요. 제가 돈을 갚지 못할 거라는 것을 아는데, 무엇 때문에 저한테 돈을 꿔 주겠습니까? 그런데, 제게 꿔주지 않을 거라는 걸 알면서도 전 계속해서 돈을 꾸러 가는 겁니다..."

"왜 계속 가는 거지요?" 라스콜니코프가 물었다.

"사람은 어디든 아무 데라도 갈 곳은 필요하니까요. 하나뿐인 내 딸이 처음으로 노란 딱지[02]를 받고 거리에 나갔을 때에도, 나는 그때에도 갔었지요... (내 딸은 노란 딱지로 살고 있답니다.) 괜찮습니다, 선생, 괜찮아요!" 술집에서 일하는 두 소년이 판매대 뒤에서 이 말을 듣고 킬킬 웃어댔고, 주인 역시 웃음을 참지 못했다.

"왜냐하면 모름지기 세상일이란 건 다 알려지기 마련이고, 이 세상에 비밀이란 없으니까요. 난 짐승이나 마찬가지지만 내 아내, 카테리나 이바노브나는 교양 있는 여자입니다. 참모 장교의 딸이지요. 내 아내는 정말 교양 있고 고상한 여자지만 난 그런 아내의 양말짝까지 팔아서 술을 마셔댔습니다. 신발이 아니고 양말짝이라고요! 아내의 털목도리까지도 팔아서 술을 마셨지요. 아내는 얼마 전에 감기가 들었는데, 이제는 기침을 하면 피를 토합니다. 폐병에 걸린 거

---

02 당시 몸을 팔던 창녀들이 경찰에 등록하고 받았던 노란색 신분증(역주)

겠지요. 난 그걸 느끼고 있어요. 내가 그것도 못 느낄 것 같습니까? 술을 마시면 마실수록 난 그걸 더 잘 느끼게 됩니다. 내 아내는 귀족학교에서 교육을 받았고, 장교 출신인 첫 번째 남편과의 사이에 자식을 세 명 두었지요. 그 남편이란 작자는 도박에 미쳐서 재판까지 받다가 결국엔 죽었습니다. 저 또한 첫 아내와의 사이에 열네 살짜리 딸아이가 있었지만, 첫 남편과 그렇게 사별한 카테리나 이바노브나에게 청혼을 한 겁니다. 귀족학교에서 교육을 받았던, 교양 있고 자존심 강한 여자가 나 같은 몹쓸 놈한테 시집을 왔단 말입니다. 더 이상 달리 갈 곳이 없었으니까요. 아시겠습니까? 그런데 얼마 안 있어 제가 직장을 잃게 되었습니다. 난 우리 식구가 어떻게 생활을 하고 있고, 방세를 어떻게 마련하고 있는지 모릅니다... 첫 번째 아내와의 사이에서 태어난 소냐는 이제 아가씨가 되었지만, 계모한테서 얼마나 구박을 많이 받았는지는 말하지 않겠습니다. 카테리나 이바노브나는 고상하고 자존심이 세지만 한번 화가 나면 불같은 여자거든요... 선생은... 가난하고 순결한 여성이 정직하게 노동을 해서 하루에 얼마를 벌 수 있는지 아십니까? 하루에 15코페이카 정도밖에 되지 않습니다. 아내는 소냐한테 대놓고 면박을 주는 게 일상이 되었습니다. '집에서 공짜로 먹고 지내면서 잠이 오냐!' 다른 아이들도 사흘째 빵부스러기 하나 구경도 못했는데, 공짜로 먹고 지낸다니요! 아내가 그렇게 소냐를 다그치는데도 난 취한 채 그냥 침대에 누워 있었습니다. 그런데 소냐가 말하더군요. '그럼, 어떻게 하란 말씀이에요, 카테리나 이바노브나, 정말 저한테 그 일을 하라는 거예요?' 그러자 아내가 비웃으며 말합니다. '왜, 뭐가 그리 대단해서 그러냐? 그게 무슨 보물이라고 아까워서 그러냐!' 선생, 제 아내가 그렇게 말한 것은 제 정신으로 한 말은 아닙니다. 자신은 병들었고, 굶주려 우는 애들을 두들겨 패면서 감정이 격해져서 홧김에 그렇게 내뱉은 겁니다... 그렇게 5시가 지나자 소냐가 외투를 입고 밖으로 나갔다가 8시가 넘어서 들어오더군요. 소냐는 돌아오자마자 아무 말 없이 카테리나 이바노브나에게 가서 테이블 앞에 30루블을 내려놓았습니다. 커다란 녹색 숄로 온몸을 감싼 채 벽 쪽을 향해 침대에 누워서 몸을 떨더군요. 그때 난 봤습니다. 카테리나 이바노브나가 소냐의 침대에 다가가서 무릎을 꿇고 그 애의 발에 키스하는 것을 말입니다. 그렇게 둘은 서로 꼭 껴안은 채 잠이 들었지요... 그런데도 난 취한 채 누워 있었습니다." 마르멜라도프는 계속해서 말을 이어갔다.

"선생, 그런데도 술독에 빠진 나는 아내의 트렁크에서 남아있던 봉급을 몰래 빼내 술을 퍼마셨고, 이제는 술에 취한 채 소냐한테까지 가서 술값을 달라고 했습니다. 지금 마시고 있는 이 보드카 반 병도 바로 그 애가 준 돈으로 산 겁니다. 저를 나무라지도 않고 말없이 건네준 30코페이카로 말이지요. 친아비라는 작자가 딸내미에게 30코페이카를 뜯어내서 술을 퍼마시고 있는 거예요! 선생은 이런 제가 불쌍하지 않은가요? 안 그런가요?"

"네가 어딜 봐서 불쌍하다는 거야?" 얘기를 듣던 술집 주인이 외쳤다. 술집 안에 있던 사람들은 저마다 욕설을 퍼부으며 웃어댔다.

아까 전부터 나가고 싶었던 라스콜니코프는 술에 취해 몸을 제대로 가누지 못하는 마르멜라도프를 부축해서 그가 귀가하는 것을 도왔다.

라스콜니코프는 마당을 건너 4층으로 올라갔다. 집에 도착하자 그는 즉시 카테리나 이바노브나를 알아보았다. 상당히 야윈 몸에 볼 여기저기에 붉은 반점이 있는 그녀는 좁은 방을 연신 왔다갔다 하면서 숨을 불규칙적으로 내뱉고 있었다. 타들어가는 양초 불빛 아래로 폐병 환자의 상기된 얼굴이 더욱 병적으로 보였다. 그녀는 갑자기 문지방에 무릎을 꿇고 있는 남편을 발견하고 비명을 질렀다.

"아, 이런 썩어빠진 인간 같으니! 돈은 어디에 있어? 돈은 대체 어디에 있냐고!"

마르멜라도프는 체념한 듯 두 팔을 벌려 주머니를 뒤지도록 했으나 돈은 단 한 푼도 없었다.

"아, 그 돈을 다 술 처먹는 데 썼단 말이야! 트렁크 안에 12루블이 있었는데...!" 그녀는 발악이라도 하듯 그의 머리채를 잡고 방안으로 끌어당겼다.

"바로 이게 제 기쁨입니다! 저한테는 고통이 아니라 기쁨이라고요!" 마르멜라도프는 땅바닥에 머리채가 처박힌 채 순순히 끌려가면서도 이렇게 외쳤다. 마루에서 자던 아이가 깨어나 울기 시작했고, 구석에 있던 소년과 그의 누나는 몸을 부들부들 떨기 시작했다.

"이렇게 애들이 굶고 있는데, 이 화상 같은 인간아, 당신은 창피하지도 않아!" 불쌍한 여인은 절규하며 외쳤다. 라스콜니코프는 아무 말 없이 집을 나오려고 했다. 그런데 아파트에 거주하는 입주민 대부분이 밖에 나와 이 상황을 재미있는 듯 지켜보고 있었다.

라스콜니코프는 집을 나오면서 선술집에서 거슬러 받은 1루블에서 남은 동전들을 손에 닿는 대로 꺼내어 눈에 띄지 않게 창가에 놓고 나왔다. 하지만 곧 계단에 이르러서 생각이 바뀐 그는 순간 되돌아갈 생각까지 했다.

"내가 지금 무슨 짓을 한 거지. 나머지 돈을 거기에 다 놓고 오다니..."

어머니의 편지

다음 날 아침 늦게 잠에서 깬 그는 초조하고 불쾌한 기분으로 자신의 작은 방을 바라보았다. 여섯 걸음 보폭 정도밖에 되지 않는 작은 새장 같은 방은 누렇게 색이 바랜 벽지 때문에 더욱 초라하게 보였다. 집주인이 그에게 음식을 제공하지 않은 지도 벌써 2주가 지났다. 하숙집 여주인의 유일한 하녀이자 요리를 도맡아 하고 있는 나스타시야가 그를 깨웠다.

"일어나세요, 왜 이렇게 잠만 자는 거예요! 벌써 9시가 넘었어요. 차를 가져왔는데, 드시겠어요?"

"주인 아주머니가 준 차야?" 그는 소파에서 천천히 일어나면서 물었다.

"주인 아주머니가 이걸 내줄 리가 있어요!"

"그렇군... 저, 나스타시야, 여기 이 돈으로 말이야, 흰 빵을 사다 줘. 소시지 가게에서 비싸지 않은 걸로 소시지도 조금 사오고."

"흰 빵은 지금이라도 가져올 수 있어요. 아니면 소시지
대신 야채 수프는 어때요? 어제 만들었는데, 맛있어요."

야채 수프를 가져오자 그는 그것을 먹기 시작했다.

"프라스코비야 파블로브나[03]가 당신을 경찰서에 신고하겠
대요." 그녀가 말했다.

"나를 경찰서에? 무슨 일로?"

"방세도 내지 않은 채 계속 이러고 있고, 그렇다고 다른
곳으로 이사를 가지도 않으니까 그렇죠."

"젠장, 내 처지가 이렇다고 정말..." 그는 화가 나서 중얼
거렸다.

"요즘은 하루 종일 누워서 아무 일도 안하고 대체 왜 그
래요? 전에는 애들한테 과외를 하러 다닌다고 하더니 지금
은 아무 일도 안 하는 거예요?"

"일은 하고 있어..." 라스콜니코프는 우울한 목소리로 말
했다.

"뭘 하는데요?"

"일을..."

"그러니까 어떤 일이요?"

"생각하는 일을 해." 그는 진지하게 대답했다.

나스타시야는 몸을 흔들어대면서 크게 웃었다.

---

03 하숙집 여주인 이름(역주)

"애들을 가르치는 건 푼돈밖에 더 벌겠어. 그것 갖고 뭘 할 수 있겠어."

"그럼 당신은 일확천금이라도 벌 생각이에요?"

"그래, 한 번에 크게 벌어야지." 갑자기 그는 단호히 대답했다.

"살살 얘기하세요, 깜짝 놀랐네. 그건 그렇고, 흰 빵을 사러 갔다 와요, 말아요?"

"마음대로 해!"

"아, 참! 편지가 한 통 왔어요."

잠시 후 나스타시야가 편지를 가져왔다. R주(州)에 살고 계신 어머니로부터 온 편지였다. 나스타시야가 방을 나가고 난 후 그는 편지에 입을 맞추었다. 편지는 '사랑하는 내 아들 로쟈[04]'로 시작하고 있었다.

내가 너를 얼마나 사랑하는지 잘 알고 있겠지. 너는 우리 집의 외아들이고, 두냐와 나한테 너는 우리의 전부이자 유일한 희망이란다. 네가 가정교사 자리도 끊기고 생활비도 없어서 대학도 다니지 못한다는 소식에 얼마나 마음이 아팠는지 모른단다. 1년에 1백 20루블밖에 되지 않는 연금으로 내가 뭘 할 수 있겠니? 네 동생 두냐는 작년에 스비드

---

04 주인공의 이름과 성은 로지온 라스콜니코프이며, 로쟈는 로지온을 보다 친근하게 부르는 애칭임(역주)

리가일로프 집에 가정교사로 들어갔단다. 이 모든 게 사실 네가 작년에 우리에게 부탁했었던 60루블을 마련하기 위해서였지. 그런데 집주인 스비드리가일로프가 두냐에게 흑심을 품고 추근거렸는데도 이 상황을 잘못 오해한 그의 부인 마르파 페트로브나는 오히려 두냐가 스비드리가일로프를 유혹한 것으로 알고 두냐를 모욕하며 내쫓았단다. 그러나 나중에 두냐의 결백이 밝혀지자 마르파 페트로브나는 자신의 잘못을 뉘우치고 진심으로 용서를 빌었다는구나. 이후 주위의 모든 사람들로부터 두냐의 행실에 대해 칭찬이 자자해졌고, 일은 다 좋게 해결이 되었단다. 게다가 두냐는 표트르 페트로비치 루쥔이라는 사람으로부터 청혼을 받았단다. 전도유망한 사람으로 직장을 두 군데나 다니고 있고, 재산도 상당히 있다고 하지만 나이는 마흔 다섯 살이고 첫인상은 다소 오만하게 보일 수도 있을 것 같다. 네가 그를 페테르부르크에서 만나게 되면 마음에 썩 들지 않더라도 너무 선입견을 갖고 대하지는 않았으면 좋겠구나. 두냐가 강인하고 사려 깊은 성격이라는 건 너도 잘 알고 있겠지. 두냐는 성격 차이나 사소한 의견 대립 같은 문제에 대해서는 걱정하지 않고 있으며, 결혼 후 서로의 관계가 정직하고 공정하다면 모든 것을 참아낼 수 있다고 얘기하고 있단다. 표트르 페트로비치는 두냐를 알기 훨씬 전부터, 정직하지만 지참금이 없고 반드시 가난한 아가씨를 아내로 맞이할 생각을 갖고 있었다더구나. 그렇게 되면 아내는 남편을 은인으로 생각하게 될 테니 좋은 일이 아니겠냐는 거지. 그런데 이 말은 고의로 한 것이 아니라 실수로 우리에게 말한 것 같다. 그건 그렇고, 표트르 페트로비치는 머지않아 페테르부르크에서 공공변호사 사무소를 열 계획을 갖고 있단다. 그 사람도 일하는 사람을 한 명도 두지 않고 혼자 일할 수는 없는 노릇일 테고, 더구나 너는 법학을 전공하지 않았니. 나와 두냐는 다름 아닌 네가 그곳에서 일할 수 있게 되기를 진심으로 바라고 있단다. 마지막으로 이 소식을 꼭 전해주고 싶구나. 나와 두냐는 곧 페테르부르크로 떠날 계획이란다. 거의 3년간을 떨어져 지내다가 서로 같이 지낼 수 있을 것 같구나. 여행 경비 중 일부를 표트르 페트로비치가 책임지겠다고 한다. 트렁크 운반 비용을 내겠다는구나. 지금까지 우리의 사연을 적어 보냈다. 로쟈야, 네 누이 두냐를 사랑하거라. 그 애는 자기보다도 너를 더 생각하고 사랑한단다. 너는 우리의 전부이자 유일한 희망이고 기쁨이다. 로쟈야, 전처럼 하느님께 기도하고 있니? 혹시 요즘 유행한다는 무신론에 빠진 건 아닌지 걱정이다. 너를 위해 기도하마. 네 아버지가 살아계셨을 때 어린 네가 내 무릎에 앉아서 귀엽게 기도하던 그때가 얼마나 행복한 시절이었는지 모른단다. 잘 지내거라. 곧 만나자꾸나.

어미 풀헤리야 알렉산드로브나

편지를 읽는 내내 눈물이 마르지 않았던 그는 편지를 다 읽은 후 괴로운 심정에 얼굴이 창백하게 일그러졌다. 그는 좁은 방이 답답하게 느껴져서 밖으로 나가 V대로를 지나 바실리옙스키 섬 방향으로 발걸음을 옮겼다.

그는 어머니의 편지 때문에 괴로웠다. '이 결혼은 절대 해서는 안 돼. 루쥔 따위 인간하고 결혼한다는 건 말도 안 되는 일이야... 두냐는 어려운 집안 형편 때문에 결국 사랑하지도 않는 사람과 결혼하겠다는 거로군. 어머니는 이 못난 아들 때문에 딸을 희생시키려는 것이고. 아아, 재산도 상당히 있다는 그 루쥔이라는 작자는, 두냐와 어머니가 이곳 페테르부르크로 오는 여행경비 중에서 트렁크 운반 비용을 책임지겠다고 말했단 말이지? 루쥔은 자기의 약혼녀와 어머니가 연금을 담보로 해서 여행경비 마련을 위해 돈을 꾼 사실을 모를 리 없을 거야. 트렁크 비용이야 여행경비보다 훨씬 저렴할 테고, 어쩌면 공짜로 옮길 수도 있을 테니 말이지. 그따위 놈한테 시집가려는 두냐는, 루쥔이라는 작자가 불순물 하나 섞이지 않은 순금이나 다이아몬드 덩어리로 만들어진 인간이라고 할지라도, 적어도 내가 아는 두냐는 루쥔의 합법적인 첩이 되지 않을 사람이다. 두냐, 너는 너 자신의 행복과 안위를 위해서가 아니라 다른 사람을 위해서 너 자신을 파는 거다. 오빠와 어머니를 위해서 너 자신을 팔고 있는 거다! 아아, 어머니는 어머니대로 귀중한 아들 로쟈를 위해서 이렇게 딸을 희생시키는 거로구나! 아아, 왜 우리는 소냐가 당한 운명을 거부할 수 없는 걸까! 소냐 마르멜라도바, 세상이 존재하는 한 소냐 같은 사람은 영원히 있을 거야! 난 어머니와 두냐를 희생양으로 만들 순 없어! 내가 살아있는 한 그런 일은 용납 못해!' 갑자기 그는 정신이 들어서 걸음을 멈췄다.

'그런 일은 용납 못한다고? 그럼 넌 그런 일이 없게 하기 위해서 무얼 할 수 있지? 결혼을 결사반대한다고? 무슨 권리로? 대신 너는 그들에게 무얼 약속할 수 있는데? 학업을 마치고 취직을 하면 넌 네 모든 장래를 그들을 위해 온전히 헌신할 생각인가? 너는 지금 어머니의 몇 푼 되지도 않는 연금에 기대어 생활하고 있지 않은가? 10년쯤 후에 어머니는 어떻게 될까? 평생 뜨개질만 하셨던 어머니의 시력은 괜찮을까? 그럼 10년 후 동생은 또 어떻게 될까? 상상만 해도 끔찍하지 않은가?'

오래전부터 자신을 괴롭혀왔던 이런 질문들이 다시금 그의 마음을 후벼 팠다. 지금 당장 무슨 일이든지 즉시 행동에 옮겨야 했다. 무슨 일이든 즉시 이행해야 했다. 그렇게 하지 않는다면...

'그렇게 하지 않는다면 차라리 죽어버리는 게 나아!' 그는 미친 듯이 부르짖었다. 그 순간 마르멜라도프가 했던 말이 떠올랐다.

'선생, 더 이상 갈 곳이 없다는 말이 무엇을 의미하는지 아시겠습니까? 사람은 누구든지 어디든 갈 곳이 필요한 법이니까요...' 그는 갑자기 몸을 떨었다. 무서운 생각이 그의 뇌리를 스쳐지나갔다. 이 생각은 한 달 전만 하더라도 그저 허황된 망상에 불과했으나 이제는 망상이 아니라 전혀 새롭고 무섭게 변해가고 있었다. 그는 정신이 멍해졌다. '내가 어디로 가고 있었던 거지? 편지를 읽고 나서 바로 밖으로 나왔었는데... 아, 그래 바실리옙스키 섬에 있는 라주미힌의 집으로 가려고 했었지...'

라주미힌은 라스콜니코프의 대학 친구였다. 쾌활하고 사교적인 이 친구는 가난했지만 생활력이 강해서 여러 가지 일을 하면서 돈벌이를 하고 있었다.

매 맞는 말 꿈

'맞아, 과외 자리나 다른 일자리를 부탁하려고 그 친구에게 가려고 했었지... 하지만 그렇게 과외를 할 수 있다고 해도 수업에 가려고 신발도 사고, 옷도 사고 나면 결국 푼돈만 남을 게 아닌가? 내가 필요로 하는 게 고작 그거란 말이야? 아니야... 라주미힌에게 가기는 하겠지만 지금은 안 가는 게 좋겠어... 나중에 그 일을 끝내고 가야겠어...' 그는 다시 정신이 번뜩 들었다.

'아니, 그 일을 끝내고 난 다음이라니... 그럼 정말 그 일을 하겠다는 건가? 정말 그럴 생각인가?'

그는 전율하면서 깊은 상념에 빠져 한동안 정처 없이 길을 걸었다. 바실리옙스키 섬을 가로질러 네바 강으로 나와 다리를 건넌 다음 몸을 돌려 섬을 바라보았다. 푸른 녹음과 신선한 공기 속에서 도시의 먼지와 악취, 선술집 냄새는 씻은 듯이 사라졌으나 상쾌해진 그의 마음은 이내 다시 초조해지기 시작했다. 그는 남아있는 푼돈으로 보드카 한 잔과 빵을 집어 먹었으나 갑자기 취기가 올라오면서 식곤증을 느꼈다. 다리가 무거워진 그는 페트롭스키 섬에 도달하자 맥이 풀린 나머지 길 옆 작은 나무가 우거진 숲으로 들어가 눕자마자 이내 곯아떨어졌다.

라스콜니코프는 무서운 꿈을 꾸었다. 어린 나이였던 일곱 살 무렵 자신이 아버지와 함께 산책하면서 어떤 선술집 앞을 지나고 있을 때였다. 선술집 앞에는 각종 짐과 술통을 운반하는 수레가 서 있었는데, 그 커다란 수레 앞에 작은 암말이 매여 있었다. 갑자기 선술집에서 술에 취한 농부들이 고래고래 소리를 지르면서 밖으로 쏟아져 나오기 시작했다.

"자, 어서 타, 전부 타라고!"

젊고 뚱뚱한 한 농부가 소리쳤다.

"내가 전부 데려다 주지, 어서 타!"

"미콜카, 이런 나이 많은 말라깽이 암말로 우리를 다 태우고 간다고?"

"어서 타라니까, 다 데려다 줄 거라고!"

미콜카는 제일 먼저 수레에 올라타 마부석에 앉았다.

"사료나 축내는 이 암말을 그냥 죽여 버리고 싶은데, 정말... 어서 타라니까! 전속력으로 달리게 해 주지! 자, 형제들, 불쌍하게 보지 말고 모두 채찍이나 들고 타라고!"

"그래, 어디 실컷 후려쳐 볼까!"

모두들 떠들썩하게 웃으면서 한편으론 긴박하게 미콜카의 수레에 올라탔다. 여섯 명 정도가 탔지만 자리는 아직 더 여유가 있었다. 사람들은 뚱뚱하고 붉은 빛깔이 도는 얼굴을 한 어떤 아낙을 태웠다. 붉은 무명옷에 유리구슬로 장식된 두건을 두르고 모피 신발을 신은 그녀는 호두를 까면서 웃고 있었다. 주위에 있는 사람들 역시 웃고 있었다. 수레에서는 두 청년이 미콜카와 함께 채찍을 들었다.

　"자, 어서 가자!" 여윈 말은 수레를 끌어당기려고 했으나 한 발자국도 옮기지 못하고 다리만 허우적거렸고, 쏟아지는 채찍질에 신음소리를 내면서 몸을 웅크렸다. 미콜카는 그러면 그럴수록 더 인정사정없이 채찍질을 해댔다.

　"아빠, 아빠!" 그는 아버지에게 외쳤다.

　"아빠, 저 사람들은 지금 왜 저러는 거예요? 불쌍한 말을 때리고 있잖아요!"

　"어서 가자, 어서 가! 바보들 같으니. 가자, 보지 말아라!" 아버지는 그를 데리고 떠나려고 했지만 그는 정신없이 말에게 뛰어갔다. 무수히 많은 채찍질에 피투성이가 되다시피 한 불쌍한 말은 숨을 헐떡였고 거의 주저앉을 것만 같았다. 암말은 쏟아지는 매질을 견디지 못하고 탈진한 나머지 힘없이 뒷발질을 하기 시작했다. 그러자 노인도 참지 못하고 웃음을 터뜨렸다.

　"정말 이 말라비틀어진 말도 꼴에 암말이라고 뒷발질까지 하네!"

"자, 노래를 부르자, 형제들! 노래를!" 누군가 수레에서 외치자 수레에 탄 사람들 모두가 노래를 따라 부르기 시작했다. 방탕한 노래가 울려 퍼졌고, 사람들은 탬버린을 찰랑거리며 후렴으로 휘파람을 불었다. 뚱뚱한 아낙은 호두를 까면서 웃고 있었다.

"이런 죽일 놈의 말 같으니, 어서 가지 못해!" 미콜카는 분을 참지 못하고 소리를 질렀다. 그는 채찍을 내려놓고 길고 두툼한 수레채를 끄집어내어 힘껏 말을 내리쳤다.

"저러다 곧 죽겠네!" 주위에서 소리쳤다.

"죽든 말든 내 맘이야!" 미콜카는 다시 한 번 수레채를 내리쳤다.

"그래, 어서 내리쳐! 내리치라고!" 모여든 군중들이 외쳤다. 미콜카는 말을 한 방에 죽이지 못해서 분이 풀리지 않은 상태였다. 그는 수레채를 팽개치고 이제는 쇠지렛대를 들어 불쌍한 말을 향해 있는 힘껏 내리쳤다. 네 다리가 꺾인 말은 땅에 고꾸라졌고 이어서 몇 명의 청년들이 채찍과 몽둥이, 수레채 등을 집어서 닥치는 대로 말을 때리기 시작했다. 불쌍한 말은 그렇게 머리를 축 늘어뜨리고 거칠게 숨을 내쉬다가 이내 죽어버렸다. 그러자 불쌍한 소년은 비명을 지르며 말에게 달려가 피투성이가 된 말의 눈과 입에 자신의 입을 맞추었다.

그는 온몸이 땀에 흠뻑 젖은 채 꿈에서 깨어났다. '꿈이었구나, 다행이다! 이런 악몽을 꾸다니!' 그는 마음이 심란했다. '나는 정말 도끼로 그 노파의 머리를 내리치려는 걸까? 정말 그렇게 하려는 걸까?' 이렇게 몸을 떨며 중얼거렸고, T다리를 향해 걸어가기 시작했다. '주여! 제가 가야 할 길을 보여주소서. 그러면 전 이 저주 같은 망상을 버리겠나이다!' 다리를 건너면서 그는 네바 강과 선명한 빛을 내는 붉은 노을을 바라보았다. 몸은 지칠 대로 지쳤지만 참된 자유를 느낀 순간이었다.

그렇게 한참 동안을 걸었던 그가 센나야 광장을 지나던 시각은 9시경이었다. 상인들은 모두 노점상의 좌판과 물건들을 안으로 들여놓거나 정리한 다음 여느 손님들처럼 귀가 준비를 하고 있었다. 지하에 있는 허름한 식당과 센나야 광장의 더럽고 악취가 진동하는 마당, 무엇보다 선술집 근처에는 여러 부류의 노동자들과 누더기 차림의 사람들이 가득했다. 라스콜니코프는 아무 생각 없이 밖에 나갈 때엔 특히 이 거리와 근처 골목들을 다니길 좋아했다. 그는 K골목 한 구석에서 낯익은 사람을 보았다. 바로 전당포 노파인 알료나 이바노브나의 여동생 리자베타 이바노브나, 흔히 리자베타라고 불리는 여자였다. 그녀는 서른다섯 살 노처녀로 바보처럼 수줍어하는 여인이었는데, 언니인 노파의 집에서 노예처럼 일만 하면서 언니를 무서워하고, 때로는 언니로부터

매를 맞기도 한다고 했다. 그 리자베타를 향해 한 상인이
말했다.

"내일 7시쯤 와요. 그 사람들도 올 예정이니까."

"내일요?" 리자베타는 망설였다.

"알료나 이바노브나 때문에 결정을 못하는 거로군." 상인
의 아내가 수다를 떨기 시작했다.

"아니, 그 여자는 친언니도 아니고 이복 언니인데, 뭘 그
리 무서워하고 그래?"

"내일 우리 집에 들러요. 남는 장사라서 오라고 하는 거야."

"그럼, 그렇게 할까요?"

"내일 7시예요."

라스콜니코프는 이들의 대화를 통해서 내일 저녁 7시에
전당포 노파와 함께 사는 리자베타가 집을 비우고 없으며,
노파는 정확히 그 시간에 집에 혼자 남게 될 거라는 사실을
알게 되었다.

끔찍한 살인

라스콜니코프는 지난 겨울에 알고 지내던 포코레프라는 대학생으로부터 혹시 전당포를 갈 일이 있을 경우 찾아가라면서 알료나 이바노브나의 주소를 건네받은 적이 있었다. 라스콜니코프는 당시 전당포에 맡길 만한 물건을 두 개 갖고 있었다. 하나는 아버지의 은시계였고, 다른 하나는 붉은 보석이 세 개 박혀있는 금반지로 두냐에게서 작별선물로 받은 것이었다. 그는 금반지를 저당 잡히고 돌아오는 길에 싸구려 술집에 들렀다. 바로 옆 테이블에는 처음 보는 대학생과 젊은 장교가 앉아 있었다. 대학생은 갑자기 장교에게 알료나 이바노브나에 대해 얘기하기 시작했다.

"유대인 못지않게 돈이 많은 여자라서 5천 루블도 한 번에 내줄 수 있지. 그런데도 1루블짜리 전당품도 거절하지 않고 받는다니까. 무서울 정도로 인색한 건 유명하고... 그 노파한테는 리자베타라는 여동생이 있는데 노예처럼 늘 때리고 일만 시키고 있어..."

그들은 얘기를 계속했다. 대학생은 야릇한 미소를 지으며 계속 웃었고, 장교도 호기심에 속옷 수선을 시키도록 리자베타를 보내달라고 부탁했다. 리자베타는 노파의 배다른 동생으로 서른다섯 살이며, 노파인 언니를 위해서 밤낮으로 요리와 빨래 등 집안일을 도맡아 한다고 했다. 그녀는 부업으로 옷을 지어 팔기도 했는데, 언니의 허락 없이는 어떤 일도 맡지 못한다고 했다. 노파는 이미 유언장도 작성해 놓았는데, 유언장에 의하면 리자베타는 가재도구와 의자 외에는 유산을 단 한 푼도 받지 못하며, 노파의 돈은 N주(州)에 있는 어떤 수도원에 노파의 사후 추도비용을 위해 기부되도록 결정된 상태라고 했다. 대학생은 다시 리자베타를 언급하면서 웃어댔다. 지독하게 못생긴데다가 키만 비쩍 큰 여자가 언제나 임신 중이어서 배가 불룩하다는 것이었다.

"그런데 그 여자는 못생겼다면서?" 장교가 거들었다.

"그래, 맞는 말이야. 하지만 아주 못생긴 건 아니야. 얼굴하고 눈이 아주 착하게 생겼어. 그 여자를 좋아하는 사람들이 꽤 많거든. 말대답도 하지 않고 조용한 데다가 얼마나 고분고분한지 모른다니까."

"너도 마음에 들었던 것 같은데?" 장교는 웃으면서 말했다.

"하도 이상하게 생겨서 말이야. 그건 그렇고 한 가지 말할 게 있어. 난 그 빌어먹을 노파를 죽이고 나서 노파의 돈을 도둑질해도 양심의 가책 따위는 전혀 받지 않을 것 같아." 대학생이 계속해서 말했다.

"얘기 좀 들어봐. 쓸모없고, 하찮고, 모든 사람들한테 해만 끼치는 병든 노파가 있어. 그 노파는 얼마 있으면 곧 저세상으로 갈 사람이라고, 내 말 알아들었어? 반면에 세상으로부터 도움을 받지 못해 좌절하는 젊은이들은 수도 없이 많아. 노파의 돈으로 무수히 많은 사람들이 가난과 파멸에서 해방될 수 있고, 타락한 생활과 성병 치료소로부터 구원받을 수 있다고. 그렇게 세상 사람들을 위해 헌신하겠다는 전제 하에 노파를 죽이고 돈을 훔친다면 넌 거기에 대해서 어떻게 생각하니? 하나의 작은 범죄가 나중에 수천 개의 선한 일로 보상받을 수는 없는 걸까?"

"잠깐 지금 노파를 죽이기라도 하겠다는 거야?"

"물론 그건 아니야! 난 다만 사회 정의 차원에서 말하는 거고... 그건 내 일이 아니지..."

"그래? 직접 이행할 마음도 없다면 그건 정의가 아니지. 자, 그런 얘기는 이제 그만 하고 당구나 계속 치자!"

라스콜니코프는 굉장히 흥분한 상태였다. 그들의 대화는 처음 들어본 것이 아니라 젊은이들 사이에서 흔히 있어왔던 논쟁이었지만 왜 하필 그는 자신이 노파에 대해서 생각하던 것과 똑같은 내용을 바로 그때 거기서 듣게 된 것인지 이해할 수 없었다. 술집에서 듣게 된 이들의 대화는 그에게 커다란 영향을 미쳐서 그에겐 이러한 우연의 일치가 마치 운명처럼 느껴졌다.

집에 돌아온 그는 소파에 누워 오랫동안 잠을 잤다. 자고 난 이후에도 머리가 아파서 그는 다시 자리에 누워있어야만 했다. 시간이 지나 두통은 나아졌지만 그는 계속해서 환영을 보고 있었다. 모두 이상한 것들이었지만 제일 많이 나타난 것은 그가 아프리카나 이집트의 오아시스에 가 있는 모습이었다. 대상(隊商)들은 휴식을 취하고 있고, 낙타들도 태평하게 누워있었다. 오아시스 주변에는 종려나무가 둘러싸고 있고 모두들 식사를 하고 있는데 그는 샘물에 엎드려 물을 마시고 있었다. 그는 기분이 너무 상쾌해졌다... 그런데 문득 시계 소리를 들었다... 그는 정신을 차리고 고개를 들어 창밖을 내다보았다. 어쩌면 시계가 6시를 알리며 친 소리인지도 몰랐다... 설명할 수 없는 어떤 조급함과 초조함이 밀려왔고, 흥분한 탓에 숨쉬기가 힘들 정도였다. 그는 낡은 속옷으로 올가미를 만든 다음 외투 속에 꿰맸다. 이 올가미는 밖에서 보았을 때 도끼가 외투 속에 걸려 있는지를 전혀 알아차릴 수 없게끔 고안된 것으로써 외투 안쪽에 도끼를 걸고 다니기 위한 일종의 고리였다. 그리고 난 다음 그는 예전에 준비해 놓았던 '전당품'을 꺼냈다. 평평하고 작은 나무판 위에 철판을 덧대어 은제 담뱃갑으로 보이도록 포장을 한 후 열십자 모양으로 끈이 꽁꽁 묶여진 그 물건은 노파의 눈을 일시적으로 속이기 위한 전당품이었다. 갑자기 마당에서 누군가가 외치는 소리가 들렸다.

"벌써 7시가 지났다고!"

"한참 지났다고? 맙소사!"

문으로 달려가 귀를 기울인 그는 모자를 집어 들고선 발소리를 죽여서 열세 계단을 내려갔다. 건물 경비실에서 황급히 도끼를 챙겨서 외투 속 올가미에 고정시킨 그는 태연한 척 거리로 나왔다. 길을 걸으면서 그는 우연히 길가에 있는 가게 안을 들여다보았다. 벽시계는 7시 10분을 지나고 있었다.

전당포 노파가 살고 있는 건물 앞에는 커다란 짐마차가 서 있어서 대문으로 들어가려는 라스콜니코프를 완전히 가려주고 있었다. 대문 바로 오른쪽으로 노파에게 올라가는 계단이 있었다. 그는 계단 앞에 서서 숨을 한번 크게 들이쉬었다. 그리고 두근거리는 가슴을 어루만지고 도끼를 한번 만지작거린 후 계단을 오르기 시작했다. 2층 빈 아파트에서는 칠장이들이 문을 활짝 열고 작업을 하고 있었다.

그는 노파의 집 앞에서 초인종 줄을 잡아 당겼다. 문이 조금 열리면서 노파가 의심 많은 눈길로 쳐다보았다.

"안녕하세요, 알료나 이바노브나." 그는 태연하게 말하려고 했으나 목소리는 계속 떨고 있었다.

"전당품을 가져왔습니다. 저기 밝은 곳으로 가서 얘기하는 게 좋겠군요."

그는 노파의 허락도 없이 방으로 들어갔다. 노파는 허겁지겁 그의 뒤를 쫓아왔다.

"아니, 지금 대체 뭐하는 거요? 당신 뭐하는 사람이요?"

"죄송합니다, 알료나 이바노브나... 전 라스콜니코프입니다. 지난번에 얘기한 은제 담뱃갑을 가져왔습니다."

"헌데 얼굴은 왜 그리 창백한 거지? 손도 떨고 있고! 감기라도 걸린 거 아니오?"

"아, 네. 열이 좀 있어서요. 며칠 동안 잘 먹지도 못해서 그렇습니다."

"이건 뭐요?" 그녀는 라스콜니코프를 쳐다보면서 손으로 전당품의 무게를 재보고 있었다.

"은제 담뱃갑이에요... 한번 보세요."

"은제는 아닌 것 같은데... 지독히도 꽁꽁 싸맸구먼."

그녀는 끈을 풀려고 밝은 빛이 들어오는 창가로 몸을 돌렸다. 그렇게 그녀는 잠시 동안 그를 등 뒤에 두고 서 있었다. 그러는 사이 그는 외투의 단추를 풀고 올가미에서 도끼를 빼내어 옷 밑으로 도끼를 잡고 있었다. 그는 손에 힘이 빠지면서 두 손이 점점 마비되는 것을 느꼈다.

"뭘 그리 꽁꽁 싸맨 거요!" 노파가 그를 향해 몸을 돌리며 불만을 쏟아냈다.

그 순간 그는 도끼를 빼내어 양손으로 치켜 든 다음 반사적으로 노파의 머리를 향해 내리쳤다. 도끼는 정확히 정수리를 가격했고, 그녀는 비명을 지르며 쓰러졌다. 그는 다시한 번 도끼를 내리쳤다. 피를 내뿜으며 노파는 고개를 뒤로젖힌 채 쓰러졌다. 그녀는 이미 죽은 상태였다. 그는 노파의 주머니에서 열쇠 꾸러미를 꺼내어 침실 서랍장에 다가갔다. 이상한 일이었다. 서랍장에 열쇠를 집어넣자 열쇠꾸러미에서 철컥 소리가 들렸고 그는 곧 경련이 일어나는 것 같은느낌을 받았다. 그는 그 자리에서 도망치고 싶었으나 갑자기불안한 생각이 들었다. 노파가 살아있을지 모른다는 생각이었다. 시신으로 달려가 다시 도끼를 집어 들었으나 노파는확실히 죽어 있었다. 그는 문득 노파의 목에 걸린 끈을 힘겹게 잘라냈다. 끈에는 삼나무와 동으로 된 십자가 두 개,그리고 법랑으로 만든 성상(聖像)이 걸려 있었다. 라스콜니코프는 지갑을 주머니에 넣은 다음 십자가를 노파 가슴에던진 뒤 다시 침실로 들어갔다. 그는 서랍장을 열려고 애썼지만 열쇠는 서랍장 자물통과 맞지 않았다. 문득 꾸러미에있는 톱니모양의 큰 열쇠는 서랍장 열쇠가 아니라 다른 어떤 궤짝의 열쇠라는 생각이 들었다. 그는 재빨리 침대 밑으로 기어들어갔다. 침대 밑에는 길이가 1아르신[05]이 넘고 붉은색 양피로 뒤덮인 볼록한 뚜껑의 궤짝이 놓여 있었다. 열

05　러시아의 옛 척도단위로 1아르신은 71cm에 해당함(역주)

쇠는 이 궤짝에 맞아 열렸다. 맨 위쪽 하얀 시트 밑에 붉은 안감을 댄 토끼털 외투가 있었으며, 비단옷과 목도리가 보였다. 여러 옷들을 파헤치자 금시계, 팔찌, 목걸이, 귀고리 등이 보였다. 그는 서둘러서 이것들을 바지와 외투 주머니 속에 쑤셔 넣었다.

그러던 중 갑자기 노파가 쓰러져 있는 방에 누군가의 발자국 소리가 들렸다. 이어서 작은 비명소리가 분명히 들렸다. 그는 벌떡 일어나서 도끼를 들고 침실 밖으로 나갔다.

방 한가운데에 넋을 잃은 리자베타가 죽은 언니를 보고 있었다. 방에서 뛰쳐나온 그를 보자 그녀는 온몸을 떨기 시작했다. 그녀는 겁에 질린 아이들처럼 손을 들고 뭔가 말하려고 했지만 숨이 막힌 듯 아무 소리도 내지 못했고 무서워하면서 뒷걸음치기 시작했다. 리자베타는 상대방을 밀어내려는 듯 손을 앞으로 내밀었다. 라스콜니코프는 그녀의 머리를 향해 힘껏 도끼를 내리쳤다. 리자베타는 그 자리에서 쓰러졌다.

그는 부엌을 들여다보고 양동이에 채워져 있는 물로 손과 도끼에 묻은 피를 씻었다. 그 다음 그는 자신의 외투와 바지, 장화를 살펴보고 걸레에 물을 묻혀서 장화를 닦았다. 한시바삐 이 자리를 벗어나고 싶은 생각에 현관으로 몸을 돌렸다. 그제야 그는 현관 바깥문이 잠겨 있지 않고 열려진 상태라는 것을 깨달았다. 라스콜니코프는 서둘러서 빗장을 걸어 문을 잠갔으나 속히 나갈 생각에 다시 빗장을 열고 계단 아래쪽의 상황을 유심히 살폈다. 제일 아래층 계단에서부터 발자국 소리가 들렸다. 올라오고 있는 사람은 벌써 3층을 오르고 있었다. 4층을 올라오는 소리가 들렸을 때 그는 빗장을 소리 내지 않게 조용히 내려 문을 잠근 다음 문 뒤에서 숨을 죽였다.

방문객은 힘겨운 듯 몇 번씩 숨을 몰아쉰 다음 초인종 줄을 잡아 당겼다. 그리고는 또다시 초인종 줄을 잡아당긴 방문객은 손잡이를 당기기 시작했다. 라스콜니코프는 덜그럭 소리를 내며 움직이는 빗장을 보면서 공포에 사로잡혔다.

"아니, 안에서 뭘들 하고 있는 거야, 젠장! 이봐, 알료나 이바노브나, 리자베타 이바노브나, 문 안 열고 뭐하는 거야!"

그때 또 다른 발자국 소리가 들렸다.

"안녕하세요, 코흐 씨! 정말 안에 사람이 없습니까?" 젊고 낭랑한 목소리의 방문객이 말했다.

"사람이 없으니 돌아가야겠군. 찾아오라고 시간까지 정해 주고선 정작 자기는 집에 없으니, 나 이거야 정말..."

"어디로 갔고, 또 언제 돌아오는지 경비원에게 물어볼까요?" 젊은 방문객이 물었다.

"이 할망구는 아무 데도 돌아다니지 않아요..." 이렇게 말하고는 그는 손잡이를 당겼다.

"아니, 잠깐만요. 여길 좀 보세요. 손잡이를 당기면 문이

덜그럭 거리는 게 보이시죠?" 젊은 방문객이 외쳤다.

"그래서요?"

"이건 밖에서 자물쇠를 잠근 게 아니라 안에서 빗장을 걸
어 잠갔다는 뜻이에요. 누군가 안에 있다는 말입니다. 아시겠
습니까? 안에 누군가 있으면서 문을 열어주지 않는 거예요!"

"경비원한테 가서 문을 열어달라고 합시다."

"그게 좋겠군." 두 사람은 아래로 내려가려고 했다.

"아, 잠깐만요. 당신은 여기에 남아 계세요. 제가 경비원
을 부르러 내려갔다 올게요."

"그건 왜요?"

"전 예심판사 시험 준비를 하고 있는 사람입니다. 지금
안에서 뭔가 수상한 일이 벌어진 게 틀림없어요." 젊은 방문
객은 흥분해서 계단을 내려갔다.

코흐는 내려가지 않고 그대로 남아서 다시 한 번 초인종
줄을 잡아 당겼다. 라스콜니코프는 도끼를 힘껏 쥐고 서 있
었다. 그는 더 이상 버티다가는 정신을 잃을 것 같았지만 막
상 그들이 들이닥치면 한 번에 내리칠 생각이었다.

"아니, 그런데 이 사람은, 정말..."

1분, 2분이 흘렀으나 아무도 올라오지 않자 코흐는 투덜
대기 시작했다.

"이런 젠장!" 그는 이렇게 욕설을 내뱉고는 계단을 쿵쿵
거리며 내려가기 시작했다.

라스콜니코프는 조용히 빗장을 풀어 문을 열고 등 뒤로 문을 닫은 다음 계단 아래로 내려가기 시작했다. 그러나 계단을 내려가자 갑자기 밑에서 시끄럽게 사람들 소리가 들리기 시작했다. 젊은 방문객의 낭랑한 소리도 섞여 있었다. 라스콜니코프는 절망했다. 그들과의 거리는 불과 한 층 차이였다. 바로 그때 라스콜니코프는 계단 오른쪽에 문이 활짝 열려진 빈 방을 보았다. 칠장이들이 페인트 칠을 하고 잠시 자리를 비워둔 것이 틀림없었다. 그는 황급히 그리로 들어가 몸을 숨겼다. 곧 사람들이 큰 소리로 떠들면서 그의 옆쪽을 지나 4층으로 올라가기 시작했다. 그들이 지나간 다음 라스콜니코프는 조용히 그곳을 내려와 건물을 빠져나갔다. 그는 지금쯤 그들이 이미 아파트에 도착해서 시신을 발견했으리라는 것을 잘 알고 있었다. 바로 조금 전까지 그곳에 살인자가 있었고, 그 살인자가 그들 몰래 몸을 숨겼다가 도주한 사실까지 1분도 안되어 깨달으리란 것 또한 알고 있었다. 그는 모퉁이를 돌아 수많은 사람들 속에 섞였다. 간신히 걸음을 옮기긴 했으나 그의 몸엔 땀이 비 오듯 흘렀다.

집으로 돌아온 그는 경비실에 도끼를 예전처럼 내려놓고 자기 방에 들어설 때까지 아무도 마주치지 않았다. 방에 들어서자 그는 소파에 몸을 던졌다. 잠이 들지는 않았지만 머릿속은 온갖 생각들로 뒤죽박죽이 되어 정신을 제대로 집중할 수 없었다.

경찰서 소환

그는 꽤 오랫동안 자리에 누워 있었다. 거리에서는 무서운 비명소리가 그의 귓가를 울리고 있었다. 매일 새벽 2시가 되면 어김없이 들려오는 소리로 술주정뱅이들이 떠드는 소리였다. '아, 벌써 주정뱅이들이 술집에서 나오는 모양이군.' 갑자기 그는 자리에서 벌떡 일어나 소파에 앉았다. 곧 모든 일이 생각났고, 모든 기억이 생생해지자 그는 미칠 것만 같았다. 오한으로 인해 몸에선 열이 나기 시작했다. 모두 잠들었는지 집 안은 조용했다. 어제 방에 들어오자마자 문에 빗장도 걸어 잠그지 않은데다가 옷도 벗지 않고 그대로 쓰러져 잠들었다는 사실이 믿기지 않았다. '누가 들어와서 나를 보기라도 했다면 어떻게 생각했을까?' 그는 창가로 달려가서 옷에 핏자국이 남아있는지를 살펴보았다. 그는 오한 때문에 몸을 덜덜 떨면서도 옷을 전부 벗고 실오라기까지 하나하나 모두 살폈다. 세 번씩이나 살펴보았지만 핏자국은 보이지 않았다. 다만 그는 너덜너덜해진 바짓부리에 핏자국이 엉겨 말라붙어 있는 것을 보고 접칼을 꺼내서 그 부분을 잘라냈다. 갑자기 그는 지갑과 노파의 궤짝에서 훔친 물건들이 아직 주머니에 있다는 사실을 기억해냈다. 그는 황급히 주머니에서 물건들을 모두 꺼낸 다음 방 안쪽 구석에 들떠서 찢어진 벽지 뒤에 난 구멍 속으로 물건들을 집어넣기 시작했다. 벽면이 다소 불룩해지긴 했지만 특별히 눈에 띄지는 않았다. '이런, 이게 정말 제대로 숨긴 걸까? 이렇게 숨길 수는 없지 않은가?' 그는 자신이 생각하기에도 한심한 듯 중얼거렸다. 그는 훔친 돈만 생각했을 뿐 물건들을 숨겨둘 장소에 대해선 미리 생각한 바 없었다. 정신 나간 자신을 탓하면서 그는 소파에 주저앉았고 이내 악몽 상태로 빠져들었다. 그러나 5분도 채 되지 않아 그는 다시 자기 옷을 찾았다. '아아, 외투 속의 올가미도 아직 뜯어버리지 않았어! 이렇게 중요한 일을 잊어버리다니!' 그는 재빨리 올가미를 뜯어서 찢어버린 다음 베개 밑 옷가지 속에 쑤셔 넣었다. '아차! 주머니에도 피가 묻었을지 몰라. 피에 젖은 지갑을 주머니에 넣었으니까 말이야!' 그는 서둘러서 주머니를 뒤집어보았다. 주머니의 안쪽에는 피가 얼룩져 있는 것이 보였다. 그는 바지 주머니의 안감을 뜯어냈다. 바로 그때 햇빛이 그의 왼쪽 장화를 비췄다. 장화 위로 올라온 양말에 어떤 자국이 있는 것 같았다. 장화를 벗어보니 양말에도 역시 핏자국이 어려 있었다. '자, 이 양말과 바짓부리, 주머니를 어떻게 처리하지?' 그는 잘라낸 조각들을 손에 쥐고 방 한가운데에 서 있었다. '난로에 태워버릴까? 아니야, 난로부터 조사하고 뒤질지도 몰라. 그런데 지금 성냥도 없잖아. 그냥 밖에 나가서 버리는 게 낫지 않을까? 그래, 그게 낫겠어!' 그는 소파에 앉으면서 계속 이렇게 중얼거렸다. 하지만 머릿속 생각과 달리 참을 수 없는 오한에 그는 외투를 뒤집어쓰고 누웠다. 그는 물건을 어서 없애버려야겠다는 강박관념에 몇 시간째 시달려야 했고 몇 번씩 소파에서 일어나려고 했으나 일어날 수 없었다. 문을 세차게 두드리는 소리에 마침내 그는 잠에서 깨었다.

"문 좀 열어요! 살았어요, 죽었어요? 계속 잠만 잘 거예요?"

나스타시야가 주먹으로 문을 두드리면서 소리쳤다.

"아니, 이건 정말 개도 아니고 어떻게 내내 잠만 자는 거예요? 문 좀 열어요, 벌써 10시가 넘었어요!"

"방에 없는 건지도 모르지!"

중얼거리는 남자 목소리가 들렸다.

'저건 경비원 목소리인데... 무슨 일이지?'

그는 벌떡 일어나 소파에 앉았다.

"방에 없으면 어떻게 빗장이 걸려 있겠어요? 에이, 뭐야, 문고리까지 잠그고! 문 좀 열라니까요, 진짜!"

'이 사람들이 웬일이지? 경비원은 또 무슨 일이고? 아아,

모든 게 탄로 난 건가? 이젠 끝장이란 말인가? 아아, 모르겠다.'

그는 문고리를 풀어서 문을 열어주었다.

나스타시야는 의아한 듯 그를 쳐다보았고, 경비원은 납으로 봉인된 회색 종이를 말없이 그에게 건넸다.

"경찰서에서 소환장이 왔소."

"경찰서에서요? 왜요?"

"낸들 알 수 있겠소. 가보면 알겠죠."

"정말 어디 아픈 거 아니에요? 아프면 가지 말아요. 급한 일도 아닌 것 같은데. 그런데 손에 들고 있는 건 뭐예요?" 나스타시야가 물었다.

그는 바짓부리에서 잘라낸 조각들, 양말, 뜯어낸 주머니 천들을 오른손에 꼭 쥐고 있었다. 그 천들을 손에 쥔 채 잠들었던 것이다. 그는 얼른 그 조각들을 외투 속에 집어넣었다.

나스타시야가 경비원과 나가자마자 그는 햇빛에 양말과 찢어낸 조각들을 비춰보았다. '피가 얼룩져 있긴 하지만 잘 보이지는 않아. 더러워지고 색이 바래서 피라고 생각하지 않을 거야. 나스타시야는 멀리서 봤으니 아무것도 제대로 못 봤을 거고. 다행이야!' 그는 손을 떨면서 소환장을 뜯은 다음 읽어보았다. 오늘 9시 반에 경찰서에 출두하라는 평범한 내용이었다. '지금껏 경찰서에서 날 보자고 한 적이 없었는데 왜 하필 오늘이지?' 그는 괴로운 심정이 되어 생각했다.

'주여, 일이 빨리 끝나게 해주소서!' 그는 무릎을 꿇고 기도하려고 했으나 곧 그만두고 피식 웃었다. 자기 자신에 대한 비웃음이었다. '될 대로 되라고 해. 어차피 마찬가지잖아!' 그는 핏자국이 어려 있는 양말을 신었다가 혐오감과 두려움에 휩싸여 양말을 벗어 던졌다. 그러나 그 양말 외에 다른 양말이 없다는 사실을 깨닫고 다시 양말을 신었다. '모든 일은 상대적이고, 다들 형식적인 거야.' 그는 이렇게 말하고 있었지만 몸은 떨고 있었다. '자, 이제 양말을 신었다! 결국 신었단 말이다!' 그러나 그는 절망적인 심정이 되었고 두 다리는 후들거렸다. '두려워서 이러는군. 아니야, 이건 나를 체포하기 위한 계획이 아닐까? 내가 집을 비운 사이에 가택 수색이라도 하려는 건 아닐까?' 그러나 그는 손을 내저은 다음 걸어가기 시작했다.

경찰서는 그의 집에서 4분의 1 베르스타[06] 정도 떨어진 곳에 있었다. 소환장을 발부한 경찰서는 4층짜리 새 건물로 이주한 지 얼마 되지 않은 상황이었다.

'무릎 꿇고 모든 것을 털어 놓자…' 그는 4층으로 올라가면서 생각했다. 경비원과 경찰들, 수많은 남녀 방문객들이 계단을 오르내리고 있었다. 경찰서는 후텁지근한 날씨와 채마르지 않은 페인트 냄새 등으로 인해 곳곳에서 심한 냄새가 났다.

---

06 1베르스타는 1,067km이므로 4분의 1베르스타는 약 266m에 해당함(역주)

라스콜니코프가 소환장을 서기에게 보여주자 서기는 사무관에게 가보라는 손짓을 했다. 작은 방에는 부인이 둘 있었다. 검은색 상복을 입은 부인은 사무관 책상 앞에서 무언가를 받아 적고 있었고, 또 다른 부인은 뚱뚱하고 귀여운 부인이었는데, 상당히 화려한 옷에 앞가슴에는 찻잔 받침만 한 커다란 브로치를 달고 있었다. 라스콜니코프는 사무관에게 자신의 소환장을 내보였다. 그는 그것을 한번 쳐다보고는 기다리라는 말을 짧게 한 후 다시 상복 입은 부인과 하던 일을 계속 했다.

　　'아마 그 일로 부른 게 아닌가 보군!' 그는 자유로운 기분이 되어서 조금씩 여유를 찾기 시작했다. '조금이라도 바보 같은 행동이나 실수를 저질러선 안 돼... 그런데 여긴 공기가 탁한지 답답한데.' 그는 생각했다. 그는 어디든 정신을 집중시켜보려고 애를 썼다. 그 와중에 그의 호기심을 강하게 자극한 이는 사무관이었다. 이십대 초반의 그 젊은이는 실제보다 나이가 많아 보였는데, 유행하는 옷차림에 정수리부터 가르마를 탄 머리에는 포마드를 바르고 있었고, 손가락에는 보석 반지를 착용하고 있었다.

　　"루이자 이바노브나, 자리에 앉으세요." 그는 화려한 옷을 입은 부인에게 말했다.

　　"Ich danke.[07]" 이렇게 답하고 그녀는 드레스 스치는 소리

---

07 '감사합니다'를 의미하는 독일어(역주)

를 내며 자리에 앉았다. 흰색 레이스가 달린 그녀의 하늘색 드레스는 의자 주변을 빙 두르면서 퍼졌기 때문에 거의 방의 절반 정도 되는 공간을 차지할 것 같았다. 향수 냄새를 가득 풍기면서 그녀는 한편으로는 수줍어하면서도 한편으로는 뻔뻔한 미소를 지어보이고 있었다.

마침내 상복을 입은 여인이 일을 마치고 자리에서 일어나려고 했다. 그때 시끄럽게 소란을 떨면서 걸을 때마다 어깨를 흔들고 다니는 어떤 장교 한 명이 방에 들어오더니, 모자를 책상에 툭 던지고는 안락의자에 앉았다. 화려한 드레스를 입은 그 부인은 그를 보자마자 얼른 자리에서 일어나 그에게 무릎을 굽혀 인사했다. 그러나 장교는 그녀에게 조금도 관심이 없는 듯 했다. 그는 육군 중위로서 부경찰서장이었다. 양쪽으로 콧수염을 기른 그는 약간 화가 난 것처럼 라스콜니코프를 쳐다보기 시작했다. 너저분한 옷차림과는 전혀 다르게 그가 의젓한 태도로 서 있었기 때문이었다. 라스콜니코프도 빤히 그를 쳐다보았기에 그는 결국 화를 내기 시작했다.

"당신은 뭐하는 사람이야?"

"소환장을 받고 왔습니다." 라스콜니코프가 대답했다.

"대학생으로부터 채무를 돌려받게 해달라는 독촉장 때문에 온 겁니다. 자, 여기 서류가 있습니다." 사무관은 라스콜니코프에게 서류를 건넸다.

'빚 때문이라고? 그렇다면 그 일 때문에 소환된 게 아니구나!' 그는 안심하면서 마음이 가벼워졌다.

"여기에 몇 시까지 출두하라고 적혀 있소?" 중위는 점점 화를 내면서 언성을 높였다.

"여기 9시라고 적혀 있는데, 지금 벌써 11시잖소!"

"전 15분 전에야 소환장을 받았습니다. 몸에 열이 나고 아픈 데도 이렇게 나왔으면 된 거 아닙니까!"

"어디서 소리 지르고 있어!"

"난 소리 지른 적 없습니다. 조용히 말을 하고 있는데, 당신이 버럭 소리를 지르고 있지 않습니까? 난 대학생인데, 나에게 소리 지르는 것은 참을 수 없습니다."

부경찰서장은 순간적으로 너무 화가 나서 할 말을 잃었다. 그는 자리에서 벌떡 일어났다.

"닥쳐! 당신은 지금 관청에 소환장을 받고 와 있는 주제에 말이 많아! 멋대로 지껄이지 마!"

"그렇게 말하는 당신은 지금 관청이 아니라 다른 곳에 있습니까? 당신은 소리 지르고 담배를 피우면서 우리 모두에게 무례하게 행동하고 있잖습니까?" 라스콜니코프는 이렇게 말대답을 하면서 모종의 쾌감을 느끼고 있었다.

"그건 당신과 상관없는 일이야! 어서 당신이 써 내야 할 답변서나 제출하지 않고 뭐하는 거야! 돈도 갚지 않으면서 위세나 떨고 있으니, 이거 참!"

라스콜니코프는 더 이상 듣지 않고 서류에 눈을 돌렸으나 무슨 내용인지 이해를 하지 못해 사무관에게 다시 내용을 문의했다.

"이건 당신이 써 준 차용증서에 따라서 돈을 지불하라는 독촉장이에요. 당신은 원금과 벌금, 기타 비용을 지불하든지, 아니면 언제 지불할 수 있는지를 답변서에 적어서 제출해야 합니다. 빚을 갚지 않은 상태에서 여기 수도를 떠날 수 없고, 재산을 팔거나 은닉할 수도 없습니다."

"전 아무에게도 빚을 진 적이 없는데요."

"그건 우리 소관이 아니에요. 여기 이 차용증서는 당신이 8등 문관의 부인 자르니치나에게 써 준 것이고, 이것을 자르니치나 미망인이 9개월 전에 부채 지불금 대신 7등 문관 체바로프에게 넘겼어요. 경찰서에서는 이 일로 당신을 소환한 것이고요."

"자르니치나 부인은 저희 하숙집 여주인인데요?"

"당신이 계속 돈을 갚지 않는데, 여주인이 빚 독촉장을 내지 말라는 법이라도 있나요?"

사무관은 불쌍한 처지에 놓인 젊은 친구에게 동정심과 함께 독촉장 관련 설명을 마치고 승리에 젖은 듯 미소를 지어보였다. 그러나 지금 라스콜니코프에게 차용증서나 독촉장 같은 것은 아무런 관심사항이 아니었다. 이제는 살았다는 안도감, 자신을 억누르던 두려움에서 벗어났다는 기쁨 때문이었다. 그런데 바로 그때 방 안을 쩌렁쩌렁 울리는 청천벽력 같은 소리가 들렸다. 라스콜니코프의 당당함 때문에 화가 난 상태였던 부경찰서장이 화려한 드레스를 입은 부인에게 분풀이라도 하듯 크게 소리를 지르기 시작한 것이다.

"당신은 뭐하는 여편네야, 엉! 어젯밤 너희 집에서 무슨 일이 벌어진 거야? 온 동네가 떠나갈 듯 추태를 벌이고 말이야. 패싸움이나 하고 주정이나 부리고. 내가 이미 경고했지. 그런데 또다시 이런 일이 생기다니, 도대체 당신은 돼먹지 않은 여자야!"

라스콜니코프는 손에서 서류를 놓칠 뻔 했으나 그렇게 처참하게 욕을 먹고 있는 화려한 드레스를 입은 부인을 보면서 어떤 일인지를 깨닫고는 곧 그 이야기에 커다란 관심을 갖기 시작했다. 그는 정말 큰 소리로 웃고 싶어졌다. 그의 온 신경은 미칠 듯이 흥분하고 있었다.

"일리야 페트로비치!" 화려한 드레스를 입은 부인은 처음에 부경찰서장의 청천벽력 같은 호통에 몸을 떨었다. 그러나 이상한 일이었다. 부경찰서장의 욕설이 심하면 심해질수록 부인은 더욱 상냥해지고 매혹적인 미소를 보이는 것이었다.

"부경찰서장님, 저희 집에서는 어떤 소란도 없었고, 패싸움도 없었어요." 그녀는 독일식 억양을 강하게 섞어가며 러시아어로 빠르게 말하기 시작했다.

"그 사람들은 저희 집에 들어올 때부터 취해 있었어요.

그 사람들이 저희 집에서 술을 세 병이나 시킨 다음 그 중 한 명은 다리를 들어서 피아노를 바로 연주하지 뭐예요. 그건 저희처럼 고상한 집에서는 있을 수 없는 일이지요. 결국 그 사람은 피아노를 망가뜨리고 말았어요. 그 다음에 그 사람이 병을 집어 들더니 사람들을 뒤에서 막 치는 거예요. 저는 경비원을 불렀고, 카를이 왔는데, 그 사람이 카를을 붙잡고 눈을 쳤다고요. 전 뺨을 다섯 대나 맞았고요. 정말 저희 집 같이 고상한 집에서 이건 너무 무례한 행동이잖아요. 그래서 저는 비명을 질렀지요. 그러더니 그 사람이 갑자기 운하 쪽으로 난 창문을 열고는 그 창으로 도망을 치려는 거예요. 어떻게 돼지새끼처럼 창문으로 도망을 칠 수 있어요? 정말 치욕적이었어요. 그래서 카를이 그 사람의 코트를 잡아당겼어요. 그랬더니 부경찰서장님, 그 사람 옷소매가 뜯겨졌지 뭐예요. 이걸 갖고서 그 사람은 옷소매 값으로 15루블을 내놓으라며 소리를 지르고 난리가 났어요. 그래서 전 5루블을 주었지요. 그랬더니 그 천박한 손님이 하는 말이, 내 너희들을 상대로 풍자문을 쓰겠다, 온갖 잡지란 잡지에 너희들에 대해서 죄다 쓸 테다, 이렇게 말하는 거예요."

"그러니까 작가였다, 이 말이지?"

"그래요, 부경찰서장님. 세상에 정말이지 저희 집 같이 고상한 집에서..."

"그만, 그만! 내가 몇 번이나 말했었지..."

"일리야 페트로비치!" 사무관이 나직한 목소리로 부경찰 서장을 불렀다. 중위가 그를 쳐다보자 사무관은 그에게 고개를 약간 끄덕였다.

"그러니까 존경하는 라비차 이바노브나, 내가 정말 마지막으로 경고하는데..." 중위는 말을 계속했다.

"만약 너희 집에서, 다시 한 번만이라도 너희 그 고상한 집에서 소동이 일어나면, 그땐 내가 직접 나서서 채찍질을 하겠어. 그것도 좋게 말해서 그렇게 하겠다는 뜻이야. 내 말 알아들었어? 그래서, 너희 그 고상한 집에서 문학가인지 작가인지 하는 녀석이 소매가 뜯겼다는 이유로 5루블을 챙겼다고? 작가라는 부류가 다들 그 모양이군!" 그는 라스콜니코프를 경멸하는 눈길로 쳐다보았다.

"엊그제 선술집에서는 이런 일이 있었어. 어떤 녀석이 점심식사를 하고 난 다음에 돈을 내지 않더라는 거야. 그러고도 뭐 잘났다고 '내가 당신들을 상대로 풍자문을 쓰겠다'라고 했다지. 또 지난주에는 다른 사람이 배를 타고 가다가 존경하는 5등 문관의 부인과 딸을 상스런 말로 모욕을 했다고 해. 그리고 최근에 한 식료품 가게에서는 어떤 사람을 안에 들어오지도 못하게 밀쳐냈다고 하지. 이런 작자들이 다 문인이니 작가니 대학생이니 하는 진리의 선포자들이야... 퉤! 넌 이제 가 봐! 조금 후에 내가 가서 볼 테야... 그러니 조심해, 알아들었어?"

루이자 이바노브나는 애교를 부리면서 무릎을 굽혀 인사하고는 문까지 뒷걸음으로 가다가 마침 방으로 들어오는 경찰서장 니코짐 포미치와 부딪쳤다.

"또 한바탕 몰아친 게로군!" 니코짐 포미치는 일리야 페트로비치에게 말했다.

"아니, 그게 아니고, 작가 양반인지, 아니 예전 대학생이라는 사람이 차용증을 써줬다가 돈도 갚지 않고선 방을 비워주지도 않고 있어서 탄원이 들어온 겁니다. 그런데 내가 여기서 담배를 피웠다고 불평을 하지 뭡니까?"

"가난은 죄가 아니지. 성격이 화약08 같은 자네가 참지 못하고 그만 한바탕 내지른 거겠지. 하지만 보아하니 당신도 이 사람을 화나게 하면서 할 말은 다 한 것 같은데요?" 니코짐 포미치가 라스콜니코프를 바라보며 말했다.

"저는 가난한 대학생입니다. 돈이 없어서 지금은 휴학한 상태지만 시골에 계신 어머니가 돈을 보내주시면 빚을 갚을 수 있습니다. 제 집주인은 착한 분이고 예전에 저는 그분의 딸과 결혼까지 약속한 사이였습니다. 집주인은 그때 저한테 돈을 많이 빌려주었고, 저는 그 상태로 계속 그렇게 살고 있었습니다만 1년 전에 그 아가씨가 갑자기 티푸스로 세상을 떠났습니다. 전 예전처럼 계속 세입자 신세이고요. 그

---

08 부경찰서장의 이름은 일리야 페트로비치 포로흐. 포로흐는 화약이라는 뜻을 갖고 있다(역주)

러던 어느 날 집주인이 지금까지 꾸어준 돈 150루블에 대해서 차용증서를 써달라고 했습니다. 그런데 이제 제가 과외 자리도 끊기고 넉 달째 방세를 내지 못하자 독촉장을 낸 겁니다."

라스콜니코프는 감상적인 기분이 되어서 고백조로 지난 과거의 일을 상세히 말했다. 왜 거기서 그들에게 그런 이야기를 하게 됐는지 본인 스스로도 놀랄 정도였다.

사무관은 라스콜니코프에게 작성해야 될 답변서를 불러 주었다. 지금 당장 빚을 갚을 수는 없지만 돈을 갚을 때까지 이 도시를 떠나지 않고, 재산도 팔지 않으며 증여도 하지 않겠다는 내용이었다. 라스콜니코프는 답변서에 서명을 했다. 그때 니코짐 포미치가 흥분해서 일리야 페트로비치에게 말하는 소리가 들렸다.

"아니, 그럴 리 없어, 그 두 사람은 풀어줘야 하네! 그들이 살인범이라면 왜 경비원을 불렀겠나? 대학생인 페스트랴코프가 건물 안으로 들어갈 때에 현관 옆에서 경비원 두 명과 상인 아내가 그 사람을 봤다면서. 그리고 그는 경비원들한테 노파의 집을 물어봤다는데, 그가 살인범이라면 그런 질문을 미리 하겠는가? 그리고 코흐라는 사람도 노파 집을 방문하기 전에 아래층에 있는 은도금업자 집에서 있다가 8시 15분 전에 올라갔다고 진술하고 있지 않은가."

"하지만 처음에 문을 두드렸을 때엔 문에 빗장이 걸려 있었는데 3분 뒤에 경비원과 올라가보니 문이 열려져 있다는 건 좀 앞뒤가 맞지 않는 것 같은데요?"

"살인자는 분명히 빗장을 걸어 잠그고 그 방에 있었던 거야. 코흐가 경비원을 찾으러 내려가지만 않았더라면 범인을 잡을 수 있었을 텐데 그만 놓치고 만 거지. 그 사이에 계단으로 내려간 범인은 그들이 옆으로 지나가는 걸 숨어서 지켜보고 있었던 거야."

"문제는 명확해. 명확하다고!" 니코짐 포미치는 확신한 듯 같은 말을 반복했다.

"아니, 그건 그렇게 명확하지 않습니다." 일리야 페트로비치가 힘주어 말했다.

라스콜니코프는 모자를 집어서 문 쪽으로 발걸음을 옮겼지만 정신을 잃고 쓰러졌다. 그가 정신을 차렸을 때 그는 자기가 의자에 앉아 있다는 사실을 깨달았다.

"어디 아프십니까?" 경찰서장 니코짐 포미치가 물었다.

"서명할 때에도 겨우 펜을 쥐고 있었어요." 사무관이 대답했다.

"아픈지 오래됐소?" 일리야 페트로비치는 서류를 넘기면서 큰 목소리로 물었다.

"어제부터입니다..." 라스콜니코프는 중얼거리듯이 답했다.

"어제 밖에 외출한 적이 있었소?"

"네."

"그렇게 아픈데도 말이오?"

"네, 밖에 나갔다 왔습니다."

"그게 몇 시쯤이었소?"

"저녁 8시가 넘어서였습니다."

"어디로 갔는지 물어봐도 되겠소?"

"거리를 쏘다녔습니다."

"간단명료하군."

라스콜니코프는 창백한 얼굴로 일리야 페트로비치에게 띄엄띄엄 답했다.

"간신히 대답하는 사람한데 자네는…"

"자, 그럼, 돌아가도 좋소." 일리야 페트로비치는 니코짐 포미치가 간섭하려 하자 마지못해 라스콜니코프에게 답했다.

라스콜니코프는 경찰서 밖으로 나왔다.

'이젠 가택 수색을 할 것이다!' 그는 혼잣말을 중얼거리면서 서둘러서 집으로 갔다. '도둑놈들 같으니, 지금 나를 의심하고 있어!' 두려움이 다시 그를 엄습했다.

매 맞는 여주인 꿈

'벌써 가택수색을 했으면 어떻게 하지? 집에서 마주치기라도 하면 어쩌지?' 라스콜니코프는 걱정이 태산 같았으나 방에는 아무도 없었고, 누구도 방을 들여다 본 흔적이 없었다. 방에 들어서자마자 그는 방구석으로 달려가 벽지 뒤에 숨겨 두었던 장신구, 지갑, 그 밖의 다른 물건들을 모두 꺼내기 시작했다. 그는 외투와 오른쪽 바지 주머니에 훔친 물건들을 집어넣은 다음 문을 열어둔 채 방을 나섰다.

그는 온몸이 부서지는 듯 아팠지만 정신은 분명했다. 조금이라도 미행을 당할 것이 두려웠기 때문에 어떤 일이 있어도 즉시 증거가 될 만한 물건들을 인멸해야 했다.

'모두 강물에 던져 버리자. 강물에 다 던지고 나면 끝나는 거야.' 그는 어젯밤 이 물건들을 없애 버려야 한다는 생각을 하면서 몇 번씩 일어나려고 했을 때, 이미 그렇게 강에 던져 버리기로 결정했던 것이다.

그는 예카테린스키 운하 주변을 30분도 더 돌아다니면서 물건을 버릴 곳을 물색했으나 주변에 세탁하는 사람들, 선착장의 인부들 등 어디를 가든 사람이 있었고, 강가도 넓게 틔어 있었던 탓에 사람들 눈에 띄는 것이 부담스러웠다. 차라리 네바 강 쪽으로 가는 것이 낫겠다고 생각한 그는 V대로를 따라 네바 강을 향해 걷기 시작했다. 그러나 걷던 도중 그는 갑자기 생각이 바뀌었다. '왜 네바 강에 물건을 버려야 하지? 어디 먼 섬이라도 가서 인적이 드문 숲 속 나무 밑에 물건을 묻고 난 다음 표시를 해 두면 되는 것 아닐까?'

그는 V대로에서 광장 쪽으로 나가다가 왼쪽에 작업자재들을 쌓아두고 있는 제작소나 철공소로 보이는 빈 터를 발견했다. '이곳이 좋겠군. 여기에 버리고 가면 되겠어!' 주위를 다시 한 번 둘러보고 출입구로 들어간 그는 거기서 나무 담장을 따라 길게 뻗은 하수관을 보았다. 그 출입문과 하수관 사이에는 폭이 1아르신 정도 되는 공간에 큼지막한 돌이 놓여 있었다. 무게가 1푸드[09] 반 정도는 나갈 것으로 보이는 그 돌은 벽 쪽에 붙어 있었지만 담장 안으로 직접 와서 들여다보지 않는 한 출입구 건너편에서는 전혀 보이지 않는 위치에 있었다.

그는 서둘러 돌 윗부분을 잡고 온 힘을 다해 돌을 뒤집은 다음 돌 아래쪽에 생긴 구덩이에 주머니에 가득 담아왔

---

09 러시아의 옛 중량단위. 1푸드는 16.38kg임(역주)

던 모든 물건들을 던져 넣기 시작했다. 지갑은 맨 위에 놓았다. 그러고는 다시 돌을 원래 모양대로 뒤집어 놓았다. 돌덩어리 주위에 흙을 모아 다져 놓으니 모든 게 감쪽같았다.

그는 밖으로 나와 광장을 향해 발걸음을 옮겼다. 독촉장건으로 경찰서에 소환됐다가 그 일이 아니라는 것을 알고 미칠 듯이 기뻐했던 그 감정이 되살아났다. '증거는 인멸됐다! 누가 저 돌 밑을 뒤져 볼 생각을 하겠어? 저 돌은 예전부터 있었고, 앞으로도 계속 저렇게 있을 거야. 혹시 그 물건들을 누군가 찾아낸다고 해도 누가 나를 의심하겠어? 모든 것은 끝났어. 증거는 없는 거야!' 그는 웃기 시작했다. 그러나 광장을 가로질러 K가로수길로 접어들면서 그는 갑자기 다른 생각이 들었고, 이내 웃음은 사라졌다. 끔찍하고 혐오스러운 느낌뿐이었다.

'빌어먹을! 이렇게 시작된 거구나, 전당포 노파나 새로운 삶 같은 건 다 집어치우라고 해! 난 오늘 얼마나 거짓말을 했고, 공손하게 보이려고 일리야 페트로비치한테 얼마나 비열하게 아첨을 했는지! 그런 건 아무래도 좋아... 문제는 그게 아니야, 문제는 그게 아니라고! 만약 네가 정말 그 일을 의식적으로 한 거라면, 넌 왜 지금까지 지갑 한 번 들여다보지 않고, 네가 훔친 물건들을 하나하나 살펴보지 않았던 거지? 네가 조금 전에 강물 속에 던지려고 했던 지갑은 그 일의 전제조건과 관련된 것 아니었는가? 이건 도대체 어떻게

설명할 텐가?'

그건 모두 맞는 말이었다. 그는 그 점을 잘 알고 있었다.

'병이 나서 그러는 거야.' 우울해진 그는 이렇게 생각했다. '나 자신을 너무 괴롭혀서 이제는 나 스스로도 무슨 일을 하고 있는지 모르는 거야.' 그는 계속해서 걸었다.

그는 바실리옙스키 섬에 있는 네바 강 다리 옆에서 발걸음을 멈췄다. '그래, 이곳에 라주미힌이 살고 있지. 어쩌다 보니 이곳까지 오게 됐군...'

라주미힌은 오랜만에 만나는 라스콜니코프를 보고 놀란 표정을 지었다.

"자, 여기 앉아. 많이 피곤해 보이는데, 어디 아픈 건 아니야?" 라주미힌은 라스콜니코프의 맥을 짚어보려고 했다.

"괜찮아, 필요 없어. 일자리가 필요해서 말이야. 난 지금 과외 자리도 끊겼고... 아니, 지금 과외 선생을 할 필요는 없는데..."

"너 지금 횡설수설하고 있어, 알아?" 라주미힌은 그를 뚫어지게 바라보면서 말했다.

"아냐, 됐어... 정말 아무것도 필요 없어... 나 혼자서 해결할게... 정말 됐어! 날 내버려둬!"

라스콜니코프는 의자에서 일어나서 나가려고 했다.

"잠깐만, 과외 자리는 나도 없지만 괜찮다면 번역 일을 하는 건 어때? 너만 좋다면 텍스트하고 펜, 종이를 가져가도 돼. 이건 출판사에서 다 주는 거니까. 그리고 여기 3루블도 가지고 가. 이건 내가 첫 번째, 두 번째 장 번역료로 미리 받아둔 거야. 한 장을 더 번역하면 3루블을 더 받을 수 있어. 난 맞춤법이 서투르고 독일어도 완벽하지 않아서 그래... 어때, 일을 맡아서 할 거야?"

라스콜니코프는 말없이 독일어 논문과 3루블을 받아들고는 밖으로 나갔다. 그러나 그는 다시 되돌아와서 독일어 논문과 3루블을 책상에 내려놓고는 한마디 말도 없이 밖으로 나갔다.

"야, 너 지금 뭐하는 거야! 이럴 거면 나한테 왜 왔어?" 라주미힌이 화가 나서 소리쳤다.

"번역 따윈 필요 없어..." 라스콜니코프는 밖으로 나가면서 중얼거렸다.

"야, 임마! 그럼 필요한 게 뭔데?" 라주미힌이 계속해서 소리쳤다.

"이봐, 지금 살고 있는 집은 어디야?" 라스콜니코프는 대답이 없었다.

밖을 나간 라스콜니코프는 마차에 치일 뻔한 사실도 모른 채 길을 걷고 있었다. 마부는 라스콜니코프를 향해서 몇 번이나 경고를 외쳤는데도 듣지 못하자 그의 등을 채찍으로 후려치고 나갔다. 채찍에 맞아 바닥으로 나자빠진 그는 이를 갈며 분노했지만 주위에서는 그를 두고 비아냥거렸다.

"저, 저, 하는 꼴 좀 봐!"

"사기꾼 아니야? 술 취한 척 걷다가 마차 바퀴 아래로 들어갈 속셈이었겠지, 보상금이나 타내려고." 그는 난간 옆에서 멀어지는 마차를 노려보며 등을 문질렀다. 그때 누군가그의 손에 돈을 쥐어주는 것을 느꼈다. 중년의 부인이 딸과함께 서 있었다. 딸이 그에게 말했다.

"예수님의 이름으로 받으세요, 아저씨." 20코페이카짜리은화였다. 그가 채찍에 맞은 것이 불쌍해보여서 적선했던것이 틀림없었다. 그러나 그는 손에 은화를 쥐고 걸어가다가 네바 강 쪽으로 몸을 돌렸다. 무의식적으로 상념에 젖어있던 그는 문득 자기 손에 쥐어진 20코페이카 은화를 강물속에 그대로 던져 버렸다.

그가 집에 돌아왔을 때는 이미 저녁 무렵이었다. 여섯 시간을 돌아다닌 그는 지쳐서 소파에 누운 다음에 곧장 잠이 들었다. 그러나 그는 무서운 비명 소리에 잠을 깼다. 그런 고함과 통곡, 눈물과 욕설, 구타는 한 번도 본 적이 없었다. 통곡하는 소리와 욕설은 점점 더 심해졌다. 그러다가 그게 여주인의 목소리라는 것을 알고 라스콜니코프는 소스라치게 놀랐다. 여주인은 비명을 지르면서 울부짖고 있었다. 계단에서 얻어맞고 있던 그녀는 때리는 것을 그만 멈춰달라고 알아들을 수 없는 말로 애원하듯 내뱉고 있었다. 때리고있는 사람도 광기에 사로잡혀 숨을 헐떡이며 말을 했기 때문에 곧바로 알아들을 수 없었으나, 라스콜니코프는 갑자기 온몸이 떨리기 시작했다. 그 목소리의 주인공은 일리야 페트로비치였던 것이다. 일리야 페트로비치 부경찰서장이 집에서 여주인을 때리고 있는 것이었다! 그는 그녀에게 발길질하고 있었고, 그녀의 머리를 계단에 내려 찧고 있었다. 이게 어떻게 된 일인가, 세상이 뒤집히기라도 한 것인가? 그런데 충충마다 계단 주위에는 사람들이 웅성거리는 소리, 계단을 오르내리는 소리, 문 두드리는 소리가 들리기 시작했다. 여주인은 신음 소리를 내고 있었고, 일리야 페트로비치는 그녀를 위협하며 계속해서 욕설을 퍼붓고 있었다. 이윽고 때리는 소리가 잦아지더니 그쳤고, 계단에 서 있던 구경꾼들은 각자 방으로 흩어졌다.

라스콜니코프는 소파에 누워 있었지만 더 이상 눈을 감고 있을 수 없었다. 바로 그때 나스타시야가 촛불을 들고 방에 들어왔다. 그녀가 수프를 들고 들어온 것이었다.

"어제부터 아무것도 안 먹었잖아요. 몸도 아프다면서 종일 돌아다니면 어떻게 해요."

"나스타시야... 주인 아주머니가 왜 매를 맞았지?"

그녀는 그를 뚫어지게 쳐다보았다.

"누가 주인 아주머니를 때렸어요?"

"조금 전에 말이야... 30분 전에, 일리야 페트로비치 부경찰서장이 계단에서... 주인 아주머니를 그 사람이 왜 때린 거지?"

나스타시야는 인상을 쓰고 한참 동안 그를 쳐다보았다.

"나스타시야, 왜 말을 안 하는 거야?"

"그건 피 때문이에요." 그녀는 마침내 조용히 말했다.

"피라고? 무슨 피...?" 그는 얼굴이 백지장처럼 하얗게 변하며 중얼거렸다.

"아무도 주인 아주머니를 때리지 않았어요." 그녀는 단호한 목소리로 잘라 말했다.

"내가 다 들었단 말이야... 나는 잠을 안 자고 있었어... 한참 동안을 듣고 있었다고... 부경찰서장이 와서... 계단 쪽에 사람들도 전부..."

"아무도 안 왔어요. 그건 당신 속에서 피가 고함치고 있어서 그래요. 피가 빠져 나가지 못하니 간장을 태우는 거고, 그러니까 환각이 보이는 거라고요... 먹을 거예요, 말 거예요?"

그는 대답하지 않았다. 그는 차가운 물을 한 잔 마시고 나서 다시 의식을 잃고 쓰러졌다.

라주미힌의 방문

일종의 열병 상태에 있었던 그는 누워 있는 동안 의식을 완전히 잃은 것이 아니어서 헛소리를 하다가도 다시 얼마간 의식이 돌아오는 상태를 반복했다. 그의 침대 옆에는 나스타시야와 낯선 사람이 서 있었다. 반쯤 열려진 문 틈으로는 여주인이 방을 들여다보고 있었다. 라스콜니코프는 몸을 일으켰다.

"여기 이 사람은 누구지, 나스타시야?" 그는 젊은 청년을 가리키며 물었다.

"아, 깨어났군요!" 그녀가 말했다. 그가 깨어난 것을 보자 여주인은 곧바로 문을 닫고 사라졌다. 마흔 살 정도 된 여주인은 뚱뚱하고 귀여운 편이었지만 지나치게 내성적인 성격이었다.

바로 그때 문이 활짝 열리면서 라주미힌이 들어왔다.

"정신이 들었다면서? 파셴카[10]한테서 지금 들었어."

"그런데 댁은 어떻게 되시는지요?" 라주미힌이 옆에 서 있는 젊은 사람을 보고 물었다.

"저는 협동조합원 사무실에서 나왔습니다."

"여기 이 의자에 앉으세요." 라주미힌은 탁자 맞은편에 있는 의자에 앉아서 라스콜니코프에게 말하기 시작했다.

"넌 거의 나흘 동안 아무것도 안 먹었어. 조시모프를 두 번이나 데려오긴 했는데, 기억 나? 조시모프 말이야. 너를 진찰해 보더니 영양상태가 안 좋아서 생긴 신경성 발작이래. 괜찮아질 거라니까 걱정 말아!" 라주미힌은 조합원을 보면서 말했다.

"그럼, 무슨 일로 오셨는지 말씀하시지요."

"아파나시 이바노비치 바흐루신 씨를 기억하실 텐데요. 당신 어머님께서 그분을 통해서 저희 사무실로 돈을 보내왔습니다. 당신이 의식을 회복하면 35루블의 돈을 전해달라고 하셨습니다. 무슨 말씀인지 아시겠습니까?"

"아, 네... 기억납니다... 바흐루신 씨를..." 라스콜니코프가 작은 목소리로 말했다.

"자, 그럼 여기 장부에 서명을 해주시면 됩니다."

"이리 주세요. 자, 로쟈, 여기다가 펜으로 서명만 하면 돼."

"필요 없어." 라스콜니코프는 펜을 밀쳐내며 말했다.

---

10 여주인 프라스코비야 파블로브나를 친근하게 부르는 애칭(역주)

"필요 없다니 무슨 소리야?"

"서명하고 싶지 않아."

"아, 이런 젠장, 서명을 안 하면 돈을 어떻게 받아?"

"필요 없다니까... 돈은..."

"돈이 필요 없다니! 이런 제길, 이 녀석이 또 헛소리를... 저, 이 친구가 종종 헛소리를 해댑니다. 당신은 현명하신 분이니까 지금 상황을 다 이해하시겠지요..."

"그럼 나중에 다시 들르겠습니다."

"아니, 그럴 것 없습니다. 괜히 또 시간 낭비하지 마시고... 자, 로쟈, 기다리고 계시잖아." 그는 라스콜니코프의 손을 잡아서 서명을 하려고 했다.

"알았어. 내버려 둬. 내가 할 테니." 그는 그렇게 서명을 했고, 조합원은 송금을 전달하고 나갔다.

"야아, 잘됐어! 그럼 이제 뭘 좀 먹어야지?"

"그래." 라스콜니코프가 대답했다.

"집에 수프가 좀 있나?"

"어제 만든 수프가 있어요." 계속 그곳에 서 있던 나스타시야가 대답했다.

"감자하고 쌀을 넣은 수프?"

"감자하고 쌀을 넣은 수프요."

"그럴 줄 알았어. 수프를 가져오고, 차도 좀 갖다 줘."

"대령할게요."

잠시 후에 나스타시야는 수프를 가져왔고, 차도 곧 내오겠다고 말했다. 수프에는 숟가락 두 개와, 접시 두 개, 소금통, 후춧가루, 소고기 요리용 겨자 등 양념과 식기 일체가 딸려 나왔다. 이처럼 모든 게 잘 갖춰진 식사대접을 받아본 것은 꽤 오래 전 일이었다.

"나스타시야, 맥주 두 병만 프라스코비야 파블로브나가 서비스해 주면 진짜 좋을 텐데 말이야. 우리 둘이 같이 마시는 거야."

"정말 능력도 좋으셔!" 나스타시야가 중얼거리면서 심부름을 하러 밖으로 나갔다.

잠시 후 나스타시야가 맥주 두 병을 갖고 들어왔다.

"차를 마실 거야?"

"응."

"차를 갖다 줘, 나스타시야. 이제 여기 맥주도 있군!" 그는 수프와 소고기를 보더니 게걸스럽게 먹어치우기 시작했다.

"난 말이야, 로쟈, 여기 이 집에서 매일 이렇게 식사를 대접받고 있어."

그는 소고기를 씹으면서 이렇게 말했다.

"이건 전부 파셴카, 이 집 주인 아주머니가 신경 써 준 덕분이야. 물론 나는 딱히 부탁을 한 것도 아니지만 그렇다고 사양하지도 않아. 아, 나스타시야가 차를 가져왔군. 나스타시야, 맥주 한 잔 어때?"

"장난하시는 거예요!"

"그럼 차는?"

"차는 좋죠!"

"내가 따라 주지."

그는 찻주전자를 들고 나스타시야에게 차를 따라준 다음 긴 의자에 옮겨 앉아서 차를 숟가락으로 떠서 라스콜니코프에게 떠먹이기 시작했다. 그는 차를 열 숟가락 정도 받아 마신 다음 머리를 내젓고는 다시 베개 위로 쓰러졌다.

"파셴카가 오늘 우리한테 딸기잼을 보내주면 진짜 좋겠는데. 마실 거라도 만들게 말이야."

라주미힌은 다시 자기 자리에 앉아서 수프와 맥주를 들기 시작했다.

"아주머니가 당신한테 어디서 딸기잼을 얻어다 주겠어요?"

나스타시야는 설탕을 입에 물고 차로 녹여가면서 그에게 물었다.

"이 사람 좀 보게, 딸기는 가게에 가서 사오면 되지, 그걸 몰라? 그건 그렇고, 로쟈, 네가 자고 있는 동안에 여러 가지 일이 많았어. 네가 지난번에 그렇게 번역 일도 팽개치고 나가버린 다음에 난 네 주소를 몰라서 한참을 헤맸다고. 결국 나중엔 시민 주소 안내소로 갔더니 거기에 네 이름이 등록되어 있어서 금방 찾았지 뭐야. 이곳에 오자마자 너에 대한 얘기를 모조리 다 들었어. 전부 다 말이야. 나스타시야가 증인이지. 경찰서장 니코짐 포미치도 알게 되었고, 그 사람이 일리야 페트로비치도 소개시켜줬지. 그리고 여기 경비원하고 경찰서 사무관 알렉산드르 그리고리예비치 자묘토프, 그리고 파셴카하고도 알게 된 거야. 집 주인 아주머니를 알게 된 건 정말이지 영광이야. 나스타시야도 알고 있긴 하지만..."

"주인 아주머니한테는 그렇게 사탕발림을 하면서 아첨을 하셨잖아요..." 나스타시야는 능글거리면서 웃었다.

"아하, 사탕을 그쪽 차에도 발라놓을 걸 그랬네, 나스타시야 니키포로브나."

"허튼 수작하지 말아요!" 나스타시야가 활짝 웃었다.

"그리고 나는 니키포로브나가 아니라 페트로브나예요."

"알아 모시지요. 그런데 나는 정말 파셴카가 그렇게 매력적일 줄은... 정말 몰랐어... 어떻게 생각해?"

라스콜니코프는 아무 말을 하지 않은 채 집요하게 그를 쳐다보았다.

"이봐, 너는 애초에 집주인을 그렇게 만들면 안 되는 거였어. 도대체 넌 어떻게 하다가 집주인이 너한테 식사도 주지 않게 만든 거냐? 차용증은 또 뭐고? 차용증에 서명을 하다니 제 정신이야? 넌 다니던 대학도 휴학한 데다가 과외선생 일도 하지 않고 있는 상황인데, 집주인은 자기 딸이 죽은 마당에 너하고 아무런 관계가 없어졌으니 네가 써 준 차용증 생각이 났겠지. 아무튼 내가 파셴카한테 이 일을 취하시키는 게 어떠냐고 얘기를 잘 해놨어. 내가 빚보증을 서고 지불하겠다고 말이야. 여기 그 차용증이 있으니 받아."

라주미힌은 책상에 차용증을 올려놓았으나 라스콜니코프는 시큰둥하게 반응했다.

"쳇, 네가 기분이 좋아질까 해서 수다를 떨었는데, 넌 열만 받은 모양이구나."

"내가 혼수상태였을 때 너를 알아보긴 했어?"

라스콜니코프가 물었다.

"그래, 내가 방에 들어오니까 넌 꽤 흥분하던데. 특히 자묘토프를 데려왔을 때..."

"자묘토프를...? 사무관 말이야? 왜?" 라스콜니코프는 라주미힌을 똑바로 쳐다보았다.

"왜 이렇게 놀라고 그래? 그 사람은 너하고 사귀고 싶다고 하던데. 우린 너에 대해서 얘기를 많이 했어. 그 사람도 괜찮은 것 같던데. 우린 지금 친구가 되어서 매일 만나고 있어. 참, 난 이 동네로 이사를 왔어. 그리고 그 친구하고는 루이자 집에 한두 번 갔었지. 너, 루이자 기억하고 있어? 루이자 이바노브나 말이야?"

"내가 헛소리를 하지는 않았어?"

"넌 제 정신이 아니었어."

"무슨 말을 했었는데?"

"어떤 집 개가 어떻고, 경비원이 어떻고, 마당이 어쩌고저쩌고, 니코짐 포미치 얘기랑 일리야 페트로비치 얘기도 하더군. 그리고 웬 양말 얘기를 그렇게 하던지! 네가 양말을 달라고 하도 헛소리를 해대서 자묘토프가 보석 반지를 잔뜩 낀 그 손으로 방구석을 다 뒤진 다음 너한테 그 넝마를 직접 쥐어줬다고. 넌 그걸 무슨 신주단지라도 되듯이 손에 꼭 쥐고 있더라. 그리고 또 뜯어진 바짓부리를 내놓으라고 눈물을 흘리며 사정을 하고 말이야... 그건 그렇고, 아까 조합원한테 받은 돈 35루블 중에서 내가 10루블만 가져갈게. 이유는 한 시간 후에 말해주지. 나스타시야는 여기 이 친구를 좀 더 잘 봐주고, 내가 필요한 건 파셴카한테 말해 두지!"

"주인 아주머니를 파셴카라고 하다니 정말 뻔뻔하긴!" 나스타시야가 중얼거렸다. 그러나 라주미힌과 주인 아주머니가 나누는 대화가 꽤 궁금했던 모양인지 그녀는 곧바로 그를 뒤따라 계단을 내려갔다. 나스타시야는 라주미힌한테 푹 빠진 게 틀림없었다.

혼자 남게 된 라스콜니코프는 갑자기 라주미힌이 양말 얘기를 했던 것이 생각났다. 양말은 소파의 이불 밑에 있었다. 색이 너무 바래고 더러워진 탓에 자묘토프도 핏자국을 눈치채지 못했을 것 같았다.

"그런데 경찰서 사무관 자묘토프는 무슨 일로 여기 온 걸까? 라주미힌은 왜 그 사람을 여기 데리고 온 거지? 이게 도대체 어떻게 된 일이지? 내가 지금 헛소리를 하는 건가, 아니면 지금은 현실인가? 현실이 맞는 것 같은데... 아, 그래. 도망을 가야 해! 어서 도망쳐야 해... 외투는 어디 있지? 여기 못 보던 돈도 있군. 그래! 다른 곳에 가서 아파트를 새로 얻어야겠어. 그럼 나를 찾지 못하겠지! 아, 그럼 시민 주소 안내소는? 찾아낼지도 몰라! 라주미힌이 찾아낼 거야. 그럼 저 멀리... 미국으로 가는 것은... 차용증은 갖고 가야겠어... 아아, 계단만 잘 통과하면 될 텐데 나를 감시하고 있으면 어떻게 하지? 이건 차인가? 아아, 맥주구나!"

그는 남아있는 맥주병을 손에 쥐고는 단숨에 들이켰다. 그러자 곧바로 취기가 올라오면서 오한과 함께 깊은 잠에 빠졌다.

누군가 그의 방에 들어오는 소리에 그는 잠에서 깼다. 라주미힌이 문지방에 서서 들어와야 되는지를 망설이고 있었다.

"진짜 많이 잤어. 벌써 6시야. 넌 지금 6시간을 내리 잤다고."

"이런 세상에, 어떻게..."

"자, 나스타시야, 그 보따리를 이리 가져와. 내가 아까 가져간 10루블의 사용처를 알려주지. 우선 이 모자, 어때?"

그는 평범하고 저렴해 보이는 학생모를 꺼냈다.

"됐어, 나중에 써 볼게."

"아냐, 치수를 보지 않고 샀기 때문에 지금 써 봐야 해. 아하, 마침 딱 맞네! 모자는 말이야, 옷 중에서 제일 첫 번째로 쳐주는 품목이고, 일종의 자기소개나 다름없어. 톨스챠코프라는 내 친구가 있는데, 그 녀석은 어디를 가든지 공공장소에만 가면 다른 사람들은 전부 모자나 학생모를 쓰고 있는데도 자기 혼자 꼭 모자를 벗는단 말이야. 사람들은 그게 그 친구 노예근성 때문이라고 생각하는데, 천만의 말씀이야. 녀석은 다만 새둥지 같은 자기 모자가 부끄러워서 그런 거야. 수줍어하는 성격이거든! 자, 그리고 여기 바지도, 셔츠도... 요즘 유행하는 걸로 골랐고, 장화도 다 장만했어. 이제 로쟈, 넌 옷 한 벌을 완벽히 장만한 거야. 이제 셔츠를 한 번 입어봐."

"그냥 둬, 싫어!"

"무슨 소리야, 내가 이걸 사려고 얼마나 돌아다녔는데!"

라주미힌은 라스콜니코프의 싫은 기색에도 아랑곳하지 않고 셔츠를 갈아입혔다.

그때 문이 열리면서 키가 큰 남성이 방 안으로 들어왔다.

"조시모프! 이제야 왔구나!" 라주미힌이 기뻐서 소리쳤다.

조시모프는 키가 크고 뚱뚱한 편으로 금발 머리카락에 안경을 착용하고 있었다. 나이는 스물일곱 살 정도였고, 통통하게 살찐 손가락에는 커다란 금반지를 끼고 있었으며, 멋진 외투와 여름 바지를 입고 있었다. 입고 있는 셔츠는 깨끗했고 착용한 시곗줄도 큼직한 편이었다.

"자, 기분은 좀 어떤가요?" 조시모프는 라스콜니코프를 뚫어지게 쳐다보면서 물었다.

"맥박은 좋아. 머리는 아직도 아픈가요?"

"난 괜찮아요, 건강합니다!" 라스콜니코프는 갑자기 화를 벌컥 냈다.

"네, 좋습니다." 조시모프가 말했다.

"식사는 뭘 좀 들긴 했나요?"

그들은 그에게 대답했고, 무슨 식사를 해도 되는지를 물었다.

"뭐든지 다 줘도 돼요... 수프, 차... 다 괜찮아요. 그런데 버섯과 오이는 주면 안 되고, 물론 소고기도 주면 안 됩니다." 그는 라주미힌과 의미 있는 눈짓을 주고받았다.

"난 오늘 집들이를 할 생각인데 말이야. 이 친구도 오면 좋을 텐데. 너도 올 거지?" 라주미힌이 조시모프에게 물었다.

"그래, 알았어. 뭘 대접하려고 그래?"

"차하고 보드카, 청어하고 속을 채워 넣은 빵을 준비했지. 가까운 사람들만 부를 거야."

"뭐하는 사람들인데?"

"삼촌을 제외하면 다 이 근처에 사는 사람들이야. 삼촌은 작은 고장에서 평생을 우체국장으로 계셨고 지금은 연금을 받고 계시지. 포르피리 페트로비치도 올 예정이야. 이곳 예심판사로 있지... 너도 알지, 아마..."

"그 사람도 네 친척이야?"

"아주 먼 친척이야. 그리고 대학생 몇 명하고, 교사, 관리, 음악가, 장교, 그리고 자묘토프... 이렇게 올 예정이야."

"아, 그 자묘토프라는 사람은 도대체 무슨 사연이 있는 거지?"

조시모프는 라스콜니코프를 가리키며 물었다.

"자묘토프는, 정말 사람 괜찮다니까."

"사리사욕을 채우는 편이겠지."

"그게 무슨 상관이야! 그 사람하고 내가 가까워진 건 공통의 관심사항이 생겨서 그래."

"그게 뭔데?"

"그건 칠장이 때문이야... 우리는 그 칠장이를 반드시 구해낼 거야."

"그건 또 무슨 얘기야?"

"아, 내가 아직 얘기를 안했었나? 고리대금업을 하던 전당포 노파 살인 사건 말이야... 그 사건에 칠장이가 엮여 들어가서 말이야..."

"그 사건은 나도 들었어... 신문에서 읽었지, 그런데..."

"리자베타도 죽였어요!" 나스타시야가 라스콜니코프를 향해 갑자기 말했다.

"리자베타를?" 라스콜니코프는 작은 목소리로 중얼거렸다.

"여기저기 물건 팔러 다니던 리자베타 말이에요. 기억 안 나요? 당신 셔츠도 고쳐주고 그랬는데."

라스콜니코프는 벽 쪽으로 돌아누웠으나 팔다리가 마비된 사람처럼 움직일 생각을 하지 못했다.

"그런데, 그 칠장이가 뭘 어떻게 했길래 그래?"

"그 칠장이가 살인혐의를 받고 있다니까!"

라주미힌은 흥분해서 말했다.

"우리는 그 칠장이를 구해낼 거야! 경찰들 얘기로는, 전당포 노파 집의 문은 잠겨 있었고, 경비원이 와서 보니 열려 있었다는 건데, 그러니까 코흐와 페스트랴코프가 살인범이라는 거야! 이게 말이 되는 소리냐고!"

"자, 자, 그건 잠시 구류시킨 거잖아..."

"그래, 얘기를 더 들어봐! 살인사건 직후 경찰서에서 코흐와 페스트랴코프를 사흘 동안 구류시키고 있을 때 농부 출신 두쉬킨이라는 놈이 갑자기 경찰서에 나타나서는, 금귀고리가 들어있는 상자를 보여주면서 칠장이가 수상하다고 신고를 했다는 거야. 칠장이 니콜라이가 사흘 전 저녁 8시가 지나서 자기한테 금귀고리가 들어있는 상자를 보여주면서 2루블을 내달라고 하더라는 거야. 그래서 그게 어디서 난 건지 물었더니 길에서 주웠다고 답을 했다지. 자기는 니콜라이한테 1루블만 주었다고 얘기하고 있어. 그런데 사실 두쉬킨이라는 놈은 고리대금업까지 하고 있는 장물아비야. 그 놈은 니콜라이한테서 금귀고리를 차지하려고 30루블짜리 물건에 대해서 1루블만 내주고 저당을 잡은 거지. 두쉬킨은 자기하고 니콜라이가 모두 자라이스키 군(郡)의 농민으로 랴잔 출신이라고 했어. 니콜라이는 술을 잘 마시는 편이고, 그가 드미트리하고 같이 일한다는 사실도 잘 알고 있다고 하더군. 니콜라이가 금귀고리를 저당 잡힐 때 드미트리는 같이 오지 않았다는 거야. 그런데 그 다음날 두쉬킨은 전당포 노파 알료나 이바노브나와 리자베타가 살해됐다는 소식을 들은 거지. 두쉬킨은 수상한 생각이 들어서 니콜라이를 찾아갔다는 거야. 그런데 거기, 살인사건이 발생한 그 건물 2층에서는 드미트리가 혼자서 일하고 있었대. 드미트리 말에 따르면 니콜라이는 새벽녘이 되어서 돌아왔지만 10분쯤 있다가 다시 나가고 난 뒤로는 오지 않았다고 해. 두쉬킨은 더욱 더 니콜라이를 수상하게 여기고 있던 차에 살인사건이 발생한 지 사흘째 되는 날 니콜라이가 두쉬킨의 술집으로 제 발로 찾아왔다고 해. 그동안 어디서 지냈고, 금귀고리는 어디서 났는지를 꼬치꼬치 캐물었다지. 길에서 주웠다고 말하면서 자신의 얼굴을 외면하길래 그 사건을 암시하면서 그 때 계단에서 무슨 일이 있었는지 아느냐고 물었더니 얼굴이 하얗게 질리면서 아무것도 못 들었다면서 모자를 집어 들고 밖으로 도망치더라는 거야. 그래서 두쉬킨은 니콜라이가 범인이라는 것을 확신하고 신고했다는 거지."

"그럼, 더 확인할 것도 없네, 뭐." 조시모프가 말했다.

"아니, 잠깐만! 얘기를 마저 들어봐! 일이 이 지경이 되고 나니 두쉬킨은 가택수색을 당했고, 드미트리도 조사를 받았지. 그런데 사흘 전에 니콜라이가 붙잡힌 거야. 여인숙에 들어와서 은십자가 목걸이를 풀어 놓더니 대신에 보드카를 달라고 했다는 거야. 그래서 술을 내주었더니 그 녀석이 외양간에 가서 목을 매달려고 하는 걸 발견하고 잡아왔대. 경찰서에서는 잡혀온 니콜라이에게 심문을 한 건 물론이고. 드미트리와 같이 일하면서 전당포 노파와 그 여동생이 살해당한 것을 알고 있느냐는 질문에 전혀 알지 못했고, 사흘 전에 두쉬킨한테서 처음 들었다고 답을 했다는 거야. 귀고리는 어디서 났는지 물었지만 길에서 주웠다고 대답한 것도 전과 똑같은 상황이었고 말이야. 그런데 두쉬킨에게서는 왜 도망쳤는지 묻자 그냥 무서워서 그랬다고 하더군. 죄를 짓지 않았다면서 뭐가 무서웠는지를 계속해서 캐묻자 비로소 자백을 했다는 거야. 길에서 주운 것이 아니라 드미트리와 페인트칠을 하고 있던 그 방의 바닥에서 발견했다는 거지. 니콜라이와 드미트리는 그 방에서 저녁 8시까지 페인트칠을 하고 밖으로 나가려고 했는데, 드미트리가 장난으로 자기 얼굴에 붓을 갖고 칠을 한 다음에 도망가더라는 거야. 니콜라이는 놓칠세라 드미트리를 뒤쫓아 갔다지. 그러면서 계단에서 경비원과 여러 사람들하고 부딪혔다고 해. 그러자 경비원과 또 다른 경비원이 욕설을 한마디씩 했고, 경비원 부인까지 나와서 욕을 했다지. 또 어떤 신사분과 부인이 마침 같이 현관으로 들어오다가 그걸 보고 또 한마디 욕을 했나봐. 니콜라이와 드미트리가 통로를 가로막고 장난을 치고 있었으니까. 그러다가 드미트리는 다시 밖으로 도망을 쳤고, 니콜라이는 돌아와서 일을 마무리하고 정리를 해야 해서 방으로 돌아왔다는 거야. 그런데 방문 뒤쪽 구석에서 상자 하나가 밟혀서 그걸 살펴봤더니 안에 금귀고리가 들어있었다는 거야."

"문 뒤에? 문 뒤에 놓여 있었다고?" 라스콜니코프가 갑자기 라주미힌을 바라보며 소리치고는 천천히 일어났다.

"그래, 그런데 갑자기 왜 그래? 무슨 일이야?" 라주미힌도 자리에서 일어났다.

"아무것도 아니야...!" 라스콜니코프는 다시 쓰러지면서 기어들어가는 목소리로 대답했다.

"자다가 잠꼬대를 한 모양이군."

"계속 얘기해 봐." 조시모프가 말했다.

"그래서 그 다음엔?"

"그 다음에 니콜라이는 드미트리고 뭐고 내팽개치고, 그 즉시 두쉬킨한테 달려가서 금귀고리를 맡기고는 1루블을 챙겨서 술을 퍼마신 거야. 물론 니콜라이는 살인을 부인하고 있지."

"하지만 증거가 있잖아. 그건 엄연한 사실인데, 네가 그 칠장이의 무죄를 입증할 수 있겠어?"

"그래, 의심의 여지없이 경찰은 니콜라이를 살인범으로 생각하고 있어!"

"그 귀고리는 그때 전당포 노파의 궤짝에서 니콜라이의 손에 들어갔잖아. 그건 동의하는 부분이지? 그러면 어떻게 해서 그게 그의 손에 들어가게 됐을까?"

"어떻게 그의 손에 들어가게 됐느냐고?" 라주미힌이 소리쳤다.

"넌 의사잖아. 다른 누구보다 더 인간의 본성을 연구해야 할 네가 이런 상황을 보면서도 니콜라이가 어떤 본성을 가졌는지 모르겠다는 거야? 그건 니콜라이가 말한 것처럼 우연히 자기 손에 들어온 거야. 우연히 상자가 밟히는 바람에 귀고리를 주운 것뿐이라고!"

"하지만 자신도 처음엔 길에서 주웠다고 거짓말을 했잖아."

"자, 한번 들어봐. 경비원도 있었고, 코흐도, 페스트랴코프도 있었어. 또 다른 경비원하고, 첫 번째 경비원의 아내도 있었고. 마침 부인과 함께 현관으로 들어가던 7등 문관 크류코프도 있었지. 이렇게 많은 사람들이 모두 하나같이 증언하고 있어. 니콜라이하고 드미트리가 계단과 복도에서 장난을 치고 있었다고 말이야. 바로 위층에서는 시신이 있는데, 만약 니콜라이가 혼자서 죽였다면, 바로 그런 상황에서 웃고 애들처럼 장난치며 떠들 수 있을까? 금귀고리 상자가 발견되었고, 니콜라이는 목을 매려고 했지. 이건 명백한 사실이야. 문제는 이거야. 만약 죄를 짓지 않았다면 자살할 이유가 없다는 점이지. 죄를 지었으니 양심의 가책을 받아 자살하려고 하는 거고, 그러니까 다름 아닌 니콜라이가 범인이라는 주장인데, 이게 제일 큰 문제야! 바로 이게 문제라고!"

"음, 네가 화를 내는 건 이해하겠어. 만약 니콜라이가 정말로 그 귀고리를 주웠다면 그건 어떻게 설명할 건데?"

"설명할 게 뭐가 있어? 살인범이 그 귀고리 상자를 떨어뜨린 거야. 코흐와 페스트랴코프가 전당포 노파의 문을 두드렸을 때 살인범은 빗장을 걸어 잠그고 안에 있었던 거라고. 코흐가 아래로 내려가는 틈을 타서 살인범은 아래로 내려갔고, 계단을 올라오는 코흐와 페스트랴코프와 경비원을 피해서 마침 니콜라이와 드미트리가 페인트칠을 하다 말고 밖에 나가는 바람에 텅 빈 방에 몸을 숨긴 거야. 사람들이 위로 올라갈 때 문 뒤에서 숨죽이고 있다가 니콜라이와 드미트리가 건물 밖으로 뛰쳐나갔을 때 아래로 내려갔겠지. 바로 그 방문 뒤에서 기다릴 때에 살인범은 그 귀고리 상자를 떨어뜨린 사실도 몰랐던 거야."

"네 얘기는 기막힐 정도로 앞뒤가 너무 잘 맞아 떨어지는데. 꼭 다 계획된 각본 같은 느낌이 들어서 말이야..."

"아, 정말!" 라주미힌이 소리쳤다. 순간 방문이 열리면서 낯선 남자가 들어선 것은 바로 그때였다.

루쥔의 등장

그는 과도하게 격식을 따지고 위세를 부리는 중년 신사로 보였다. 문에 멈춰 선 그는 세상에 이렇게 누추한 곳이 있는지 몰랐다는 표정으로 주위를 둘러보았다. 라스콜니코프의 좁은 방을 쳐다보고 있는 그의 얼굴엔 이처럼 경악과 아니꼬운 표정이 동시에 스며들어 있었다. 그는 정중하지만 근엄한 표정을 지으면서 조시모프를 향해 질문했다.

"당신이 로지온 로마니치 라스콜니코프, 대학생, 아니 대학생이었던 분입니까?"

조시모프는 천천히 대답하려고 했지만 라주미힌이 갑자기 먼저 대답했다.

"저기 소파에 누워있는 사람이 바로 그 사람입니다! 무슨 일이신가요?" 그는 다시 조시모프 쪽으로 몸을 돌렸다.

"이 사람이 라스콜니코프입니다!" 조시모프는 턱짓으로 환자 쪽을 가리킨 다음 웬일인지 크게 하품을 했다. 그리고 천천히 조끼 주머니를 뒤져서 커다랗고 불룩한 금시계를 꺼내서 뚜껑을 연 다음 시간을 확인하고는 아주 느릿느릿 시계를 다시 주머니에 넣었다.

라스콜니코프는 말없이 똑바로 누워서 방금 들어온 사람을 뚫어지게 바라보다가 조시모프가 자신을 가리키며 라스콜니코프라고 말하자 자리에서 벌떡 일어나 말했다.

"내가 라스콜니코프요! 무슨 일입니까?"

"저는 표트르 페트로비치 루쥔입니다."

그러나 라스콜니코프는 그의 대답을 듣고도 처음 들어보는 것처럼 아무런 대꾸도 하지 않았다.

"아니, 어떻게 이럴 수가! 지금까지 아무런 소식도 전해 듣지 못했단 말인가요? 열흘 전, 아니 거의 2주 전부터 편지를..."

루쥔은 말을 계속했다.

"당신의 어머니께서는 제가 아직 그곳에 있을 때부터 편지를 쓰기 시작하셨습니다. 저는 당신이 이제는 저에 대해서 모든 사실을 충분히 들어서 알고 있으리라 생각해서 오늘에야 이곳에 오게 됐습니다. 그런데..."

"아, 들었어요. 알고 있다고요! 그러니 당신이 그 약혼자 군요? 이제 됐습니다!"

표트르 페트로비치는 기분이 상했지만 입을 다물고 그 말의 의미를 파악하려고 했다. 라스콜니코프는 처음에는 그를 제대로 보지 못한 것처럼 다시 그를 찬찬히 살펴보기 시작했다. 표트르 페트로비치는 이곳 수도에서 약혼녀를 기다리는 동안 옷차림과 몸치장에 신경을 쓴 티가 역력했는데, 문제는 그게 상당히 과도한 느낌을 준다는 점이었다. 양복점에서 새로 맞춘 그의 정장은 너무 새 것이어서 그 목적을 뻔히 드러내고 있다는 점만 빼면 상당히 훌륭했고, 심지어 한껏 멋을 낸 둥근 새 모자도 그러한 목적을 잘 나타내고 있었다. 표트르 페트로비치는 과도한 느낌이 들 정도로 모자를 소중히 대했고, 그것을 아주 조심스럽게 손에 들고 있었다. 또한 그는 연보라색의 고급 장갑 역시 착용하지 않고 주변에 과시하기 위해 손에 들고 있었다. 연한 색 여름 재킷과 같은 색깔의 조끼, 그리고 바지와 얇은 드레스 셔츠, 분홍색 스트라이프 문양의 넥타이 등으로 인해 그는 실제 나이인 마흔다섯 살보다 젊어 보였다. 볼 양쪽의 구레나룻과 깨끗이 면도된 턱수염, 곱슬곱슬한 파마머리까지 유심히 살펴본 라스콜니코프는 냉소적인 미소를 던지며 천장으로 시선을 돌렸다.

"당신이 이렇게 건강이 좋지 못한 걸 알았다면 좀더 일찍 찾아왔을 텐데 유감입니다. 저는 어머니와 누이가 이곳에 도착하기를 손꼽아 기다리고 있고, 이미 두 분이 지낼 거처도 마련해 놓은 상태입니다."

"어디에 말인가요?"

라스콜니코프가 물었다.

"여기서 멀지 않은 곳에 있는 바칼레예프 아파트입니다..."

"보즈네센스키 대로에 있는 건물 말이군요. 2층이 모두 여관방이죠." 라주미힌이 끼어들었다.

"거긴 굉장히 더럽고 악취가 진동하는 곳이에요. 별난 사건들도 많고 사람이 살 만한 곳은 아닌데요. 방세는 싸긴 하지만요."

"저는, 거기까지는 제가 일일이 알 수 없는 상황이어서 어쩔 수 없는 일이었습니다. 다만 깨끗한 방을 두 개 마련했고, 아주 잠시 동안만 머물 예정입니다. 물론 우리가 나중에 살게 될 아파트는 이미 마련했고, 지금은 수리 중입니다. 저역시 지금은 립페베흐젤 여사의 건물에서 안드레이 세묘노비치 레베쟈트니코프의 아파트에서 세를 얻어 지내고 있지요." 루쥔은 당황한 기색을 감추며 말하려고 애를 썼다.

"레베쟈트니코프라고요?" 라스콜니코프는 천천히 그 이름을 되뇌었다.

"네, 관청에서 일하고 있는 젊은 청년이지요. 저는 청년들을 만나는 걸 좋아하는 편입니다. 그들을 통해서 새로운 걸 알게 되니까요. 10년 동안이나 페테르부르크에 와 보지 못했습니다만 모든 새로운 변화나 개혁, 사상들을 접하기 위해서는 여기 수도에 살아야 합니다. 몽상적이고 낭만적인 것들을 뒤로 하고 뭔가 새롭고 유익하며 실용적인 것들이 확산되고 있지 않습니까. 세상은 과학과 경제를 통해서 진보하고 있는 겁니다."

"뻔한 얘기 아닙니까."

"아니요. 뻔한 얘기가 아닙니다. 만약 제가 이웃을 사랑하라는 말만 듣고서 이웃을 사랑했다면 어떻게 됐을까요? 그럼 저는 입고 있는 웃옷을 반으로 잘라서 이웃과 나눠 가져야 할 테고, 그렇게 되면 우리는 둘 다 절반은 벗은 상태가 되었을 겁니다. 과학은 다른 모든 사람들을 사랑하기 전에 자기 자신을 사랑하라고 말합니다. 세상 모든 것은 개인적인 이익에 기초하기 때문이지요. 또한 경제는 사회에서 유능한 개인의 사업이 많으면 많을수록 공공의 사업도 번성하게 된다고 합니다. 다시 말해서 자신의 이익을 먼저 추구함으로써 모든 사람들에게 도움을 주고, 그렇게 하다 보면 주위의 사람들도 절반만 남게 된 웃옷보다는 더 많은 걸 얻게 될 거라는 얘기입니다."

"전당품을 맡기러 갔던 사람 중에 한 명이 살인을 저지른 게 분명해!" 갑자기 조시모프가 화제를 돌려서 말했다.

"그래, 맞아! 포르피리는 얘기하지 않았지만 물건을 저당 잡힌 사람들을 조사하고 있어..." 라주미힌이 말했다.

"저당 잡힌 사람들을 조사한다고?" 라스콜니코프가 큰 소리로 물었다.

"응, 그런데 왜?"

"아무것도 아니야."

"범인은 경험이 없는 놈이 분명해. 10루블이나 20루블 정도 되는 물건들만 주머니에 잔뜩 챙기고, 노파의 궤짝만 뒤졌다고. 서랍장에는 어음 말고도 자그마치 1천5백 루블이나 되는 돈이 지폐로 들어 있었는데도 말이야! 제대로 훔치지도 못하고 사람을 죽이기만 한 거야. 그건 처음 저지른 범죄가 틀림없어, 내 말이 확실해! 그리고 그저 우연히 도망치는 데 성공한 것뿐이야!"

"지금 며칠 전에 일어난 전당포 노파살해 사건을 얘기하시나 보군요."

루쥔이 대화에 끼어들었다.

"그렇습니다. 그 사건에 대해서 들으셨나요?"

"네. 그런데 전 좀 다른 문제에 관심이 있습니다. 최근 들어서 하층계급과 상층계급에서 모두 범죄가 증가하고 있다고 하더군요. 어느 곳에서는 대학에 다닌 사람이 우체국에서 강도짓을 했다고 하고, 또 어디에선 사회적 지위도 있는 사람이 위조지폐를 만들었답니다. 모스크바에서는 세계사 선생이란 자가 복권을 위조했다지요. 만약 물건을 저당 잡힌 사람들 중에 전당포 노파 살인범이 있다면 그건 상류층 사람일 겁니다. 농부들이 귀금속을 전당포에 맡기지는 않으니까요. 소위 배웠다는 상류층 사람들이 저지르고 있는 이런 도덕성의 타락에 대해서 어떻게 생각하시는지요?"

"그게 뭐가 문제란 말이요? 당신 이론대로라면 사람을 찢어 죽여도 상관없다는 결론이 되는데!"

"아니, 그게 무슨 말이오! 경제 얘기를 하긴 했지만 살인을 해도 좋다는 말은 한 적이 없습니다!"

"그러는 당신은 약혼녀인 내 동생이 결혼에 동의할 때에 무엇보다도 내 동생이 가난한 집 출신인 게 더할 나위 없이 좋았다던데, 아닌가? 가난한 아가씨를 부인으로 맞이하면 그녀한테 시혜를 베풀었노라고 평생 동안 과시할 수 있기 때문이었다지, 내 말이 틀렸나?"

"아니, 이것 보시오!" 루쥔은 얼굴이 벌개져서 어쩔 줄을 몰랐다.

"대체 무슨 소리를... 아마 당신 어머님이 그런 얘기를 했나 본데..."

"이봐, 내 말 똑똑히 들어. 다시 한 번 당신 입에서 내 어머니 얘기가 나오게 되면... 그땐 당신을 계단 밑으로 집어 던질 줄 알아!"

"이봐, 무슨 말이 그래?" 라주미힌이 소리쳤다.

"자, 여러분. 전 이 방에 처음 들어오는 순간부터 당신이 가진 불쾌감을 눈치 챘지만 당신이 환자인데다가 제 인척이기 때문에 웬만하면 참으려고 했습니다. 하지만 이젠 더 이상..."

"썩 꺼져, 당장!"

라스콜니코프가 불같이 성을 내며 소리치자 화가 머리끝까지 치민 루쥔은 불쾌한 표정이 되어 밖으로 나갔다.

"좀 심했던 거 아니야?" 라주미힌은 순식간에 벌어진 이 상황에 당황해하면서 말했다.

"날 좀 내버려 둬, 제발!" 라스콜니코프는 흥분해서 소리쳤다.

"그만 가지." 조시모프가 라주미힌에게 눈짓을 했다.

라주미힌은 먼저 나간 조시모프를 뒤따라 밖으로 나갔다.

수정궁에서의 대화

혼자 남은 라스콜니코프는 문을 잠근 다음 라주미힌이 사다 놓은 옷 보따리를 풀어서 옷을 입기 시작했다. 새 옷으로 갈아입은 그는 어머니한테서 받은 돈 25루블을 챙겨 넣고 조용히 방에서 나왔다.

때는 저녁 8시 무렵이었고 해가 지고 있었다. 여전히 더운 날씨였다. 악취가 진동하고 먼지가 가득한 공기를 들이마시자 그는 가벼운 현기증을 느꼈다. 그는 평상시 버릇대로 센나야 광장으로 발걸음을 옮겼다. 그는 광장을 가로질러 V대로 쪽으로 가다가 작은 골목에 다다랐다. 그는 광장에서 사도바야 거리로 연결되는 이 작고 구불구불한 골목길을 전에도 자주 걸어 다녔다. 최근에는 불쾌한 일이 있을 때마다 더 불쾌한 심정이 되고 싶은 마음에 이곳을 아무 생각 없이 거닐곤 했다. 선술집과 여러 종류의 식당들로 가득 찬 이 거리에는 머리에 아무것도 쓰지 않은 채 옷 하나만 걸쳐 입은 여인들이 떼를 지어 나오고 있었다. 시끄럽게 떠들고 노래를 부르는 사람도 있었고, 욕설을 퍼부으며 싸움을 벌이는 부랑자도 있었다. 그곳에 있는 여성들의 나이는 제각각이어서 어떤 여성은 마흔이 넘어 보였고, 어떤 여성은 열일곱밖에 되지 않아 보였지만 모두들 맞아서 얼굴에는 하나같이 멍이 들어 있었다. 그는 어디선가 들려오는 노래에 침울한 심정으로 귀를 기울었다. 가냘픈 목소리로 낭군에게 자신을 때리지 말라고 호소하는 내용이었다. 그러다가 그는 늘어서 있는 여성에게 눈길을 주기도 하면서 다시 발걸음을 옮겼다.

'어디선가 읽었었지. 사형 선고를 받게 된 사람이 죽기 한 시간 전에 이런 말을 했다든가, 생각을 했다든가. 겨우 자기 발만 디딜 수 있는 높은 절벽 위에서 깊고 깊은 심연, 그리고 그 넓은 바다를 바라보면서, 영원한 암흑과 고독, 폭풍 속에서 살아야한다고 해도, 평생 동안 1아르신 밖에 안되는 공간에 서 있어야 한다고 해도 죽는 것보다는 사는 게 낫다고 했다지! 살 수만 있다면 말이야! 그래, 그게 사실이야! 인간이란 게 참 비열하지!'

그는 이렇게 생각하면서 다른 거리로 나갔다. '그래! 여기가 바로 그 수청궁이로군! 들어가 보자!'

그는 아주 넓고 쾌적한 술집에 들어섰다. 안에서는 두세 사람이 차를 마시고 있었고, 또 다른 무리는 샴페인을 들고 있었다. 라스콜니코프는 그들 사이에서 자묘토프를 본 것 같았다. 그는 웨이터에게 차를 주문하고 지난 닷새 동안의 신문을 갖다 달라고 부탁했다. 웨이터로부터 건네받은 신문을 하나하나 읽으면서 초조한 기색을 감추지 못하던 그 앞에 갑자기 누군가가 다가와서 그의 테이블 옆자리에 앉았다. 사무관 자묘토프였다. 그는 예전처럼 손가락에 반지를 여러 개 끼고, 금줄을 차고, 가르마를 탄 머리에는 포마드를 바른 상태였으며 사치스러운 조끼를 입고 있었다. 그는 샴페인 탓인지 얼굴이 벌겋게 상기된 상태였다. 라스콜니코프는 신문을 옆으로 치우고 자묘토프를 향해서 얼굴을 돌렸다.

"당신이 왔다 가셨다는 얘기를 들었습니다. 양말까지 찾아주셨다면서요... 라주미힌은 당신을 아주 좋게 보더군요. 당신이 라주미힌하고 같이 루이자 이바노브나한테 가셨다던데요, 당신이 그때 그렇게 신경을 썼던 루이자 이바노브나 말입니다. 그때 당신은 계속 그 화약 중위한테 눈짓을 줬지만 화약 중위는 전혀 분위기 파악을 못 하더군요... 제 말이 맞지요? 그건 그렇고, 당신은 이렇게 좋은 곳을 자유롭게 드나드시니 참 대단하군요. 지금은 누구한테서 샴페인을 대접받고 있는 건 아닌가요?"

"그냥 우리끼리 마시는 중입니다... 대접이라니 그게 무슨 말입니까?"

"향응을 받고 있군요! 당신은 누구든지 다 이용하는 사람이니까!" 라스콜니코프는 웃기 시작했다.

"괜찮습니다, 괜찮아요!" 그는 자묘토프의 어깨를 치면서 말했다.

"그런데 신문을 보고 계셨나 본데요?"

"네, 신문을 보고 있었습니다. 내가 무슨 기사를 보고 있었는지 알고 싶으신 거겠지요?"

"그걸 알고 싶어서 물어본 게 아니라 그냥 물어본 겁니다."

"하아, 가르마를 타고 포마드를 바르고, 반지도 여러 개 끼고 있고, 돈 많은 양반은 달라도 뭐가 다르단 말이야, 멋지군!" 라스콜니코프가 웃음을 터뜨리자 자묘토프는 당황했다.

"아직도 당신은 헛소리를 하는 것 같군요." 자묘토프가 심각한 얼굴이 되어서 말했다.

"내가 읽고 있었던 것은 전당포 노파살해 사건에 대한 기사였어요." 라스콜니코프는 자묘토프의 얼굴에 바짝 다가가 속삭이듯이 말했다.

"당신이 그 신문기사를 읽든지 말든지 그게 무슨 상관이에요!" 자묘토프가 초조해져서 소리쳤다.

"경찰서에서 그 노파 얘기가 나오자마자 내가 기절을 했었지요, 이제는 그걸 이해하겠습니까?"

"이해한다니 그게 무슨 말인가요?" 자묘토프가 놀라면서 반문했다. 심각한 얼굴로 말하던 라스콜니코프는 갑자기 신경질이 난 듯 웃음을 터뜨렸다.

"당신은 정신이 이상해졌거나 아니면..."

"아니면 뭐요?"

"아무것도 아닙니다! 그만하지요!" 자묘토프는 화가 나서 말했다. 두 사람은 상당히 오랫동안 침묵했다.

"요즘에는 흉악 범죄가 급격히 증가하고 있습니다." 자묘토프가 한참 지나서 말을 꺼내기 시작했다.

"우리 지역에서도 전당포 노파가 살해됐지만 범인은 굉장히 떨렸던 게 틀림없어요. 운이 좋아서 도망치는 데만 성공했지, 제대로 훔치지도 못했거든요."

라스콜니코프는 모종의 모욕감을 느꼈다.

"그럼 범인을 잡아야겠군요, 어서 가서 잡지 않고 뭐해요!" 그는 재미있다는 듯이 자묘토프를 약올렸다.

"범인을 잡고 있는 중입니다."

"누가요, 당신이 잡는다고요? 당신들은 돈 없던 가난뱅이가 갑자기 돈을 물 쓰듯 쓰기 시작하면 바로 그놈이 범인이라고 단정 짓는 것 아닌가요? 그런 식이라면 어린 애들도 당신들을 속일 수 있을 겁니다!"

"하지만 그런 놈들은 항상 그렇게 티를 내기 마련이에요. 돈이 생겼다고 갑자기 술집을 제 집처럼 드나들다가 체포되는 일이 다반사니까요. 물론 당신이라면 술집을 드나들진 않겠지요?"

라스콜니코프는 인상을 쓰고 자묘토프를 뚫어져라 쳐다보았다.

"나라면 어떻게 행동할지 궁금한가 보군요?"

"네, 알고 싶군요."

"만약 나라면 돈하고 물건들을 훔친 다음에 아주 외딴 공터 같은 곳에 가겠습니다. 그리고는 거기에 있는 커다란 돌을 들어 올려서 그 구덩이에 돈과 물건들을 집어넣는 겁니다. 그 다음에 돌을 다시 덮어서 주변 자리를 다지고 난 다음 2,3년 동안은 그곳을 찾지 않는 거지요. 그렇게 하면 당신들이 과연 살인범을 찾을 수 있을까요?"

"당신은, 제 정신이 아니군요." 자묘토프가 이 말을 속삭일 때 라스콜니코프의 얼굴은 창백해졌고 입술은 떨리기 시작했다.

"만약 내가 노파와 리자베타를 죽였다면 어떻게 할 거요?" 라스콜니코프는 느닷없이 이렇게 말하고 고개를 들었다. 자묘토프는 놀라서 안색이 하얘졌다.

"그게 말이 되는 소립니까?"

"솔직히 말해보세요. 당신은 그렇게 생각하고 있었지요? 아닌가요?"

"아닙니다!" 당황한 자묘토프가 황급히 말했다.

"아니라고요? 그럼 화약 중위는 기절했다가 깨어난 나를 왜 심문한 거요? 내 말에 답변할 수 있나요? 하하, 자, 그럼 됐습니다! 이만 하고, 다음에 또 보도록 하지요!"

그는 참을 수 없는 쾌감을 느끼면서 밖으로 나왔다. 그러나 길을 걷던 도중에 물에 빠져 자살을 기도했다가 살아난 여성을 보면서 모든 것을 끝내겠다는 생각에 경찰서로 방향을 돌렸다. 아무 목적 없이, 혹은 조금이라도 시간을 벌 생각에 땅만 보면서 걷던 그는 문득 머리를 들자 자신이 바로 그 건물 앞에 와 있다는 사실을 깨달았다. 그 날 이후로 한 번도 와 본 적이 없었지만 그는 현장에 직접 가보고 싶은 충동에 낯익은 계단을 따라 4층으로 올라갔다. 방 안에는 일꾼들이 새로 수리를 하고 있었다. 그는 침대와 궤짝, 서랍장이 있었던 방으로 건너갔다. 일꾼 중 한 명이 그를 쳐다보았다.

"당신, 거기서 뭐하는 거요?" 그가 물었다.

라스콜니코프는 대답 대신에 문 밖으로 나가서 초인종 줄을 잡아 당겼다. 그는 그 소리를 들으면서 그 당시를 생각했다.

"당신 여기서 뭐가 필요해서 그러는 거요?" 일꾼이 다시 그에게 물었다.

"아파트를 임대하려고 온 거요."

"아파트를 지금 보러 다니는 사람이 어디 있소? 그렇다면 경비원하고 같이 오든가 했어야지."

"바닥이 닦여있군. 칠을 새로 할 거요? 피는 없었소?"

"무슨 피를 말하는 거요?"

"노파와 여동생이 여기서 살해됐는데 이곳에 피가 흥건했었단 말이오."

"아니, 당신 도대체 뭐 하는 사람이오?"

"나를 말하는 거요?"

"그렇소."

"알고 싶으면 경찰서로 갑시다. 거기 가면 얘기하리다."

일꾼들이 경비원을 부르자 라스콜니코프는 당당히 자신의 신분을 밝혔다.

"나는 로지온 로마노비치 라스콜니코프이고, 대학생이었소. 여기서 멀지 않은 골목에 쉴랴네 집 14호에 살고 있지. 경찰서에 가자고 얘기했건만 오히려 그쪽이 겁내는 것 같은데." 라스콜니코프는 비웃는 것처럼 말했다.

"이딴 녀석하고 더 얘기해서 뭐해? 썩 꺼져! 이 건달 같은 놈!"

"이상한 자식이야." 일꾼이 말했다.

"요즘엔 미친놈들이 많아서 큰일이에요." 무리 중에 있던 한 아낙이 거들며 말했다.

건물을 나온 라스콜니코프는 계속 길을 걸었다. 그런데 저 멀리 짙은 어둠 속에서 사람들이 웅성거리고 있었다. 사람들 가운데에는 마차 한 대가 서 있었다. 라스콜니코프는 호기심에 사람들이 모여 있는 곳으로 방향을 돌렸다.

마르멜라도프의 죽음

도로 한복판에는 화려한 마차가 서 있었고, 마부는 마차에서 내려서 말의 재갈을 붙잡고 있었다. 사람들은 잔뜩 모여 있는 가운데 소리를 지르기도 하고 한숨을 내쉬고 있었다.

"저걸 어째, 세상에!"

라스콜니코프는 사람들 틈을 비집고 들어가서야 소동의 이유를 알 수 있었다. 그곳엔 말발굽에 짓밟혀 쓰러진 한 남성이 피를 흘리며 쓰러져 있었다.

"제가 그런 게 아니에요! 제가 몇 번을 소리 지르며 비키라고 했습니다! 세 번씩이나 말했다고요! 그런데 이 사람이 술에 취했는지 곧장 달리는 말 다리 밑으로 쓰러졌어요!"

마부는 울먹이면서 항변했다.

"그건 맞아요, 사실이에요!" 누군가 마부를 두둔하기라도 하듯 맞장구를 쳤다.

"세 번 소리친 건 맞아요. 다들 들었어요!" 또 다른 사람이 말했다.

쓰러진 사람을 자세히 살펴보던 라스콜니코프는 놀라서 말했다.

"이 사람이 누군지 압니다, 제가 알아요! 퇴역관리로 9등 문관 마르멜라도프라고 합니다! 이 근처에 살고 있어요... 어서 의사를 부르세요! 돈은 제가 지불하겠습니다, 어서요! 병원으로 데려가기 전에 응급치료부터 받아야 할 것 같습니다. 집에서는 가족들이 먼저 돌볼 수 있으니까요, 그렇게 하지 않으면 병원에 가기도 전에 죽을지도 모릅니다. 어서 옮겨 주세요!"

한편 혼잣말을 하고 중얼거리면서 연신 기침을 하던 카테리나 이바노브나는 작은 방을 왔다 갔다 하고 있었다. 폐병을 앓고 있는 그녀는 기침을 할 때마다 복도와 다른 방에서 흘러 들어오는 담배연기로 인해 더욱 더 고통을 느끼고 있었다. 그러던 그녀는 갑자기 문 앞에 사람들이 몰려오는 것을 보고 소리쳤다.

"아니, 이게 뭐하는 거예요? 지금 뭘 들여오는 거예요? 아아, 세상에!"

사람들은 의식을 잃은 채 피투성이가 된 마르멜라도프를 방으로 들여왔다.

"소파에 눕히세요, 소파에!"

라스콜니코프가 급하게 소리쳤다.

"술에 취해서 길을 가다가 마차에 치였어요!" 문간에서 누군가 소리쳤다. 카테리나 이바노브나는 숨을 가쁘게 몰아쉬었고, 아이들은 놀라서 울음을 터뜨리기 시작했다.

"진정하세요. 제가 이리로 모셔오자고 했습니다..." 라스콜니코프는 카테리나 이바노브나에게 다가가 말했다.

"세상에, 이 일을 어쩌면 좋아! 결국 이렇게 되는구나!" 카테리나 이바노브나는 절망했다. 그녀는 가슴을 억누르며 호흡을 가다듬고는 어린 딸에게 소리쳤다.

"폴랴[11]! 소냐에게 빨리 갔다 와! 집에 없으면 아버지가 마차에 치였다고 전해달라고 해. 집에 오는 대로 빨리 여기로 오라고 해, 어서!"

주위는 더욱 소란해졌다. 건물에 사는 세입자들이 꾸역꾸역 모여들어서 문 앞은 발 디딜 틈조차 없었다. 카테리나 이바노브나는 참지 못하고 소리를 질렀다.

"뭐 구경할 게 있다고 이래요! 죽을 때만이라도 편히 가게 내버려 둬요! 어서 나가요!"

갑자기 마르멜라도프가 의식을 되찾고 신음소리를 냈다. 그는 카테리나 이바노브나를 알아보고는 쉰 목소리로 말했다.

"신부님을!"

카테리나 이바노브나는 창가로 물러나 오열했다.

---

11 폴리나의 애칭(역주)

"아아, 이런 빌어먹을 인생이 또 있을까!"

"신부님을!" 마르멜라도프는 잠시 후 다시 한 번 작은 소리로 내뱉었다.

"보냈어요!" 카테리나 이바노브나는 그에게 소리쳤다. 그는 말없이 슬픈 눈길로 그녀를 쳐다 볼 뿐이었다.

곧 의사가 방으로 들어왔다. 독일인 노의사는 환자에게 다가가 맥박을 재고 머리를 본 다음 피에 젖은 셔츠를 벗기고 환자의 가슴을 살폈다. 가슴은 온통 일그러지고 짓이겨져서 찢긴 상태였다. 오른쪽 갈비뼈 몇 대가 부러져 있었고, 왼쪽 심장 부위에는 커다랗게 피멍이 든 상처가 있는데, 말발굽에 채인 부위였다. 의사는 이맛살을 찌푸렸다. 경찰은 마차 바퀴 속에 끼어 들어가 길에서 서른 걸음 정도를 끌려갔다고 얘기했다.

"가망이 없습니다. 길어야 5분 내지 10분일 겁니다..."

의사가 라스콜니코프에게 속삭였다.

이윽고 사제가 방에 들어와 고해성사가 시작됐다. 죽어가는 사람은 아무것도 이해하지 못한 채 뭔가를 중얼거리고 있었다. 그때 언니를 찾으러 뛰어나갔던 폴랴가 가쁜 숨을 몰아쉬며 들어왔다.

"길에서 만났어요, 올 거예요!" 뒤따라 한 아가씨가 수줍어하며 사람들 사이를 헤치고 들어왔다. 소냐였다. 그녀는 문간에 서서 어쩔 줄을 몰라 하면서 주위를 살폈다. 그녀가 입고 있는 총천연색의 낡은 드레스와 문을 가로막을 정도로 넓게 펼쳐진 치맛자락, 손에 들려있는 양산과 새빨간 깃털 장식이 달린 둥그런 밀짚모자는 지금 이 상황에 전혀 어울리지 않았지만 그녀는 이런 사실을 아예 깨닫지 못하는 것 같았다. 열여덟 살 정도 되어 보이는 소냐는 야윈 몸이었으나 푸른 눈과 금발의 예쁜 아가씨였다. 급하게 뛰어온 그녀는 문지방을 넘어 한 발자국을 내디뎠지만 곧 걸음을 멈췄다. 이어서 고해성사와 영성체가 끝났다. 마르멜라도프는 임종을 앞두고 고통스러워했다. 그는 카테리나 이바노브나에게 용서를 구하고자 했다. 그때 그는 문간에 서 있는 소냐를 발견했다. 그는 한쪽 팔로 힘겹게 몸을 일으켰다.

"소냐! 내 딸 소냐! 나를 용서해라!" 그는 이렇게 외치고는 손을 뻗으려 했지만 중심을 잃고 앞으로 쓰러졌다. 소냐는 비명을 지르고 달려가 그를 끌어안았지만 그는 그녀의 품에 안겨 숨을 거두었다.

"아아, 이제 어떻게 해! 어떻게 이 사람 장례를 치르고, 어떻게 이 애들을 먹여 살린다지?" 카테리나 이바노브나는 절규했다.

"카테리나 이바노브나." 라스콜니코프가 그녀에게 다가가 말했다.

"부군과는 지난주에 저와 얘기를 나눌 기회가 있었습니다. 부군께선 부인에게 깊은 존경심을 보였고 늘 감사하고 있었지요... 이제 제가 고인에 대한 배려 차원에서 얼마간의 성의를 보이려고 하니 받아주십시오... 여기 25루블이 있습니다... 그럼 또 들르겠습니다... 안녕히 계십시오!"

이 말을 마치고 그는 서둘러서 방 밖으로 나와 계단을 내려갔다. 그런데 그는 마침 그 계단에서 니코짐 포미치 경찰서장을 만났다. 경찰서장은 그를 바로 알아보았다.

"아, 당신이었군요."

그가 라스콜니코프에게 말을 건넸다.

"죽었습니다. 의사도, 신부님도 왔습니다. 불쌍한 부인을 너무 힘들게 하지 마시고 용기를 주십시오..." 라스콜니코프가 그에게 말했다.

"그런데 당신은 온통 피투성이군요." 니코짐 포미치는 라스콜니코프의 옷에 묻은 핏자국을 보면서 말했다.

"네, 다 피에 젖었습니다." 그는 고개 숙여 인사를 한 다음 계단을 마저 내려갔다.

"잠깐만요, 잠깐만요!"

누군가 뛰어내려오는 발걸음 소리가 들렸다. 라스콜니코프는 뒤돌아보았다. 폴랴였다.

"잠깐만요, 아저씨 이름이 어떻게 되세요?"

그는 어린 소녀의 어깨에 손을 얹고 모처럼 기분이 좋아져서 물었다.

"누가 너를 보냈지?"

"소냐 언니가요."

"그랬구나."

"엄마도 저를 보냈어요. 빨리 뛰어갔다 오라고요."

"소냐 언니를 사랑하니?"

"그럼요, 누구보다도 언니를 사랑해요!"

"나도 사랑해주겠니?"

그는 대답 대신에 그에게 입을 맞추려고 천진난만하게 입술을 내미는 소녀를 바라보았다.

"너는 기도할 줄 아니?"

"그럼요, 처음에 성모 마리아님께 기도하고, 소냐 언니를 용서하고 축복해달라고 기도해요. 돌아가신 아빠와 예전 첫 번째 아빠를 위해서도 기도하고요."

"폴랴야, 내 이름은 로지온이야. 언제라도 좋으니 나를 위해서도 기도해다오. 당신의 종 로지온도 용서해달라고 말이야. 다른 건 필요 없단다."

"평생 아저씨를 위해서 기도할게요." 소녀는 그를 꼭 껴안았다.

라스콜니코프는 소녀에게 자신의 주소를 알려주고는 다시 들르겠다고 말한 뒤 밖으로 나왔다.

'됐어! 공포도, 환영도 이젠 다 의미 없어! 난 지금 살아 숨쉬고 있고, 노파는 죽은 사람에 불과해. 이성과 빛의 왕국이 찾아온 거고, 의지와 힘의 왕국이 도래한 거야. 어디 한번 해 보자! 난 이미 1아르신 밖에 안 되는 공간에서도 살 생각을 했었잖아! 힘이야, 사람은 힘이 있어야 해!' 그는 자신만만하게 생각하면서 걸어갔다.

그는 문득 집들이를 할 계획이라는 라주미힌의 말이 생각났다. 라주미힌의 집은 쉽게 찾을 수 있었다. 그의 방에서는 벌써 시끌벅적한 소리가 들려왔다. 술에 잔뜩 취한 라주미힌은 라스콜니코프를 보자 소리치며 반가워했다.

"내가 너를 집까지 바래다줄게."

"그럼 여기 있는 손님들은 어떻게 하고?"

"삼촌이 알아서 하시겠지. 잠깐 있어 봐, 내가 조시모프를 불러올게."

조시모프는 라스콜니코프를 유심히 살펴본 뒤 말했다.

"편히 안정을 취하고, 밤에는 약을 드셔야 합니다."

"네가 직접 데려다 준다고 하니 그나마 마음이 놓이는군. 내일 또 상태를 봐야겠어."

라주미힌은 밖으로 나오자마자 라스콜니코프에게 말했다.

"조시모프가 조금 전에 나한테 뭐라고 속삭였는지 알아? 저 친구는 너한테 관심이 많아. 너한테 말을 많이 시키래. 네가 뭐라고 얘기하는지 전부 다 자기한테 말해달라고 그러더군. 저 친구는 네가 정신이 나갔다고 생각하거든… 외과 전문의인데도 지금은 정신과 치료에 거의 모든 신경을 다 쏟고 있는 것 같아. 네가 자묘토프와 만나서 나눈 대화 때문에 조시모프의 관심이 완전히 그쪽으로 바뀌었다니까."

"자묘토프가 뭐라고 했는데 그래?"

"네가 경찰서에서 기절한 사실을 얘기하고 그랬어."

"그땐 경찰서에서 페인트 냄새가 진동하는데다 숨이 막혀서 기절했었어." 라스콜니코프가 말했다.

"알아, 알아! 페인트 냄새도 그렇고, 넌 그때 열도 많았잖아. 이건 조시모프가 증인이야!"

"그런데 왜 나를 정신 나갔다고 생각하는 거지?"

"정신이 나갔다는 게 아니라 네가 한 가지 일에만 극도로 예민한 반응을 보이니까 그렇게 생각한 거지. 네가 몸도 안 좋았다는 걸 알고 있고 그러니 걱정하지 않아도 돼..."

"머리가 어지럽군. 날 좀 부축해줘... 어, 저건 뭐지?"

"뭐 말이야?"

"저기 내 방에서 불빛이 새어 나오는 거 아니야?"

"아마 나스타시야일 거야." 라주미힌이 말했다.

"나스타시야는 이 시간에 내 방에 들어오지 않아. 게다가 지금은 잘 시간이고."

라스콜니코프는 문을 열었으나 곧 그 자리에서 얼어붙은 듯 멈춰 섰다. 어머니와 누이동생이 그의 소파에 앉아서 벌써 한 시간 반 동안을 기다리고 있었던 것이다. 두 모녀는 반가운 나머지 그에게 달려가 그를 껴안고 키스했지만 순간적으로 그는 정신을 잃고 바닥에 쓰러졌다.

다시 만난 가족

라스콜니코프는 자리에서 일어난 뒤 소파에 앉아서 어머니와 두냐의 손을 잡고 잠시나마 말없이 그들의 얼굴을 쳐다보고 있었다. 어머니는 아들의 눈길 속에서 말할 수 없는 고뇌와 광기가 서려 있는 것을 보고 울음을 터뜨렸다.

"돌아가세요... 여기 이 친구하고 같이..." 그는 띄엄띄엄 말하면서 라주미힌을 가리켰다.

"내일 오세요, 내일..."

"무슨 소리냐, 로쟈. 난 네 곁에서 자겠다!"

"저를 괴롭히지 마세요!" 라스콜니코프는 순간적으로 화를 내며 소리쳤다.

"제가 로쟈 곁에 있겠습니다!" 라주미힌이 외쳤다.

"어떻게 감사의 인사를 드려야 할지 모르겠네요." 풀헤리야 알렉산드로브나는 라주미힌의 손을 잡으며 말을 하려고 했으나 라스콜니코프가 말을 끊었다.

"절 그만 괴롭히세요! 그만하시고, 이젠 가시라니까요!"

"가요, 엄마. 오빠가 힘들어 하잖아요." 놀란 두냐가 작은 소리로 말했다.

"3년 만에 아들을 보는 건데, 이대로 가란 말이냐!" 풀헤리야 알렉산드로브나는 울먹이기 시작했다. 어쩔 수 없이 밖으로 나가려는 두 모녀에게 라스콜니코프가 갑자기 물었다.

"잠깐만... 그런데 루쥔은 보셨어요?"

"못봤다. 하지만 그 사람도 오늘 우리가 도착한 사실을 알고는 있단다. 그 사람이 친절하게도 오늘 너를 찾아왔었다고 하더구나."

"친절하게요? 하아... 두냐, 나는 이미 루쥔 그 작자한테 다시 한 번만 더 나를 찾아오면 계단 밑으로 집어던져 버리겠다고 말했어!"

"로쟈, 그게 무슨 말이냐! 설마 네가...!"

풀헤리야 알렉산드로브나는 놀라서 말문을 잇지 못했다.

"두냐, 나는 이 결혼에 반대한다. 너도 내일 그 사람을 만나거든 한 마디로 거절해라."

"맙소사!" 풀헤리야 알렉산드로브나는 소리를 질렀다.

"오빠, 오빠는 지쳐서 지금 제대로 생각하고 말할 수 있는 상태가 아닌 것 같아요." 두냐가 말했다.

"너는 나를 위해서 루쥔하고 결혼하려는 거야. 하지만 난 너의 그런 희생을 받아들일 수 없다. 그런 놈하고 결혼할 수는 없다고 편지를 써라. 내일 아침에 그걸 나한테 가져오고."

"난 그런 일은 할 수 없어요!" 두냐는 기분이 나빠져서 소리쳤다.

"오빠가 무슨 권리로…"

"두냐, 그만 하자… 여기서 나가는 게 낫겠다!" 어머니가 놀라서 두냐를 다독였다.

"이 결혼은 비열한 결혼이야. 난 비열한 놈이지만 그따위 놈하고 결혼한다면 너는 더 이상 내 동생이 아니야. 나 아니면 루쥔이야! 어서 가 봐…"

"야, 임마! 너 무슨 말을 그따위로 해!" 보다 못한 라주미힌이 화가 나서 소리쳤다.

라주미힌은 어머니 풀헤리야 알렉산드로브나와 두냐를 데리고 밖으로 나가면서 모녀를 안심시키기 위해 계속해서 말을 했다. 그는 평소와 달리 흥분한 상태였다. 술을 많이 마셔서 말이 많아진 탓도 있지만 그의 정신은 오히려 멀쩡했다. 그는 모녀와 얘기를 하면서 둘의 손을 덥석 잡기도 했는데, 두냐에게 보내는 눈길이 남달랐다.

"제가 지금 두 분을 숙소로 모셔다 드리지요. 그 다음에 저는 다시 여기로 와서 라스콜니코프가 괜찮은지 보고 오겠습니다. 제 집에 지금 조시모프라고 로쟈를 치료한 의사가 있는데, 조시모프를 같이 데리고 갔다 오겠습니다. 지금 두 분이 로쟈한테 다시 가는 것은 좋지 않습니다. 여주인은 저 때문에 두냐를 질투할 겁니다. 어머님도 질투할 거예요... 그러니 걱정 마시고 제 말을 믿으세요."

풀헤리야 알렉산드로브나는 그의 말을 전적으로 믿기는 힘들었지만 그렇다고 계속해서 반대만 하고 있을 수도 없는 노릇이었다. 라주미힌은 말을 계속했다.

"아까 조시모프라는 의사는 로쟈가 정신이 나간 것은 아닌지 걱정을 하고 있었거든요... 그래서 지금은 로쟈를 그냥 가만히 둬야 합니다..."

"그게 무슨 말씀이에요?" 어머니가 놀라서 물었다.

"의사 선생님이 정말 그렇게 얘기하신 거예요?" 두냐도 놀라서 물었다.

"아아, 그렇게 얘기하긴 했지만 신경 쓰시지 않아도 됩니다. 그냥 가볍게 가루약 처방을 한 것뿐입니다. 별거 아니에요!"

라주미힌은 아들 걱정에 불안해하는 풀헤리야 알렉산드로브나와 두냐를 데리고 그렇게 걸어서 숙소 앞에 도착했다.

"자, 여기가 두 분의 숙소군요. 적어도 로쟈가 한 가지는 잘 한 것 같습니다. 표트르 페트로비치를 쫓아낸 것 말이지요! 그 사람은 도대체 무슨 생각으로 두 분을 이런 형편없는 숙소에 모시게 한 건지 이해할 수가 없네요. 이건 정말 더럽고 치사한 일입니다! 이곳에 어떤 부류의 사람들이 묵고 있는지 아시는지요? 더구나 당신은 그 사람의 약혼녀 아닙니까? 이런 짓을 하는 걸 보면 당신 약혼자는 비열한 놈이 맞습니다! 자, 그럼 전 로쟈에게 갔다가 오겠습니다!"

"두냐, 로쟈는 우리가 온 게 하나도 기쁘지 않은가 보다. 그렇게 화를 내는 걸 보니..."

"아닐 거예요, 엄마. 오빠는 병이 있어서 기분이 상한 것 같아요."

"병이라니, 그게 무슨 말이냐! 나는 로쟈가 내일이면 생각을 바꿀 거라고 믿는다."

"저는 그 일에 대해서는 오빠가 내일이 되어도 마찬가지일 것 같아요..." 두냐는 분명히 말한 뒤 팔짱을 끼고 방안을 이리저리 서성거렸다. 생각에 잠길 때 방을 이리저리 거니는 것은 두냐의 버릇이었다. 두냐는 상당히 아름다웠다. 키가 크고 늘씬한 몸매에 검은 눈동자와 진한 아마빛 머리카락을 가진 그녀는 자신감과 우아함까지 겸비하고 있었다. 입술은 턱과 함께 약간 돌출되었지만 이 또한 그녀만의 매력이 되고 있었으며 진지하고 사색적인 얼굴이었지만 미소 또한 잘 어울리는 편이었다. 술에 취한 라주미힌이 첫눈에 그녀에게 반한 것도 무리는 아니었다.

거의 한 시간이 지나서 라주미힌은 자신의 집들이 모임에 가 있던 조시모프를 데리고 두 모녀에게 왔다. 조시모프는 풀헤리야 알렉산드로브나에게 환자에 대해서 만족할 만한 상태라고 설명했다. 아들의 정신이 온전한 상태가 아니라고 조시모프가 판단했던 사실을 염려하는 풀헤리야 알렉산드로브나에게 조시모프는 환자에게서 일종의 편집증세가 보이긴 하지만 가족이 함께 있는 사실이 크게 도움이 될 것이라고 강조했다. 조시모프의 설명을 듣고 안심한 모녀는 감사의 인사를 했고, 두냐는 그에게 악수를 청하기도 했다. 조시모프는 라주미힌과 밖으로 나오면서 대화를 계속했다.

"아아, 그런데 두냐는 정말 매력적이던데." 조시모프가 중얼거렸다.

"매력적이라고? 지금 매력적이라고 말했냐? 너, 두냐한테 딴 생각을 품으면 가만 안 둬!" 라주미힌은 그의 멱살을 잡고 흔들었다.

"이 손 좀 놔, 이 술주정뱅이 녀석아!" 조시모프는 라주미힌을 쳐다보면서 한바탕 크게 웃었다. 라주미힌이 조시모프에게 말했다.

"야, 너는 괜찮은 놈이야. 하지만 넌 바람둥이지. 넌 아주 더러운 바람둥이야. 살은 피둥피둥 찐데다 자제를 할 줄 모르니까. 그건 그렇고, 넌 오늘 여주인 집에서 오늘 밤을 지내줘. 난 부엌에서 잘게. 이건 여주인하고 가까워질 수 있는 더없는 기회야!"

"난 그럴 생각이 없는데."

"아아, 이런 친구하고는. 그 여자는 수줍어하고, 말이 없고, 순결하고 또 정열이 가득하다고. 마치 양초처럼 녹아내린다니까! 정말 날 좀 살려줘! 정말 괜찮은 여자라고!"

조시모프는 아까보다 훨씬 더 크게 웃었다.

"아주 안달이 났구나, 근데 내가 왜 그래야 하는데?"

"넌 의사잖아. 뭔가 치료해준답시고 말을 걸면서 접근하라고. 후회 안 할 거야. 그 여자 집에 피아노가 있거든. 그런데 난 조금 더듬대는 수준인데 넌 피아노의 대가잖아. 루빈슈테인 빼치지... 절대 후회하지 않을 거야. 이건 내가 장담하는 거야!"

다음날 아침잠에서 깬 라주미힌은 꺼림칙한 기분을 떨칠 수 없었다. 그는 어제 있었던 일을 하나하나 기억하고 있었다. 그는 특히 어제 자신이 행한 비열한 행동 때문에 특히 괴로워했다. 단지 술에 취했다는 사실 말고도 바보 같은 질투심 때문에 두냐의 약혼녀를 비방하는데 앞장섰다는 점 때문이었다. 두냐처럼 현명한 여성이 단순히 돈 때문에 그런 작자와 결혼할 리 없을 것이 분명한데도 자신은 전후 사정도 모른 채 루쥔을 매도했던 것이 마음에 걸렸던 것이다. 그는 어제 했던 자신의 행동을 떠올리자 얼굴이 벌겋게 상기됐다. 게다가 라스콜니코프에게 다시 되돌아가면 여주인이 두냐를 질투할 거라고 두 모녀에게 얘기한 사실까지 기억나자 더욱 더 창피한 심정이 되어 얼굴을 들 수 없었다. 마침 그때 조시모프가 들어왔다.

"어제 내가 술에 취해서 집으로 오면서 라스콜니코프에게 말을 너무 많이 한 것 같아... 네가 그 녀석의 정신 상태에 대해서 염려하고 있다는 말까지 했거든."

"어제 내가 어머니와 두냐한테 환자 상태를 설명하기 전에 자네가 이미 그렇게 떠벌여 놨던데."

"정말 미안해, 다 내 잘못이야. 그건 그렇고 라스콜니코프 상태에 대해서 정말 무슨 확신이 있긴 있는 거야?"

"확신은 무슨! 어제 우리가 말했던 칠장이 얘기 영향이 크지... 경찰서에서 라스콜니코프에게 무슨 일이 있었는지, 어떻게 그를 의심해서 화나게 만들었는지 알았다면 좋았을 텐데... 라스콜니코프는 누더기나 다름없는 옷에, 몸에는 열이 나고 병이 나기 시작하던 그때 부경찰서장한테서 그런 의심까지 받게 되니 병이 안 생기고 배기겠어? 그 친구 자존심 센 건 또 두말하면 잔소리고... 정신이 나가지 않은 게 이상한 거야! 참, 오늘은 그 어머니하고 여동생이 라스콜니코프를 조심히 대해줘야 할 텐데 말이야..."

"내가 잘 얘기할게!" 라주미힌이 대답했다.

"그런데 라스콜니코프는 루쥔이라는 사람한테 그렇게까지 적대적으로 대하는 이유는 또 뭐야? 루쥔은 재산도 많아 보이고, 여동생은 그렇게 싫어하는 것 같지 않던데... 게다가 그 사람들은 가난한 형편인 것 같고..."

"쓸데없이 뭘 그렇게 캐묻고 그래!" 라주미힌은 버럭 화를 내며 소리를 질렀다.

"넌 어제 마신 술이 덜 깨서 나한테 지금 화를 내는 거냐? 그럼 잘 있어, 난 이만 간다..."

조시모프가 돌아간 다음 라주미힌은 정확히 9시에 모녀가 묵고 있는 숙소를 찾아갔다. 라주미힌은 어제 자신이 벌인 못난 행동들 때문에 자책하면서 자기 자신에게 화가 나 있었지만 아침에 자신을 반갑게 맞이하는 모녀의 모습을 보면서 그의 걱정은 눈 녹듯 사라졌다. 그는 수줍어하면서 두 녀를 바라보았으나 그녀의 얼굴은 그에게 감사와 존경을 나타내고 있었다. 그는 풀헤리야 알렉산드로브나에게 라스콜니코프가 아직 자고 있다고 말했다.

풀헤리야 알렉산드로브나는 그에게 차를 권하면서 라스콜니코프의 최근 생활에 대해 이것저것 묻기 시작했다. 라주미힌은 필요한 사실들을 자세히 알려주었지만 경찰서 사건 같은 일들은 얘기하지 않았다.

"아, 이런 세상에... 아직 댁의 성함도 여쭙지 않았네요, 미안합니다."

풀헤리야 알렉산드로브나가 말했다.

"저는 드미트리 프로코피이치라고 합니다."

"그렇군요, 드미트리 프로코피이치, 그 애가 사랑하는 사람이 있나요? 그 애는 늘 그렇게 예민했나요? 그 애가 바라는 게 무엇일까요? 말하자면... 그러니까 꿈 말이에요. 지금 그 애한테 특별히 영향을 끼치는 게 무엇이지요?"

"엄마, 한꺼번에 그렇게 많은 걸 물어보면 어떻게 해요!"

두냐가 나무랬다.

"드미트리 프로코피이치, 나는 그 애가 그런 모습이 돼 있을 줄은 상상도 못 했어요."

"두 분이 로쟈를 못 보신 지 3년이 됐으니 당연한 일인지도 모릅니다. 로쟈는 어두운 구석이 있지만 오만하면서도 자존심이 강한 편이지요. 자기 감정을 잘 드러내지 않아서 어떤 때는 냉정하고 정이 없어 보일 때도 있어요. 게다가 요즘은 우울증까지 있어서 걱정을 많이 했지만 이제 두 분이 오셨으니 곧 좋아질 겁니다."

"정말 그렇게 됐으면 좋겠네요!" 풀헤리야 알렉산드로브나가 안쓰러워하면서 말했다.

"오빠 성격에 대해서 사실대로 얘기해 주셔서 저는 좋네요. 오빠 곁에 여자가 있을 거라는 말씀도 사실일지도 모르고요." 두냐가 미소 지으며 말했다.

"저는 그런 얘기는 한 적이 없습니다. 다만 로쟈는 그 누구도 사랑하지 않고 있고, 앞으로 영원히 그럴지도 모릅니다."

"로쟈에 대해서 두 사람 다 잘못 알고 있는 건지도 몰라." 풀헤리야 알렉산드로브나가 말했다.

"드미트리 프로코피이치, 로쟈가 얼마나 몽상가에다 변덕이 심했는지 모르실 거예요. 나는 그 애가 아무도 생각하지 않은 일을 저지를 수 있는 애라고 생각해요. 1년 반 전만 하더라도 자르니치나, 그 집주인 딸하고 결혼하겠다고 해서 내가 얼마나 놀랐는지 모르실 거예요, 혹시 그 얘기를 알고 계신가요?"

"로쟈는 그 일에 대해서는 한 번도 제게 말한 적이 없습니다. 다만 자르니치나 부인으로부터 조금 들은 얘기는 있습니다. 약혼녀인 딸이 갑자기 죽어서 결혼이 무산되었다고요. 자르니치나 부인도 그 결혼을 그리 탐탁하게 여기지 않았다고 합니다. 외모도 못 생기고 병약한 편이었다고 하지만 다른 좋은 점도 있었겠지요..."

"저는 그 아가씨가 분명히 훌륭한 분이었을 거라고 생각해요." 두냐는 조용히 말했다.

"나는 그때 그 아가씨가 죽은 걸 알고 얼마나 다행으로 생각했는지 몰라요. 하느님께서 저를 용서하시길..." 풀헤리야 알렉산드로브나는 이렇게 말한 다음 어제 루쥔과 로쟈 사이에 있었던 일에 대해 다시 묻기 시작했다. 그리고는 라주미힌에게 한 가지 문제를 얘기하기 시작했다.

"실은 오늘 아침 일찍 표트르 페트로비치로부터 편지를 받았어요. 나는 어떻게 해야 할지 몰라서 당신 의견을 듣고 싶네요. 그래서 당신을 기다렸어요..."

라주미힌은 편지를 받아 읽기 시작했다.

친애하는 풀헤리야 알렉산드로브나 부인,

갑자기 생긴 일로 인하여 역으로 마중 나가지 못해서 대신 사람을 보내드렸습니다. 내일 오전에는 원로원 일이 있고, 또한 세 분이 만나는 자리에 제가 있게 되면 방해가 될 것 같아 여러분을 만나는 일을 잠시나마 사양하려고 합니다. 대신에 내일 저녁 8시에 두 분의 거처를 방문해서 인사를 드리고자 합니다만 한 가지 부탁이 있습니다. 제가 가서 두 분을 뵙는 자리에 로지온 로마니치가 참석하지 않도록 해주시기 바랍니다. 제가 어제 그를 방문했을 때 그는 몰상식할 정도로 저를 무례하게 대했기 때문이며, 이에 대하여 저는 부인의 견해 또한 듣고 싶기 때문입니다. 제가 이렇게 요청을 했음에도 불구하고 그 자리에서 그를 만나게 된다면 저는 즉시 방을 나올 것이며, 그렇게 되면 모든 것은 두 분 책임이라는 점을 미리 말씀드리는 바입니다. 로지온 로마니치는 병에 걸렸다고 하지만 멀쩡하게 밖을 돌아다니고 있으며, 말에 짓밟혀 죽은 어떤 주정뱅이 집에서 딱지가 붙은 천한 직업을 가진 딸에게 그의 장례비 명목으로 25루블을 건네기도 했습니다. 제가 직접 목격한 사실입니다. 당신께서 어렵게 고생해서 마련한 돈이라는 사실을 모르지 않는 저로서는 도대체 이해가 가지 않는 일입니다. 끝으로 아브도티야 로마노브나에게 특별히 경의를 표하는 바입니다.

표트르 페트로비치 루쥔 드림

"나는 어떻게 해야 할까요, 드미트리 프로코피이치?" 풀헤리야 알렉산드로브나는 울상이 되어 물었다.

"만약 그 애가 이 사실을 알게 되면 그 애는 일부러라도 찾아올 거예요... 그땐 또 어떻게 해야 하나요?"

"아브도티야 로마노브나 생각대로 하시지요." 라주미힌이 차분하게 대답했다.

"아, 두냐는 로쟈도 또한 반드시 8시에 이곳에 와야 한다고 생각하고 있어요. 둘이 꼭 서로 만나는 게 필요하다고 그러거든요. 그런데 어떤 주정뱅이가 죽었다는 얘기는 또 뭐고, 그 딸아이한테 장례비로 돈을 줬다는 소리는 또 무슨 얘긴지... 그 돈은 정말..."

"그 돈은 엄마가 정말 어렵게 모은 돈이지요." 아브도티야 로마노브나가 말했다.

"엄마, 우리가 오빠한테 직접 가보는 게 나을 것 같아요. 지금쯤이면 이제 가볼 때도 된 것 같고요. 아! 벌써 10시예요!" 그녀는 커다란 금시계를 보면서 놀라서 말했다. 목에 걸려 있는 그 금시계는 검소한 그녀의 옷과 그다지 어울리지 않았다. '약혼자가 준 선물인가 보군.' 라주미힌은 생각했다.

"그래, 가봐야겠다. 두냐. 시간이 됐어." 풀헤리야 알렉산드로브나는 허둥대기 시작했다.

"세상에, 사랑하는 아들을 만나러 가는 걸 내가 두려워하게 될 줄이야 꿈에도 몰랐구나. 이렇게 두려울 수가..."

"걱정 마세요, 엄마. 전 오빠를 믿어요." 두냐는 어머니에게 입을 맞추며 말했다.

"어제는 한숨도 못 자고 새벽녘에야 잠깐 눈을 붙였단다. 그런데 꿈에 죽은 마르파 페트로브나가 나왔지... 흰 옷을 입고 나타나서 나를 야단치는 것 같더구나... 이게 좋은 징조인지, 나쁜 징조인지... 드미트리 프로코피이치, 당신은 마르파 페트로브나가 죽은 걸 모르시지요?"

"저는 그런 사람은 처음 듣습니다만."

"아이고, 내 정신 좀 보게. 당신이 우리하고 가까이 있어서 우리들 상황을 다 알고 있는 줄 알았네요. 미안해요. 당신이 꼭 내 아들 같아서..."

"아, 드미트리 프로코피이치, 어미 노릇하기가 얼마나 힘든지 모를 거예요! 그런데 벌써 계단 앞에 왔군요... 이 끔찍한 계단만 올라가면..."

"여기서 잠깐만 기다리세요, 제가 가서 보고 오겠습니다." 라주미힌이 잽싸게 계단을 뛰어 올라갔다.

라스콜니코프는 안색이 창백하고 우울해보이기는 했지만

어제에 비하면 상태가 훨씬 좋아보였다. 어머니와 여동생이 방에 들어선 순간 우울했던 그의 얼굴도 잠시 환해지는 듯했다. 라스콜니코프는 어머니와 여동생에게 반갑게 키스했다.

"저도 오늘 이 친구를 보고 많이 놀랐습니다. 이 정도라면 며칠 후엔 한 달이나 두서너 달 이전 수준으로 회복될 것 같습니다. 건강이 완전히 회복되는지의 여부는 전적으로 환자한테 달려 있습니다. 무엇보다 발병 원인을 없애는 게 중요합니다. 대학을 휴학한 것도 영향을 끼친 것 같은데, 어서 일을 하는 것도 몸이 회복되는 데 도움이 될 것 같군요." 미리 와 있던 조시모프가 조심스럽게 말을 꺼냈다. 풀헤리야 알렉산드로브나는 조시모프에게 감사한 마음을 표시했다.

"두 분이 어제 그렇게 가시고 나서 오늘 다시 오실 때까지 제가 얼마나 마음이 편치 않았는지 모르실 거예요." 라스콜니코프는 이 말을 하고 나서 두냐에게 손을 내밀었다. 두냐는 기쁜 마음으로 손을 꼭 쥐었다.

"어머니, 그리고 두냐, 내가 오늘 두 사람 숙소로 먼저 찾아가기 싫어서 내 방에서 기다리고 있었던 건 아니에요. 그렇게 생각하지는 마세요."

"로쟈, 무슨 말을 그렇게 하니!" 풀헤리야 알렉산드로브나가 당치도 않다는 듯 말했다.

'혹시 오빠는 의무적으로 우리에게 화해를 구하고 용서하고 있는 게 아닐까?' 두냐는 갑자기 그런 생각이 들었다.

"일어나자마자 거기로 가려고 했는데 입고 나갈 옷이 없어서 나가지 못했어요. 어제 나스타시야한테 피 묻은 옷을 세탁해 달라고 말하는 걸 깜빡 잊어서요... 이제야 막 옷을 갈아입었거든요."

"피 묻은 옷이라니? 무슨 피?" 풀헤리야 알렉산드로브나가 깜짝 놀라서 물었다.

"어제 길을 걷다가 마차에 치인 어떤 사람을 보게 됐거든요. 그 사람을 집으로 옮기는 도중에 옷에 피가 묻었어요. 어머니한테는 죄송하지만 어머니가 제게 보내주신 돈을 모두 그 부인에게 장례비용으로 쓰라고 주고 왔어요... 폐병을 앓고 있는 불쌍한 부인이에요... 애들도 굶주리고 있고요... 어머니가 그 돈을 어떻게 마련하셨는지 알기 때문에 전 더욱 더 죄송해요."

"됐다, 난 네가 좋은 일을 했다고 믿는다." 어머니는 마음이 흐뭇해져서 말했다. 그러나 라스콜니코프는 어머니와 동생이 자신을 두려워하고 있는 걸 느낄 수 있었다. 사실 풀헤리야 알렉산드로브나는 입을 다물고 있었지만 두려움을 느끼고 있었다.

"참, 그런데 마르파 페트로브나가 죽었단다, 로쟈."

갑자기 풀헤리야 알렉산드로브나가 불쑥 이 말을 꺼냈다.

"그게 누구지요?"

"마르파 페트로브나? 이런, 세상에. 스비드리가일로프의 부인 말이야.”

“아아, 네, 생각나요. 그런데 죽었다고요? 어떻게 갑자기...”

“그 무서운 사람이 부인을 때렸다는 소문도 있기는 한데... 식후에 바로 찬물로 목욕을 하다가 갑자기 죽었다지, 뭐니.”

“있을 수 있는 일이긴 합니다.” 듣고 있던 조시모프가 말했다.

“자, 그럼 전 이만 가보겠습니다. 기회가 되면 또 뵙겠습니다.” 그는 인사를 하고 밖으로 나갔다.

“그럼 나도 일어나야겠군. 갈 데가 있어서.”

“특별히 갈 데도 없으면서 뭘 그래. 그냥 있어. 그런데 지금 몇 시지? 12시 맞나? 두냐, 시계가 예쁘구나!”

“이건 마르파 페트로브나가 선물한 거예요.” 두냐가 대답했다.

“굉장히 비싼 걸 선물했단다.” 풀헤리야 알렉산드로브나가 덧붙였다.

‘약혼자가 선물한 게 아니었군.’ 라주미힌은 속으로 생각하면서 기분이 좋아졌다.

“난 또 루쥔이 선물한 건 줄 알았지.” 라스콜니코프가 말했다.

“아니, 그 사람은 두냐에게 한 번도 선물한 적이 없어.”

"그랬군요. 그런데 어머니는 제가 결혼하려고 했던 걸 기억하세요? 몸이 약한 아가씨였어요. 늘 수도원에 들어가고 싶어 했었고요... 얼굴은 못 생겼지만 왜 그런 아가씨한테 사랑을 느꼈는지 모르겠어요..."

"네가 아직 그 아가씨를 사랑하고 있나 보구나." 풀헤리야 알렉산드로브나가 감동한 듯 말했다.

"그런데 여기 네 방은 좀 심하구나. 마치 꼭 관 속에 있는 것 같아."

"방 말이에요? 예, 방도 문제가 있긴 하죠... 그런데 그게 얼마나 이상한 말씀이신지 아세요?" 라스콜니코프는 의미심장한 미소를 지어보였다.

"참, 두냐. 난 어제 루쥔에 대해서 얘기한 것은 사과하겠어. 하지만 아직도 다른 부분에 대해선 양보할 생각이 없다. 나 아니면 루쥔을 선택해라. 만약 네가 루쥔한테 시집을 가면 난 더 이상 너를 내 동생으로 생각하지 않을 거야." 라스콜니코프가 갑자기 단호한 어조로 말했다.

"로쟈, 어제와 하나도 달라지지 않았구나!" 풀헤리야 알렉산드로브나가 절망해서 소리쳤다.

"오빠, 오빠가 뭔가 오해를 하고 있는 것 같아요." 두냐는 침착하게 말하기 시작했다.

"오빠는 내가 누군가를 위해서 희생하는 걸로 생각하는데, 나는 나 자신을 위해서 시집가는 거예요."

'새빨간 거짓말이야! 나를 조금이라도 돕기 위해서 시집 가려는 걸 인정하고 싶지 않은 거야! 정말이지 가증스럽다! 저들 모두가 저렇게 가증스러울 수가...!' 라스콜니코프는 생각했다.

"난 표트르 페트로비치와 결혼하겠어요... 그런데 오빠는 왜 웃고 있는 거지요?"

"그러는 넌 왜 그렇게 얼굴이 빨개진 거냐? 넌 지금 거짓말을 하고 있어. 넌 지금 너 자신을 희생하고 있다는 걸 내 앞에서 인정하고 싶지 않아서 그럴 뿐이지. 하지만 내가 아는 한 너는 루쥔이라는 작자를 존경할 수 없어. 너는 너 자신을 돈에 팔고 있는 거야. 지금 이 상황이 부끄러워서 네 얼굴이 빨개진 게 그나마 다행이구나!"

"오빠! 그가 나를 인정해주고 나를 존중하지 않는다면 난 그와 결혼하지 않을 거예요. 이건 모두 내가 스스로 결정한 일이에요. 오빠가 뭔데 나한테 이래라 저래라 하는 거예요? 내가 누구한테 피해를 주기라도 했나요? 내가 누굴 죽이기라도 했냐고요? 오빠, 날 왜 그렇게 보는 거예요? 왜 그래요, 오빠!"

"아아, 세상에, 하느님! 너 때문에 오빠가 기절했어!" 풀헤리야 알렉산드로브나가 소리쳤다.

"아니에요, 아니에요... 아무 일도 아니에요! 머리가 좀 어지러워서..." 라스콜니코프가 정신을 차리면서 말했다.

"그러니까... 루쥔이 너를 존중한다는 거냐?"

"엄마, 오빠한테 표트르 페트로비치의 편지를 보여주세요." 두냐가 말했다. 라스콜니코프는 편지를 받아 읽었다.

"법원에서 쓰는 말투군. 문법에 하자가 있는 건 아니지만 품격도 없고 사무적인 말투야. 여기 이 부분 말이야, 두 분 책임이다라고 아주 분명하게 써놓고 있어. 더구나 내가 그 자리에 있게 되면 자리를 박차고 나오겠다고 협박까지 하고 있고. 나는 딱지가 붙은 천한 직업을 가진 딸한테 돈을 준 게 아니라 분명히 그 부인한테 돈을 줬어. 루쥔은 우리 사이를 이간질하려고 이따위 편지를 써서 보낸 거야!"

두냐는 아무 대답이 없었다.

"그러면 로쟈, 너는 어떻게 할 생각이니?" 풀헤리야 알렉산드로브나가 물었다.

"어머니하고 두냐가 내키는 대로 하겠어요."

"두냐는 이미 결정했단다. 나도 두냐하고 같은 생각이다."

"난 결정했어요. 오빠가 꼭 와주었으면 좋겠어요." 두냐가 말했다.

"올 거죠?"

"그래, 꼭 가지."

"당신도 8시에 와주셨으면 좋겠어요."

두냐는 라주미힌에게도 부탁을 했다.

소냐의 방문

바로 그때 문이 열리면서 어떤 젊은 여성이 주위를 두리 번거리며 수줍은 표정으로 방안에 들어왔다. 그녀는 소피야 세묘노브나 마르멜라도바였다. 라스콜니코프는 어제 그녀를 처음 봤지만 당시의 상황과 옷차림이 지금과 너무 달랐기 때문에 그녀를 바로 알아보지 못했다.

"아, 당신이 오실 줄은 미처 몰랐습니다. 이쪽에 앉으시지요."

라스콜니코프는 소냐에게 자리를 권했다.

"저는... 여러분께 불편을 끼쳐드린 것 같아서 죄송합니다만, 카테리나 이바노브나 말씀을 전하려고 왔어요. 내일 저희 아버지의 장례식 미사에 꼭 참석해달라고 부탁드리려고 온 거예요... 그 다음에 저희 집에서 식사를 하자고 전해달라고 하셨습니다. 꼭 부탁드리겠습니다."

소냐는 간신히 이 말을 마치고 입을 다물었다.

"네, 반드시 가겠습니다." 라스콜니코프는 힘주어 말했다.

"어머니, 이분은 제가 말씀드렸던 분이에요. 어제 마차에 치이는 사고로 돌아가신 마르멜라도프의 따님인 소피야 세묘노브나 마르멜라도바입니다."

풀헤리야 알렉산드로브나는 다소 당황한 기색이 엿보였다. 두냐는 진지한 표정으로 이 불쌍한 아가씨를 바라보았다. 라스콜니코프는 소냐에게 물었다.

"그 후로 별일은 없었나요? 경찰이라든가 다른 사람들이 못되게 구는 일은 없었습니까?"

"아니에요, 그런 일은 없었어요. 다만 사람들이 시신을 집에 오래 둔다고 화를 내고 있어요... 지금은 날이 더워서 냄새가 나서요... 그래서 오늘 저녁 미사 때 묘지로 옮길 예정이에요. 어머니께서는 선생님이 내일 성당에 와주시면 영광이라고 말씀하셨어요."

"어머니께서 추모연을 여신다고요?"

"네, 많지는 않지만 간단하게 식사준비를 하려고 해요... 선생님이 아니었다면 장례를 치를 엄두도 못 냈을 거예요..." 그녀는 얼굴을 숙이고 입술과 턱을 떨었다.

"그 돈으로 장례식하고 추모연을 치르기가 쉽지 않을 텐데요?" 라스콜니코프가 걱정스러운 듯 물었다.

"관도 저렴한 걸로 준비하고... 다 약식으로 진행할 거라서 많이 들지 않을 거예요... 카테리나 이바노브나가 추모연을 꼭 열고 싶어 하시거든요... 그렇게 해야 어머니에게 위로가 될 거예요. 그런데, 선생님은 어제 저희에게 가지고 계신 돈을 다 주셨던 거군요!" 소냐는 이렇게 말한 다음에 다시 고개를 얼른 숙였다. 다시 입술과 턱이 떨리기 시작했다. 라스콜니코프의 형편을 파악하고 자신도 모르게 이 말을 해버린 것이었다. 풀헤리야 알렉산드로브나도 그녀를 따뜻한 눈길로 보기 시작했다.

잠시 후 풀헤리야 알렉산드로브나는 두냐와 함께 라스콜니코프의 방을 나섰다.

"그런데 말이다, 난 그 소피야 세묘노브나가 방에 들어왔을 때 이 여자가 문제가 되겠구나 싶더구나."

"엄마는 무슨... 그런 게 어디 있어요!" 두냐가 말도 안 된다는 듯 불만 섞인 목소리로 말했다.

"오빠는 어제 그 여자를 처음 봤고, 오늘 방에 들어왔을 때는 제대로 알아보지도 못했어요."

"하지만 내 말이 맞을 거다. 두고 보렴! 표트르 페트로비치가 편지에서 그 여자를 그렇게 얘기했는데도 로쟈가 우리에게 그녀를 소개시킨 걸 보면 로쟈는 그 여자를 분명히 다르게 보고 있는 거야!"

"난 그 아가씨가... 괜찮은 사람으로 보이던데요?"

"그랬으면 좋겠구나!"

한편 어머니와 두냐가 밖으로 나간 다음 라스콜니코프는 라주미힌에게 슬며시 말을 건넸다.

"뭐라고 그랬더라... 네가 그 포르피리 페트로비치라는 사람을 알고 있다며?"

"응, 먼 친척이야. 그런데 왜?"

"그 사람이 그... 전당포 노파살해 사건 담당이라면서?"

"그래, 맞아... 그런데 왜?" 라주미힌이 눈을 크게 떴다.

"그 사람이 전당포에 물건을 저당 잡혔던 사람들을 조사하는 것 같던데, 사실 나도 그 노파한테 전당품을 맡겼거든. 별다른 건 아니지만 하나는 누이동생이 선물한 반지이고, 다른 하나는 아버지의 유품인 은시계야. 나한테는 중요한 물건이어서 찾고 싶어서 그래. 특히 그 시계는 아버지의 유품 중에서 유일하게 제대로 남아있는 거거든. 만약 그 시계가 없어졌다는 걸 어머니가 알게 되면 정말 슬퍼하실 거야. 여자들이 그렇잖아! 그러니 내가 어떻게 해야 하는지 좀 알아봐 줘! 무슨 말인지 알겠지?"

"그래, 그건 담당부서가 아니라 포르피리한테 직접 가야 해!" 라주미힌이 흥분해서 소리쳤다.

"그러니까 너도 그 노파를 알고는 있었던 거구나? 그래서 그랬구나...! 어쩐지 이거 일이 재미있게 돌아가는데!"

"소피야 세묘노브나, 이쪽은 제 친구 라주미힌입니다. 좋은 녀석입니다. 제가 곧 댁으로 찾아뵙지요. 그런데, 어디에 사시는지 주소를 알려주실 수 있습니까?"

라스콜니코프가 이렇게 묻자 소냐는 자기 집 주소를 알

려주었지만 이내 얼굴을 붉혔다. 모두들 함께 밖으로 나왔다.

"그런데 문은 잠그지 않는 거야?" 라주미힌이 계단을 내려오면서 물었다.

"한 번도 문을 잠근 적이 없었어! 벌써 2년 동안이나 자물쇠를 사고 싶다고 생각은 했지만 말이야." 그는 무심히 말했다.

"문을 잠글 필요가 없는 사람은 행복한 사람들이겠지요?" 그는 소냐에게 웃음을 지어보이며 말했다.

소냐는 곧 그들과 헤어져서 발걸음을 돌렸지만 라스콜니코프가 자신의 집을 찾아오겠다는 말이 마음에 걸렸다. '오늘은 찾아오지 않았으면... 제발 오늘만큼은. 오, 주여! 그분이 내 방을 보게 되면...' 소냐는 이처럼 초조한 심정이 되어 한시바삐 집으로 발걸음을 재촉하고 있었다. 그 때문에 어떤 신사가 그녀의 뒤를 따라 오고 있다는 사실을 전혀 깨닫지 못했다.

그는 쉰 살 정도 된 풍채 좋은 멋진 남성으로 거만한 지주 같은 인상을 풍기고 있었다. 은발과 금발이 섞인 풍성한 머리카락과 구레나룻, 푸른 눈은 나이보다 훨씬 젊어 보였으며 손에는 지팡이를 들고 있었다. 소냐를 계속해서 뒤따라 간 그 신사는 소냐가 자기 집 건물 앞에 서서 대문에 들어서자 약간 놀라는 기색을 보였지만 그녀 뒤를 계속 따라들어갔다. 소냐는 마당 오른쪽에 아파트로 올라가는 계단에 들어서고 나서야 한 남성이 뒤따라오는 것을 알 수 있었다. 그녀는 3층으로 올라간 다음 9호 아파트 문 앞에 달린 초인종 줄을 잡아 당겼다. 그 문에는 '재봉사 카페르나우모프'라고 적혀 있었다. '이런, 세상에!' 남성은 이러한 우연의 일치에 놀라고 또 한편으론 감탄하면서 옆집 8호 초인종 줄을 잡아당기기 시작했다. 두 문은 서로 여섯 걸음 정도밖에 떨어져 있지 않았다.

"카페르나우모프씨 집에 계십니까?" 그는 웃으면서 소녀에게 말했다.

"어제 거기서 조끼를 한 벌 맞췄는데, 저는 바로 여기 옆집에 살고 있습니다. 우린 서로 이웃이군요." 그는 즐거운 듯 말했다.

"저는 이곳에 온 지 사흘밖에 되지 않았습니다. 그럼 또 뵙겠습니다."

소녀는 대답하지 않은 채 자기 방에 들어갔다. 어쩐지 부끄러웠고 겁이 났다.

라주미힌은 라스콜니코프와 함께 포르피리를 찾아가는 동안 꽤 흥분한 상태였다.

"나는 네가 그 전당포 노파한테 물건을 저당 잡혔을 줄은 꿈에도 몰랐어… 네가 반지가 어떻고 시계가 어떻고 하면서 내내 헛소리를 지껄였던 거 알아? 이제야 그게 이해가 돼… 이제야 분명해졌다고."

'헛소리를 하면서 반지 얘기를 했던 이유를 알게 되니 저렇게 좋아하는군!' 라스콜니코프는 속으로 이렇게 생각하면서 큰 소리로 말했다.

"포르피리를 만날 수 있을지 모르겠군."

"만날 수 있을 거야. 암, 만날 수 있고말고. 아주 똑똑한 사람이야. 생각하는 게 특이해서 의심도 많고, 사람 속이는 것도 좋아하고 그래. 작년엔 어떤 증거도 남아있지 않았던 살인사건을 해결하기도 했어! 그 사람, 너를 좀 알고 싶어 해!"

"왜 나를 알고 싶어 하는 거지?"

"최근에 네가 병이 났을 때 내가 네 얘기를 많이 했거든. 그래서 그 사람도 알고 있지."

라주미힌이 자기 자신에 관해서 포르피리에게 얘기했다는 사실 때문에 라스콜니코프는 불안해지기 시작했다.

"다 왔어. 여기 회색 건물이야." 라주미힌이 말했다.

'중요한 것은 어제 내가 그 노파의 아파트에 가서 핏자국에 대해서 물어본 사실을 포르피리가 알고 있는지 여부다. 방에 들어서는 순간 그의 얼굴에서 그 사실을 바로 간파해야 한다. 만약 그러지 못하면...'

"그건 그렇고 말이야." 갑자기 라스콜니코프는 미소를 지으면서 라주미힌을 놀리기 시작했다.

"넌 오늘따라 어딘지 모르게 좀 들떠 있는 것 같은데."

"아니, 난 아무렇지도 않아. 왜 그러는 거야?"

"아니긴... 항상 너저분하게 하고 다니더니 오늘은 웬일인지 세수도 깨끗이 했잖아. 손톱도 단정히 깎았고. 야아! 우리 라주미힌이 언제부터 이러고 다녔지? 응? 아니, 이것 좀 봐라, 머리에는 포마드까지 발랐잖아? 어디 좀 볼까?"

"아니, 이 자식이 정말!"

라스콜니코프는 더 이상 못 봐주겠다는 듯이 웃음을 터뜨리며 포르피리 페트로비치의 집무실에 들어섰다. 태연하게 아무 일도 아닌 것처럼 보이게 하기 위해서 라스콜니코프는 밖에서부터 일부러 크게 웃고 떠들면서 들어간 것이다.

예심판사와의 첫 대면

"라스콜니코프입니다."

라스콜니코프는 포르피리를 보자 인사했다.

"반갑습니다. 정말 둘이서 재미있게 들어오시는 것 같군요. 그런데 저 친구는 인사하기도 싫은 모양이지요?" 라스콜니코프로부터 놀림을 받아 화가 난 라주미힌을 보면서 포르피리가 말했다.

"자, 이제 그만 하고! 형, 여기 이 친구는 로지온 로마노비치 라스콜니코프야. 형에게 부탁할 게 있다고 해서 같이 왔어. 어? 그런데 자묘토프도 여기 있었네? 둘이 서로 아는 사이였나?"

포르피리는 서른다섯 살 정도 된 남성으로 키가 작고 배가 나온 편이었다. 머리는 짧게 깎아서 뒤통수가 튀어나온 것이 두드러져 보였지만 콧수염과 턱수염도 깨끗하게 면도된 상태였고, 포동포동 살집이 오른 얼굴은 무척 활기에 차

있었다.

라스콜니코프는 찾아온 이유를 간결하고 분명하게 설명했다. 포르피리는 사무적인 태도로 답변했다.

"그런 경우에는 경찰서에 신고를 해야 합니다. 그 물건이 당신의 소유라는 얘기를 하고, 당신이 그 물품을 돌려받기 원한다고 신고하면 됩니다."

"문제는... 지금 저한테 돈이 없습니다... 다만 저는 그 물건이 제 것이라는 사실을 알려드리려고 왔습니다."

"똑같은 방식으로 저한테 요청을 해도 됩니다. 이러한 사건으로 통보를 받고, 어떤 물품에 대해서 요청하니 조치를 취해달라고..."

"그럼 그렇게 아무 종이에 쓰면 되는 겁니까?"

"네, 특별한 양식도 없으니 아무 종이에 써도 상관없습니다!" 포르피리는 눈을 가늘게 뜨고 비웃는 듯한 표정을 지으면서 그를 바라보았다.

'이미 알고 있는 눈치구나!' 라스콜니코프는 두려운 생각이 들었다.

"값도 얼마 안 나가는 물건이어서 별일 아니라고 생각하실지 모르지만 저한테는 추억이 깃든 물건이어서 그렇습니다. 사건에 대한 얘기를 듣고서는 저도 무척 놀랐습니다만..."

"그래서 포르피리가 저당 잡힌 사람들을 조사하고 있다

고 내가 어제 조시모프한테 얘기했을 때 네가 자리에서 벌떡 일어났구나?"

라주미힌이 이들의 대화에 끼어들었다. 라스콜니코프는 화가 치밀어 올라서 잠시 그를 노려보았으나 곧 정신을 차렸다.

"나를 놀릴 생각이라면 그만 해. 네가 보기에는 하찮은 물건일지 몰라도 그 물건은 다 소중한 것들이야. 내가 말했듯이 그 은시계는 아버지가 남긴 유일한 유품이야. 만약 그 시계가 없어진 걸 알면 어머니는 절망할 거야! 여자잖아!"

"아니, 난 그런 뜻으로 말한 게 아니었어!" 라주미힌은 억울하다는 듯 소리쳤다.

'그럴 듯하게 말한 걸까? 괜히 과장하는 걸로 보이지는 않았을까?' 얘기 끝에 여자잖아라는 말은 왜 했을까?' 라스콜니코프는 속으로 걱정하면서 자신을 자책했다.

"당신이 맡긴 물건은 어떤 경우에도 없어지지 않을 겁니다. 저는 당신을 오래 전부터 기다리고 있었습니다." 포르피리는 아무 일도 없었다는 듯 말했다.

"그게 무슨 말이야? 기다리고 있었다니? 그럼 형은 이 친구가 벌써 거기 저당 잡힌 것을 알고 있었다는 말이야?" 라주미힌이 놀라서 물었다.

"당신이 맡겼던 반지와 시계는 노파의 집에 종이로 잘 싸여 있더군요. 종이에는 당신 이름이 뚜렷하게 적혀 있었습니다. 언제 맡겼는지 날짜까지도 말입니다..."

"대단히 꼼꼼한 분이시군요. 저당 잡힌 사람들이 한둘이 아닐 텐데 그렇게 모든 사람들을 다 기억하시다니요..."

"물건을 저당 잡힌 사람들 중에서 아직까지 찾아오지 않은 사람은 당신뿐이라서 그렇습니다." 포르피리는 비웃는 표정으로 말했다.

"몸이 좀 좋지 않아서 그랬습니다."

"그 얘기도 들었습니다. 정신도 좀 혼란스러운 것 같다고 들었습니다만... 지금도 안색이 그다지 좋지는 않군요."

"몸이 좀 좋지 않았다고? 이 녀석은 어제까지만 해도 헛소리를 늘어놓고 있었으면서 몸이 좀 좋지 않았다니 그게 무슨..." 라주미힌이 끼어들었다.

"이 녀석은 제정신도 아닌데 한밤중에 어디론가 나가서 돌아다니고 그랬다니까..."

"아아, 다 바보 같은 얘깁니다. 믿지 마세요!"

"오늘 니코짐 포미치 경찰서장이 얘기하던데... 어제 밤에 말에 치인 어떤 사람의 집에서 당신을 만났다고 하던데요..."

"거 봐, 그 일만 해도 그렇다니까! 네가 정신이 조금이라도 있었다면 알지도 못하는 사람한테 가서 갖고 있던 돈을 다 내주지는 말았어야지!" 라주미힌은 계속 흥분해서 지껄였다.

"자, 이제 그만 합시다... 전 당신이 여길 오신 것만 해도 기쁩니다..."

"아이, 목이 말라서 차라도 한 잔 마셨으면 좋겠는데!" 라주미힌이 말했다.

포르피리 페트로비치는 차를 시키러 밖으로 나갔다.

'이미 다 알고서 일부러 나를 시험하는 것일까, 아니면 괜히 나 혼자 착각하고 있는 것일까?' 라스콜니코프는 극도로 신경이 예민해지고 있었다.

잠시 후 포르피리 페트로비치가 돌아왔다.

"어제 밤늦도록 자네 집에 있다 와서 그런지 온몸이 다 피곤하군." 그가 라주미힌에게 말했다.

"아, 그래. 어제 얘기가 한창 진행될 때 내가 밖에 나왔었지. 얘기는 어떻게 된 거야?"

"글쎄, 정답이 없는 문제에 대해서 뭐라고 할 수 있을까..." 포르피리가 말하자 라주미힌이 라스콜니코프에게 말했다.

"로쟈, 우린 어제 어떻게 범죄가 성립될 수 있는지 논쟁을 했거든."

"평범한 사회문제가 뭐 대수라고." 라스콜니코프가 별 것 아니라는 듯이 말했다.

"그게 그렇게 단순한 얘기가 아니었습니다." 포르피리가 어조를 바꿔서 얘기했다.

"어제 저녁에 다들 술에 잔뜩 취해서 이런 논쟁을 벌였다는 걸 믿으시겠습니까? 범죄에서 환경은 상당히 중요합니다. 이보게, 라주미힌, 그건 내가 장담해."

"그건 그렇겠지만, 그러면 마흔 살 정도 된 중년 남자가 열 살밖에 안 된 여자 어린아이를 추행했다면 그것도 환경 때문이라는 거야?" 라주미힌이 따졌다.

"엄밀히 말하면 환경이 큰 역할을 했다고 할 수 있겠지. 소녀에 대한 범죄는 얼마든지 환경으로 설명할 수 있는 문제야." 포르피리는 상당히 진지한 표정으로 말했다.

"그건 그렇고, 지금 말한 범죄니 환경이니 하는 것들은 다 지금 막 생각난 겁니다만, 제가 정말 관심을 가졌던 것은 다름 아닌 당신의 논문이었습니다. 「범죄에 대하여」라는 논문이었지요? 제목은 정확히 기억이 나지 않습니다만 두 달 전쯤 『정기논단』에서 읽었던 기억이 납니다."

"제 논문이라고요? 『정기논단』에서요?" 라스콜니코프가 놀라서 물었다.

"그 논문은 『정기논단』이 아니라 『주간논단』에 냈습니다만..."

"『주간논단』이 폐간되면서 『정기논단』으로 통합되었고, 당신 논문은 거기에 실렸습니다. 세상에, 그걸 모르고 계셨군요?"

"야아, 나도 몰랐는데, 로쟈! 오늘 도서관에 가서 당장 그 논문을 찾아봐야겠다!" 라주미힌이 소리쳤다.

"당신은 그 논문에서 어떤 특정 부류의 사람들은 폭력과 범죄를 저지를 권리가 있고, 그 사람들은 어떤 법에도 저촉되지 않는다는 취지로 암시를 하고 있던데요?"

"뭐라고? 지금 그게 무슨 소리야? 범죄에 대한 권리야, 뭐야? 그건 환경 때문도 아니잖아?" 얘기를 듣던 라주미힌은 놀라서 물었다.

"아니, 그게 아니라... 이 분의 논문에서 모든 사람은 평범한 사람과 비범한 사람으로 분류되고 있는 것 같거든. 평범한 사람들은 복종하며 살아야 하고, 법을 어길 권리가 없다는 거야. 평범하니까 말이야. 그런데 비범한 사람들은 온갖 범죄를 저지를 수 있는 권리와 법을 위반하는 권리까지 갖고 있다는 거지. 이유는 그들이 비범하기 때문이라는 거고. 제가 잘못 이해한 게 아니라면 당신은 논문에서 그렇게 주장한 게 맞는 거지요?"

"그럴 수가! 그럴 리가 없어!" 라주미힌이 믿을 수 없다는 듯이 소리쳤다.

라스콜니코프는 포르피리의 의도를 알아차렸다.

"제가 꼭 그렇게 주장한 것은 아닙니다만 당신은 제 논문을 대부분 정확히 이해하셨습니다... 다만 저는 비범한 사람이 어떤 권리를 갖고 있다는 게 아니라 자신의 양심에 따라서 모든 장애물을 제거할 권리가 있다고 얘기한 것뿐입니다. 저는 뉴턴이 자신의 법칙을 발견하는 데 있어서 수십

명, 또는 수백 명이 방해가 되고, 그들의 희생 없이 법칙을 발견할 수 없다면 그들을 제거해야만 하고... 그럴 권리가 있는 것이 의미 있는 일일지도 모른다는 겁니다. 마찬가지로 과거 역사에서도 솔로몬이나 무함마드, 나폴레옹 같은 입법자와 통치자들은 낡은 법을 폐기했고 그 과정에서 때로는 피를 흘리는 것을 감수했습니다. 이러한 인류의 위인들이 모두 하나같이 피를 흘린 살인자들이었다는 사실은 대단히 흥미로운 일입니다. 즉, 사람들은 일반적으로 두 부류로 나뉘게 되는데, 첫 번째 부류는 평범한 사람들로서 복종하고 순종적인 사람들이고, 두 번째 부류는 법을 파괴하거나 자신의 양심에 따라서 피 흘리는 것을 감수하는 걸 허용할 수 있는 사람입니다. 양쪽 모두 각자 존재할 권리는 똑같이 갖고 있습니다. 둘 사이에 전쟁은 영원한 거지요. 새로운 예루살렘이 도래하기 전까지는 말입니다!"

"그렇다면 당신도 새로운 예루살렘을 믿으신다는 얘기군요?"

"네, 믿습니다." 라스콜니코프는 단호하게 말했다.

"그러면 죄송합니다만, 신도 믿으십니까?"

"믿습니다."

"그러면 혹시 라자로의 부활도 믿으십니까?"

"믿습니다. 그런데 왜 그걸 물어보는 겁니까?"

"있는 그대로 믿습니까?"

"있는 그대로 믿습니다."

"그렇군요... 그저 궁금해서 여쭤봤습니다. 죄송합니다."
포르피리는 그에게 구했다.

"아니, 두 사람 지금 뭐하는 거야?" 라주미힌이 소리쳤다.

"로쟈, 넌 지금 그걸 말이라고 하는 거야? 네 말이 진심이라면... 그 말은 전혀 새로운 얘기는 아니지만, 네가 한 얘기 중에서 정말 무서운 건 양심에 따라 유혈을 허용한다는 점이야. 합법적으로 허용하는 것보다 훨씬 더 무서운 일이라고..."

"그건 맞는 말이야. 무서운 일이지." 포르피리가 대답했다.

"내가 한번 논문을 자세히 읽어보겠어... 네가 그렇게 생각했을 리가 없어..."

"논문에는 다만 암시만 하고 있을 뿐이야." 라스콜니코프가 말했다.

"아, 그런데... 괜찮다면 한 가지만 더 질문하겠습니다."
포르피리가 대화를 계속 이어갔다.

"당신이 그 논문을 쓰실 때에... 혹시라도 당신 자신이 비범한 사람이라고 생각하셨던 건 아닌지요? 만약 그렇다면 당신은 모든 인류와 이 세상을 구하겠다는 생각으로 스스로 장애물을 제거하겠다는 생각을 하시진 않았습니까? 예를 들어서 살인이나 도둑질 같은 것 말입니다..." 포르피리는 그에게 눈을 한번 깜빡이고는 소리 없이 웃었다.

"마치 얼마 전에 있었던 살인사건처럼 말이에요."

"제가 장애물을 제거하려고 정말 그런 일을 했다면 그걸 당신한테 얘기하지는 않겠지요." 라스콜니코프는 경멸조로 대답했다.

"아, 전 그냥 호기심 때문에 물어본 겁니다."

"저는 저 자신을 무함마드나 나폴레옹으로 생각해본 적이 없습니다. 그러니 제가 당신 질문에 딱히 뭐라고 드릴 말씀이 없습니다."

"자, 알겠습니다. 이제 그만 하지요. 하긴 요즘 세상에 러시아에서 자기 자신을 나폴레옹으로 생각하지 않는 사람이 어디 있겠습니까?" 포르피리는 갑자기 친근한 억양으로 말했다.

"혹시 지난주에 알료나 이바노브나를 도끼로 살해한 범인이 미래의 나폴레옹은 아닐까요?" 한쪽 구석에서 말없이 앉아 있던 자묘토프가 갑자기 말을 꺼냈다.

라스콜니코프는 말없이 포르피리를 똑바로 쳐다보았다. 라주미힌은 얼굴이 우울해지기 시작했다. 라스콜니코프는 나가려고 몸을 일으켰다.

"벌써 가시려고 그러십니까!" 포르피리가 친절하게 손을 내밀며 말했다.

"뵙게 되어서 반가웠습니다. 내일 한번 다시 들러서 얘기를 했으면 좋겠군요..."

"저를 공식적으로 심문하겠다는 말씀인가요?" 라스콜니코프가 그를 바라보며 쏘아붙였다.

"무슨 그런 말씀을! 아닙니다... 전 이미 다른 관련자들과 다 얘기를 해봤습니다... 당신은 마지막으로 거기에 간 사람이었습니다... 참, 내 정신 좀 보게!" 그는 라주미힌을 보면서 말을 계속했다.

"자네가 그 니콜라이에 대해서 그렇게 나한테 얘기를 했었지!" 그는 다시 라스콜니코프 쪽으로 얼굴을 돌리고 말했다.

"니콜라이는 죄가 없습니다. 그러니 이제는 드미트리를 조사할 수밖에요... 바로 그게 문제입니다. 그때 계단을 지나갈 때... 그때가 7시쯤이었나요?"

"7시쯤이었습니다."

라스콜니코프는 답하고 난 순간 이 말을 하지 않아도 됐을 것이라는 불쾌한 느낌을 받았다.

"그러면 7시쯤 계단을 지나가다가 2층에 문이 열려진 아파트를 보시진 않았습니까? 두 명이 일하고 있었는지, 아니면 한 명인지 말이에요. 그 사람들이 거기서 페인트칠을 하고 있었거든요. 기억이 안 나십니까?"

"칠장이라고요? 전 보지 못했습니다..." 라스콜니코프는 기억이 안 나는 것처럼 일부로 천천히 대답했지만 뭔가 함정에 걸려들고 있는 것은 아닌지 온몸이 긴장되어 경직되는 걸 느꼈다.

"못 봤습니다. 문이 열려진 아파트도 못 봤고... 4층에서는 이사를 하고 있었습니다... 칠장이들은 기억이 나지 않습니다..."

"잠깐, 형 지금 무슨 소리를 하고 있는 거야! 칠장이들이 일했던 날은 살인사건이 일어난 날인데, 이 친구는 사건 사흘 전에 갔다고! 지금 뭘 묻고 있어?" 라주미힌이 퍼뜩 정신을 차리고 소리쳤다.

"아, 참! 내가 착각을 했군! 이거 죄송하게 됐습니다. 제가 이 사건 때문에 지금 정신이 없어서... 정말 죄송합니다."

포르피리는 정중히 그들을 배웅했다. 두 사람은 침통한 기분이 되어 밖으로 나왔다. 둘은 한동안 아무 말이 없었다.

스비드리가일로프의 방문

"아무래도 믿을 수가 없어! 이건 도저히 믿을 수 없어!" 라주미힌은 라스콜니코프가 방금 전에 말한 논리를 받아들일 수 없었다.

"나는 말 하나하나를 다 헤아려보고 있었어." 라스콜니코프는 무심한 듯 말했다.

"넌 그랬겠지만 포르피리도 논조가 이상하긴 했어. 비열한 자묘토프 자식도 말하는 것 하고는... 그런데 왜 그런 거지?"

"밤새 생각을 바꿨나 보지."

"아니, 그들이 정말 생각이 있었다면 결정적인 상황에서 쓰기 위해 자기들 의도를 감췄어야지... 그런데 조금 전엔 정말 노골적이었잖아!"

"만약 확실한 물증이나 증거가 있었다면 자기들도 나중에 쓰기 위해서 숨기려고 했겠지. 하지만 그 어떤 증거도 없었던 거야. 물증이 없으니까 아무 질문이나 퍼부어서 정신을 쏙 빼놓으려고 한 건지도 몰라."

"그렇다고 해도 어떻게 그런 생각을 할 수 있었을까? 정말 화가 치밀어서 말이야! 자존심 강하고 가난한 대학생이 우울증에 시달리면서 방구석에 처박혀 살다가 급기야 열이 나고 병까지 생겼는데, 경찰서에 소환돼서 듣도 보도 못한 모욕을 당했어. 빚 독촉장까지 받은 상태에서 페인트칠 냄새는 진동을 하고, 무더운 날씨와 숨 막힐 정도로 답답한 실내 공기 속에서 자기가 갔다 왔던 전당포 집 노파가 살해됐다는 얘기를 들었지. 이 상황에서 어떻게 쓰러지지 않을 수 있겠어? 그런데 바로 그 점이 수상하다고 보고 있는 거야, 성질 같아서는 정말 이런 자식들을 그냥! 내가 너라면 말이야, 로쟈. 난 그 자식들한테 침을 뱉거나 얼굴을 갈겨버리겠어. 에이! 자, 그만 무시하고 기운 내!"

"무시하라고? 내일이면 다시 심문 받으러 오라고 그럴 것 같은데?"

"빌어먹을! 내가 포르피리한테 가서 대체 무슨 속셈인지 알아내겠어!"

라스콜니코프는 라주미힌과 헤어진 후 황급히 계단에 뛰어 올라가서 방에 들어서자마자 방문 걸쇠를 걸어놓았다. 그리고는 훔친 물건들을 숨겨두었던 벽지 아래쪽 구멍에 손을 집어넣어서 남아있는 물건이 없는지를 확인했다. 아무 물건도 남아있지 않은 것을 확인하고 나서야 그는 비로소 안도의 한숨을 내쉴 수 있었다. 조용히 밖으로 다시 나온 그의 귓가에 "바로 저쪽에 그 사람이 있어요!"라고 말하는 소리가 들렸다.

경비원이 상인으로 보이는 어떤 남자에게 자신을 가리키고 있었다. 쉰 살이 넘어 보이는 남성의 눈가에는 냉혹한 구석이 있어 보였으며 불만이 섞여 있었다.

"무슨 일이지요?" 라스콜니코프가 경비원에게 다가가 물었다. 상인은 뚫어져라 그를 쳐다본 후 몸을 돌려서 거리를 향해 걸어갔다.

"무슨 일이냐고요!" 라스콜니코프가 소리 높여 물었다.

"저 사람이 어떤 대학생이 여기 사는지, 당신 이름을 물으면서 묻고 있었는데, 마침 그때 당신이 내려온 거요. 그러고 나니까 지금 저기 그냥 가는 거예요."

라스콜니코프는 곧장 그 남자를 쫓아 달려갔다. 뒤를 따라잡은 그는 한동안 말없이 나란히 그와 걷다가 나직이 말을 건넸다.

"경비원한테 저에 대해서 물어 보셨습니까?"

그는 아무 대답도 하지 않은 채 라스콜니코프를 쳐다보지도 않았다.

"아니, 남몰래 나에 대해 물어볼 때는 언제고 정작 지금은 내가 물어봐도 대답조차 하지 않는 건 무슨 짓입니까?" 라스콜니코프가 재차 물었다. 그러자 그 남성은 조용하지만 분명한 목소리로 말했다.

"살인자!"

라스콜니코프는 그 말을 듣자 순간적으로 등골이 오싹해졌다.

"그게 무슨 말입니까... 누가 살인자란 말입니까?" 라스콜니코프가 기어들어가는 소리로 중얼거렸다.

"바로 네가 살인자야." 그는 회심의 미소를 지으며 라스콜니코프의 창백한 시선을 뚫어져라 쳐다본 후 사라졌다. 라스콜니코프는 그 자리에서 꼼짝도 하지 못한 채 멀어져가는 그 남성을 바라보았다.

기진맥진한 상태가 되어 돌아온 라스콜니코프는 소파에 몸을 가누었다. 그는 아무 생각도 하지 않았으나 온갖 상념들로 머릿속이 혼란했다.

'그 사람은 누구일까? 그는 어디서 무엇을 본 것일까? 어디에 있다가 지금 나타난 것일까?' 라스콜니코프는 계속 생각을 거듭했다. '니콜라이가 발견한 귀금속 상자가 증거물이라고? 10만분의 1밖에 안 되는 작은 것이라도 놓친 게 있다면 나중에는 이집트의 피라미드처럼 큰 증거물이 되겠지!' 그는 자신이 약해지고 있다는 것을 깨달았다.

'나폴레옹, 피라미드, 워털루, 그리고 마르고 추한 14등문관 미망인, 노파, 고리대금업자, 침대 밑 붉은 궤짝... 과연 포르피리 페트로비치가 이것들을 이해할 수 있을까...!

어떻게 이것들을 이해할 수 있겠는가...! 미학적으로도 설명하지 못할 것이다. 과연 나폴레옹이 노파의 침대 밑에 기어들어가겠느냐 말이야! 아아, 말도 안 되는 얘기다...!'

그의 머리카락은 온통 땀에 젖었고, 입술은 바싹 타들어갔다. 시선은 천장에 고정한 채 그는 계속 생각했다.

'어머니, 누이동생을 난 너무나 사랑한다! 그런데 지금은 왜 그들을 증오하는 걸까? 그들이 내 곁에 있는 것을 참을 수가 없다... 아아, 그 가증스런 노파! 노파가 다시 살아난다면 난 또 다시 그녀를 죽일 것만 같다! 불쌍한 리자베타는 그때 왜 나타났던 걸까? 리자베타, 소녀! 불쌍한 사람들! 아아...!'

그는 정신을 잃었다. 어떻게 하다가 자신이 길 한가운데에 있게 됐는지 기억이 나지 않았다. 벌써 늦은 저녁이었다. 어느새 땅거미가 짙어져서 보름달이 주위를 밝히고 있었다. 맞은 편 길가에서 누군가 그에게 손을 흔드는 게 보였다. 라스콜니코프는 그를 따라 갔지만 그 사람은 몸을 돌려서 아무 일도 없었던 것처럼 길을 걷기 시작했다. 얼마 가지 않아서 그는 그 사람이 누구인지 알아보고 놀라지 않을 수 없었다. 조금 전에 보았던 그 상인이었다. 상인은 어떤 건물로 들어가서 마당을 가로질러 갔다. 뒤따라간 라스콜니코프가 마당에 들어섰을 때 그는 이미 보이지 않았다. 계단으로 올라간 게 분명했다. 그러나 이상하게도 그 계단은 낯이 익었다. 아니! 일꾼들이 일하고 있던 그 아파트였다. 상인은 어딘가에 숨어 있는 게 틀림없었다. 아파트는 계단 쪽으로 활짝 열려져 있었다. 현관은 어두웠으나 방 전체는 달빛을 받아 훤히 밝았다. 그곳은 의자, 거울, 노란색 소파 등 모든 것이 예전과 똑같은 상태였다. 장롱과 창 사이의 한쪽 구석에 외투가 걸려 있었다. 그가 외투를 걷어내자 의자 한구석에 노파가 몸을 숙인 채 고개를 떨구고 있는 것이 보였다. 노파는 고개를 너무 숙인 탓에 얼굴을 들여다볼 수 없었다. 하지만 분명히 노파였다. 두려워하는 게 틀림없다고 생각한 그는 도끼를 들어 노파의 정수리를 향해 내리쳤다. 그러나 이상한 일이었다. 온 힘을 다해 내리쳤지만 노파는 조금도 몸을 움직이지 않고 있었다. 그는 땅에 엎드려 노파의 얼굴을 올려다보았다. 그녀는 웃고 있었다. 갑자기 많은 사람들이 쏟아져 나와 웃기 시작했다. 그는 미친 듯이 노파의 머리를 도끼로 다시 내리쳤으나 치면 칠수록 사람들의 웃음소리는 더 커졌고, 노파 역시 웃음을 터뜨리고 있었다. 그는 비명을 지르다가 잠에서 깨어났다. 문간에는 낯선 남자가 그를 관찰하고 있었다.

라스콜니코프는 다시 눈을 감고 생각했다. '지금이 꿈속일까, 아니면...' 그는 살짝 눈을 뜬 채 다시 낯선 남자 쪽을 살펴보았다. 그는 문을 살며시 닫고서 조용히 소파 옆 의자에 앉은 다음 모자를 놓고, 두 손을 지팡이에 대고 턱을 괴고 있었다. 중년의 신사로 흰색 턱수염을 기른 건장한 체격의 남성이었다. 라스콜니코프는 더 이상 참지 못하고 벌떡 일어났다.

"자, 말씀하세요, 뭐가 필요한 겁니까?"

"당신이 잠든 게 아니라는 걸 알고 있었습니다. 인사드리지요. 난 아르카지 이바노비치 스비드리가일로프입니다."

"스비드리가일로프? 이게 무슨 소리야? 그럴 리가 없어!" 그는 당황해서 크게 외쳤다.

그러나 손님은 이런 외침소리에도 당황한 기색을 보이지 않고 말했다.

"난 이곳에 두 가지 일 때문에 왔습니다. 오래 전부터 얘기를 들어서 당신과 친해지고 싶었던 것이 첫째 이유이고, 당신의 누이동생 아브도티야 로마노브나에 대해서 갖고 있는 내 계획을 당신이 도와줄지 모른다고 생각한 것이 둘째 이유입니다. 지금 같아서는 당신의 도움 없이 내가 혼자 누이동생을 찾아간다면 나를 받아주지도 않을 것 같기 때문입니다."

"그럼 번지수를 잘못 찾으셨군요. 그만 돌아가세요."

라스콜니코프는 냉담하게 말했다.

"두 분이 어제 도착했지요?"

라스콜니코프는 대답하지 않았다.

"어제 도착한 사실을 알고 있습니다. 나도 사흘 전에 이곳에 도착했습니다. 그런데... 일일이 설명하는 게 쓸데없는 일인 것 같지만 혹시 동생과 관련된 그 사건이 그렇게 큰 범죄라고 보십니까? 자기 집에 있는 젊은 아가씨의 뒤꽁무니를 쫓아다니고 추근거리면서 여성을 모욕했다는 겁니까? 나도 인간입니다. 반할 수도 있고, 사랑에 빠질 수도 있는 일 아니겠습니까."

"난 당신이 마음에 들지 않아요. 당신과 알고 지내고 싶은 생각이 추호도 없으니 그만 나가세요...!" 라스콜니코프는 혐오감을 느끼며 말했다.

스비드리가일로프는 갑자기 웃었다.

"역시 상대하기 쉬운 분은 아니군요... 당신을 좀 속일 생각이었는데 오히려 정곡을 찌르니 말이에요!"

"그런 말을 하는 지금도 계속해서 속이려고 하는군요. 마르파 페트로브나도 당신이 죽였다면서요?" 라스콜니코프가 흥분해서 말했다.

"당신도 그 일에 대해서 들으셨나 보군요. 그 일은 내 양심에 비춰 봤을 때 한 점 부끄럼이 없는 일입니다. 의학적 소견으로는 점심을 과식한 다음 와인까지 잔뜩 마시고 곧바로 목욕탕에 들어갔다가, 뇌졸중이 발생하여 악화된 탓이라고 합니다. 기차 안에서 여기로 오는 내내 난 그 일에 대해서 정말 곰곰이 생각했습니다. 혹시 내가 아내의 죽음과 관련해서 일말의 원인이라도 제공했던 건 아닌지 말이지요... 하지만 아무리 생각해도 그런 일은 없었습니다."

"꽤나 걱정이 되시나 보군요."

라스콜니코프가 살짝 웃으며 말했다.

"왜 웃는 거지요? 한번 생각해보세요. 나는 그녀를 승마용 채찍으로 두 번밖에 때리지 않았습니다. 때린 자국도 남아있지 않지요... 그렇게 보지 마십시오, 그게 얼마나 음란한 짓인지는 나도 잘 알고 있습니다. 하지만 마르파 페트로브나도 분명히 그 일을 즐겼어요. 알고 계십니까? 사람들은 대개 모욕당하는 것을 좋아합니다. 특히 여자들이 그렇지요. 그걸 사는 낙으로 여기기까지 하니까요."

라스콜니코프는 그의 얘기를 들으면서 당장 자리를 박차고 나가고 싶었으나 순간 호기심이 생기는 것도 사실이었다. 스비드리가일로프는 말을 계속했다.

"혹시 몇 년 전 잡지에서 망신살이 뻗친 어떤 귀족에 대한 기사를 못 보셨습니까? 기차 안에서 어떤 독일 여자를 채찍으로 때렸다는 사람 말입니다. 채찍질을 했던 그 남자를 동정하는 것은 아니지만 내 생각에 그런 도발적인 독일 여자에 대해서 스스로를 완전히 절제할 수 있다고 장담하는 진보주의자는 아마 단 한 사람도 없을 겁니다."

"당신은 여기에 아는 사람도 많다던데요. 인맥도 많아서 못할 일이 없을 텐데 대체 무슨 속셈이 있어서 여기까지 나를 찾아온 겁니까?"

"그래요, 당신 말대로 아는 사람이 많습니다. 사흘 동안 이곳에 있으면서 돌아다니니 여기저기서 나를 알아보는 것 같았습니다. 옷도 멋지게 입은 데다 수입도 많으니 아무런 문제가 없습니다. 다만... 그 사람들한테는 이제 가지 않을 생각입니다. 넌더리가 나서요. 사실 사흘 동안 특별히 찾아가서 만난 사람도 없습니다... 나는 이제 오직 해부학 하나에만 희망을 갖고 있습니다. 이건 정말입니다!"

"해부학이라고요?"

"그 많은 클럽이나 발레 스텝 같은 것들, 게다가 진보가 어떻고 하는 것들 모두 우리 없이 될 대로 되라고 내버려두지요." 그는 신경 쓰이지 않는 것처럼 내뱉었다.

"다만 사기꾼이 되고 싶은 건 또 어떻게 해야 할지 모르겠군요."

"당신이 사기꾼이었단 말입니까?"

"당연한 일 아닙니까! 정말 멋진 놈들하고 팀을 짰었지요. 예전에 어떤 그리스 여자가 나를 빚 때문에 감옥에 집어넣으려던 걸 마르파 페트로브나가 나타나서 내 몸값으로 은화 3만 루블을 지불했습니다. 그 후 우리는 합법적으로 결혼을 하고 그 여자는 나를 시골로 데려갔지요. 나는 나보다 다섯 살 위인 그 여자를 사랑했습니다. 7년 동안 그 시골에서 나온 적도 없었어요. 그런데 그 여자는 그 3만 루블 차용증을 보물단지라도 되는 것처럼 꼭 손에 쥐고 있었어요.

내가 혹시 배신이라고 하게 될 경우 그걸 사용하려던 거지요! 충분히 그러고도 남을 여자였어요!"

"그 차용증만 아니었다면 그 여자한테서 도망쳤겠군요?"

"문서에 얽매여 있었던 건 아닙니다. 시골에 있으면서 난 아무 데도 가고 싶지 않았고, 오히려 마르파 페트로브나가 외국에라도 나가자고 두 번이나 설득했어요. 난 외국에 별 흥미를 못 느낍니다. 차라리 그냥 우리나라가 나은 것 같거든요. 하지만 어쩌면 북극 탐험이라도 갈지 모릅니다. 참, 그런데 이번 주 일요일에 베르그라는 사람이 유수포프 공원에서 커다란 열기구를 타고 하늘을 날기 위해서 거액을 내걸고 동승자를 찾고 있다던데, 그게 정말입니까?"

"그걸 타고 날아가시려고요?"

"아니, 뭐 그냥..." 스비드리가일로프는 갑자기 하던 말을 얼버무렸다.

'뭐야, 이 사람... 진지하게 얘기하고 있는 거야?' 라스콜니코프는 생각했다.

"아닙니다, 문서에 얽매였던 건 아닙니다. 내 자신이 시골에서 나오지 않았던 거였고, 마르파 페트로브나가 그 문서를 돌려준 지도 벌써 1년이 지났습니다. 게다가 돈도 아주 많이 주었지요. 그 여자는 재산이 많았으니까요."

"얘기를 듣고 보니 마르파 페트로브나를 그리워하고 있는 것 같은데요?"

"그럴 수도 있겠지요. 그럴 수도 있어요. 아, 참, 당신은 유령을 믿습니까?"

"유령이 나타나기라도 했나요?"

"마르파 페트로브나가 나타났습니다." 스비드리가일로프는 이상한 미소를 지으며 말했다.

"세 번이나 나타났지요. 처음 본 건 장례를 치르고 묘지에서 돌아온 다음이었고, 두 번째는 여기로 오기 위해서 길을 떠난 지 사흘째 되던 날 새벽이었고, 세 번째는 내가 지금 지내고 있는 아파트에서 두 시간 전이었어요."

"당신한테는 왜 그런지 그런 일이 있을 것 같았어요!" 라스콜니코프는 갑자기 이렇게 말하고는 자기가 한 말에 스스로 놀랐다.

"정말 그렇게 생각하셨나요?" 스비드리가일로프가 놀라서 물었다.

"정말 그렇게 생각하셨단 말이지요? 그래서 우리는 뭔가 공통점이 있다고 얘기한 겁니다."

"당신이 언제 그런 말을 했다는 겁니까!" 라스콜니코프는 흥분해서 소리쳤다.

"아, 내가 얘기를 안했나요?"

"한 적 없습니다."

"그랬나요? 아무튼 나는 유령이 존재한다는 걸 믿는지를 물었던 겁니다."

"난 믿지 않습니다!" 라스콜니코프가 격분해서 소리쳤다.

"유령은 내세의 작은 조각들이나 마찬가지여서 건강한 사람한테는 보이지 않습니다. 건강한 사람은 현세의 삶과 원칙을 따르니까요. 그러나 병이 든 사람은 현세를 떠나서 다른 세계를 접촉하게 됩니다. 내세의 삶이란 것도 마찬가지겠지요."

"나는 내세의 삶을 믿지 않습니다!" 곧바로 맞받아친 라스콜니코프는 속으로 생각했다. '이 사람, 이거 미친 거 아냐!'

"자, 한번 보세요. 우린 30분 전만 하더라도 얼굴도 모르는 사이였고, 서로를 원수처럼 대했지만 지금은 만사 제쳐놓고 문학토론 같은 논쟁만 계속하고 있지 않습니까? 그래서 우린 같은 밭에 널려 있는 딸기나 마찬가지인 겁니다!"

"이제 그쯤 하시고, 여긴 무슨 일로 찾아온 건지 용건을 말해주시지요... 난 빨리 가 봐야 할 곳이 있어서 시간이 없습니다..."

"이거, 미안합니다. 그럼 실례지만 당신의 누이동생, 아브도티야 로마노브나는 표트르 페트로비치 루쥔과 결혼할 생각인가요?"

"누이에 대한 얘기는 입에 담지 마십시오. 어떻게 당신이 감히 내 동생의 이름을 함부로 말할 수 있단 말이오!"

"난 아브도티야 로마노브나에 대해서 얘기를 하러 온 겁니다. 그러니 어떻게 얘기를 안 할 수 있겠습니까?"

"그럼 빨리 말하세요!"

"나는 당신과 함께 한 자리에서 루쥔과의 결혼은 절대 해선 안 된다는 사실을 아브도티야 로마노브나에게 설명하려고 합니다. 또한 전에 있었던 불미스런 일에 대해서 정중히 사과를 하고, 그녀에게 1만 루블을 전할 생각입니다. 그렇게 되면 루쥔과의 파혼에 대해서도 별 걱정이 없겠지요."

"당신, 정말 미치지 않고서야 어떻게 그런 말을 할 수 있는 겁니까!" 라스콜니코프는 놀라서 소리쳤다.

"자, 진정하세요. 난 부자는 아니지만 그래도 1만 루블 정도의 돈은 자유롭게 쓸 수 있는 사람입니다. 나는 그 돈이 전혀 필요 없으니 만약 아브도티야 로마노브나가 그 돈을 받지 않는다면 엉뚱한 곳에 써버릴지도 모릅니다. 이건 단지 그녀를 위해서 뭔가 유익한 일을 하고자 아무런 사심 없이 제안하는 겁니다. 또 나는 어쩌면 곧 어떤 아가씨와 결혼을 할지도 모릅니다. 그러면 아브도티야 로마노브나에게 딴 생각이 있었던 거라는 의심은 하지 않겠지요. 아무튼 제가 제안한 것을 아브도티야 로마노브나에게 전해주시기 바랍니다."

"아니오, 아무 말도 전하지 않겠습니다."

"그럼 제가 따로 만날 수밖에 없겠는데요."

"만약 제가 당신 제안을 전해준다면 따로 만나지 않으실 겁니까?"

"하아, 꼭 한 번만 만나고 싶습니다만..."

"기대하지 않는 게 좋을 겁니다."

"유감이군요. 당신은 나를 잘 모르겠지만 차차 서로를 알 기회가 있겠지요."

"우리가 서로를 알게 될 거라고요?"

"그러지 말란 법이라도 있습니까?"

"당신은 곧 떠나십니까?"

"떠난다니 무슨 말이지요?"

"여행 얘기를 하셨잖습니까."

"아, 그거요... 당신이 그 여행의 의미를 제대로 아시는 지...!" 그는 슬며시 웃었다.

"아, 한 가지를 잊었군요. 당신의 누이에게 마르파 페트로브나가 유언을 통해서 3천 루블을 남겼습니다. 그녀가 죽기 일주일 전에 내 앞에서 유언장을 작성했으니까요. 앞으로 2, 3주 후에 아브도티야 로마노브나는 그 돈을 받게 될 겁니다."

"그게 사실입니까?"

"사실입니다. 그럼 이만 실례하겠습니다. 나는 이곳에서 멀지 않은 곳에 지내고 있습니다."

그는 그렇게 말하고 밖으로 나가는 길에 문에서 라주미힌과 몸을 부딪쳤다.

갈등의 격화

라스콜니코프와 라주미힌은 서둘러서 바칼레예프의 아파트를 향해 발걸음을 재촉했다.

"그런데 아까 그 사람은 누구야?" 라주미힌이 물었다.

"스비드리가일로프인데, 예전에 누이동생이 가정교사로 있을 때 추근거렸던 지주야. 그의 부인 마르파 페트로브나는 그 일을 오해한 나머지 내 동생을 집에서 내쫓았는데 나중에 부인은 자기가 오해한 것을 알고 사과를 했어. 그런데 얼마 전에 그 부인이 갑자기 죽었대. 나는 어쩐지 그가 무서운 사람이라는 생각이 들어. 부인의 장례식을 치르자마자 여기로 달려온 것도 그렇고. 두냐를 보호해줘... 이 말을 너한테 하려고 했어. 지금 내 말 듣고 있어?"

"응, 그럼. 듣고 있어. 그런 놈은 걱정하지 마. 나한테 그렇게 말해줘서 고마워. 아까 너한테 왔었는데 네가 자고 있어서 포르피리한테 다녀왔어. 얘기를 하긴 했는데 제대로 말을 못했어. 포르피리도 무슨 말인지 못 알아듣는 눈치였고. 나중엔 포르피리 얼굴에 주먹을 들이대고 아무리 친척 형이라도 흠씬 두들겨 패버리겠다고 얘기하고 나왔어. 생각 해보니 내가 괜히 일을 망쳐놓은 건 아닌가 하는 생각도 들었는데, 너는 이 일하고 상관이 없잖아. 그러니 더 이상 신경 쓰지 말자!"

"그래, 그렇게 하자!" 라스콜니코프는 이렇게 대답했지만 내일이라도 라주미힌이 사실을 알게 되면 어떻게 될지 생각하자 생각이 복잡해졌다.

그들은 복도에서 루쥔과 마주쳤다. 그들은 서로 인사도 나누지 않고 방으로 들어갔다. 풀헤리야 알렉산드로브나는 표트르 페트로비치를 맞으러 문까지 나갔고, 두냐는 오빠에게 인사를 했다. 두냐와 루쥔은 테이블을 두고 마주 앉았고 라주미힌과 라스콜니코프는 풀헤리야 알렉산드로브나 맞은편에 앉았다. 라스콜니코프는 두냐의 옆에 앉았다.

"잘 도착하셨는지요. 마중을 나가려고 했습니다만 갑자기 다른 일로 바빠서 가지를 못했습니다. 특별한 어려움은 없었습니까?"

"드미트리 프로코피이치가 없었다면 정말 힘들었을 거예요. 이분이 드미트리 프로코피이치 라주미힌 씨예요." 그녀가 라주미힌을 루쥔에게 소개했다.

"네, 어제... 만났었습니다." 루쥔은 불만 섞인 표정으로 중얼거리면서 라주미힌을 잠시 노려보았다. 모두들 어색한 침묵을 지키고 있자 불안해진 풀헤리야 알렉산드로브나가 말문을 열었다.

"저어, 마르파 페트로브나가 세상을 떠났다는 소식을 들으셨나요?"

"들었습니다. 여기 온 이유도 그것과 관계가 있습니다. 아르카지 이바노비치 스비드리가일로프가 부인의 장례식을 치르자마자 이곳 페테르부르크로 왔습니다."

"페테르부르크로요? 여기로요?"

두냐는 불안해하며 어머니를 쳐다보았다.

"그 사람이 여기서도 두냐에게 딴 생각을 갖고 있는 게 아닐까요?" 풀헤리야 알렉산드로브나가 소리쳤다.

"나는 그 사람을 두 번밖에 보지 못했지만 무서운 사람인 것 같아요. 나는 마르파 페트로브나가 죽은 것도 그 사람 탓이라고 생각해요."

"마르파 페트로브나가 그에게 유산을 얼마나 남겼는지는 모르겠지만 수중에 돈이 생긴 이상 여기에 와서도 또 그 버릇을 고치지 못할 겁니다. 그는 사악하고 비열한 놈입니다. 그는 살인사건에도 연루됐던 적이 있었는데, 마르파 페트로브나가 무마한 덕분에 살아나기도 했습니다."

"그 사건은 어디서 들어서 알고 계신 거죠?"

두냐가 관심을 보이며 물었다.

"나는 마르파 페트로브나로부터 들은 비밀을 얘기하는 것뿐입니다. 그는 레슬리흐라는 외국여자와 내연관계를 맺고 있었는데, 그 여자에겐 열네 살짜리 조카가 있었습니다. 귀머거리에 벙어리 소녀였지요. 레슬리흐는 그 아이를 미워해서 욕설을 퍼붓고 때리기까지 했다더군요. 그러던 어느 날 다락방에서 그 아이가 목을 맨 채 발견됐습니다. 자살로 판명되긴 했지만 나중에 그 아이가 스비드리가일로프로부터 농락을 당했다는 밀고가 들어왔습니다. 마르파 페트로브나가 돈으로 무마한 덕분에 아무 일도 없었던 겁니다. 또 그는 자기 집에서 일하는 필립이라는 하인도 고문으로 숨지게 했습니다."

"제가 듣기로 그 하인은 자살해서 죽은 걸로 아는데요."

"아, 더 정확히 얘기하자면 스비드리가일로프의 고문과 학대를 견디지 못해서 자살한 거나 마찬가지지요. 그는 여자들한테는 매력적으로 보일지 모르지만 실은 음흉하기 짝이 없는 인간입니다. 그런 놈은 머지않아 감옥에 갈 겁니다."

"알겠어요, 표트르 페트로비치. 하지만 이제 스비드리가일로프에 대한 얘기는 그만해 주세요. 더는 듣고 싶지 않아요."

"그 사람이 방금 전에 나를 찾아왔었어." 라스콜니코프가 불쑥 이렇게 말했다. 모두들 깜짝 놀라 소리쳤다.

"조금 전에 나를 찾아와서 직접 자기소개를 하더군. 두냐, 너에게 제안할 것이 있다면서 만나게 해달라고 부탁을 하던데. 마르파 페트로브나가 네 앞으로 유산을 3천 루블을 남겼다면서 곧 그 돈을 받게 될 거라고 했어."

"세상에, 그렇게 고마운 분이 또 있을까!" 풀헤리야 알렉산드로브나가 외쳤다.

"그래서요?" 두냐는 궁금한 듯 물었다.

"그런데 그 사람이 뭘 제안하겠다는 거지?" 풀헤리야 알렉산드로브나도 물었다.

"나중에 얘기할게요." 라스콜니코프는 더 이상 말을 하지 않았다.

"그럼, 저는 이만 가보겠습니다." 표트르 페트로비치는 화가 난 표정으로 의자에서 일어섰다.

"잠시만요, 표트르 페트로비치." 두냐가 말했다.

"저희에게 하실 말씀이 있다고 하셨잖아요."

"그랬지요. 그런데 당신 오빠는 스비드리가일로프의 제안에 대해서는 내가 여기 있어서 말할 수 없다는 입장이고, 나 역시 편지를 통해서 그토록 요청했던 사안을 당신이 들어주지도 않은 상황이어서 말입니다..."

루쥔은 이렇게 말을 하고선 거만한 표정이 되었다.

"오빠가 여기 참석하지 않았으면 좋겠다는 당신의 요청은 제가 거부한 거예요. 오빠가 당신을 무례하게 대했다고 편지에 쓰셨는데, 그런 일은 명확하게 해명되어야 하고, 또 두 분이 직접 화해를 하는 게 낫다고 생각했기 때문이에요."

"아무리 좋게 생각하려고 해도 넘어서는 안 될 선이 있는 법입니다, 아브도티야 로마노브나."

"진정하고 제 말을 들어주세요. 저는 당신과 약혼했어요. 이 문제에 대해서 제가 공정하게 판단하도록 저를 믿어주세요. 만약 두 분이 서로 화해하지 않는다면 저는 당신과 오빠 중에서 한 명을 택할 수밖에 없어요."

두냐가 말을 마치자마자 루쥔은 인상을 쓰면서 말했다.

"지금 당신이 한 말은 상당히 새겨들어야겠군요. 지금 당신은 나와, 나에게 무례를 행했던 당신의 오빠를 동일선상에 놓고 판단하겠다고 말함으로써 나에게 또 한 차례 모욕을 주고 있습니다. 당신 오빠와 나를 같이 비교하다니, 이건 당신한테 내가 얼마나 별 볼 일 없는 존재인지를 여실히 보여주는 일입니다."

"어떻게 그렇게 말씀하시는 거죠!" 두냐가 소리쳤다.

"아브도티야 로마노브나, 일생의 동반자가 될 남편에 대한 사랑은 오빠에 대한 사랑과는 차원이 달라야 하는 겁니다. 그리고, 당신의 오빠한테서 받았던 모욕에 대해서는 어머님께 해명을 듣고 싶군요." 그는 풀헤리야 알렉산드로브나에게 말했다.

"예전에 어머님과 커피 한 잔을 하며 대화하다가 이런 얘기를 했었지요. 유복한 환경에서 자란 여성보다는 살면서 고난을 겪어 본 여성과 결혼하는 것이 도덕적으로나 부부관계에서도 좋다고 말입니다. 그런데 아드님은 제 말의 의미를 왜곡해서 저를 모욕했는데, 과연 어머님은 아드님에게 제 얘기를 어떻게 전하셨길래 그런 비난을 제게 한 건지, 여기에 대해서 설명을 좀 해주시기 바랍니다."

"그건 잘 기억이 나지 않네요. 내가 이해한 대로 전했을 뿐인데... 로쟈가 뭔가 과장해서 말을 했을 수는 있겠지요."

"당신께서 말을 잘못 전하지 않았다면 그가 과장해서 말할 리도 없겠지요."

"하지만 표트르 페트로비치, 나하고 두냐가 당신 말을 정말 나쁘게 받아들였다면 우리가 지금 여기 이곳에 와 있을 이유가 없지 않겠어요?" 풀헤리야 알렉산드로브나가 반문했다.

"말씀 잘 하셨네요." 두냐가 엄마를 두둔하며 말했다.

"표트르 페트로비치, 그러는 당신은 로쟈를 계속 비난하시는데, 당신도 편지에서 내 아들에 대해 거짓말을 쓰셨잖아요." 풀헤리야 알렉산드로브나가 굳은 표정으로 말했다.

"난 어떤 거짓말도 쓴 적이 없습니다."

"당신은 그렇게 썼어." 라스콜니코프가 루쥔을 향해 단호히 말했다.

"난 어제 마차에 치어 죽은 관리의 부인에게 장례비용을 줬는데, 당신은 그의 딸에게 줬다고 썼지. 그 부인의 딸은 어제 처음 봤지만 말이야. 게다가 당신은 그 아가씨에 대해 비열하게 표현하면서 우리 가족을 이간질하려고 했어."

루쥔은 분한 나머지 몸을 부들부들 떨면서 말을 했다.

"내가 편지에 적은 내용 중에서 잘못된 부분이 있다면 지적해주기 바랍니다. 그럼 당신은 돈을 낭비하지도 않았고, 그 가족은 다 정상적인 사람이라는 겁니까?"

"내가 보기에 당신은, 당신이 비난하고 있는 그 아가씨에 비하면 새끼손가락만한 가치도 없는 사람이야!"

"그럼 당신은 그런 여자를 어머니와 누이동생이 있는 자리에 데려올 수도 있단 말이오?"

"난 이미 그렇게 했지. 오늘 그 아가씨를 어머니와 두냐 앞에 앉혔으니까."

"로쟈!"

풀헤리야 알렉산드로브나가 소리쳤고, 두냐는 얼굴이 빨개졌다. 라주미힌 역시 인상을 썼다. 루쥔은 오만한 표정으로 미소 지었다.

"자, 이것 좀 보세요, 아브도티야 로마노브나. 이런 상황에서 도대체 무슨 화해를 한단 말입니까? 더 이상 할 말이 없으니 이만 돌아가겠습니다. 그래서 저는 이런 만남은 피하는 게 좋겠다고 생각했지요. 그래서 풀헤리야 알렉산드로브나, 저는 바로 이런 점 때문에 편지에 부탁을 했던 겁니다. 다름 아닌 바로 당신한테 말입니다."

"당신은 우리를 마음대로 부리려는 것 같군요. 당신의 부탁을 들어주지 못한 이유는 이미 두냐가 다 설명하지 않았나요? 좀 더 자상하게 대해 주실 수는 없나요? 우린 당신만 믿고 여기까지 왔어요!" 풀헤리야 알렉산드로브나는 화가 나서 항변했다.

"그런가요? 저는 왠지 마르파 페트로브나로부터 3천 루블을 받게 되었다는 소식을 듣고 난 뒤부터 저를 대하는 태도가 달라진 것 같은데, 아닌가요?"

"그런 말씀을 하다니, 그럼 당신도 결국 의지할 곳 없는 저희 처지를 이용하려고 한 거나 마찬가지네요!" 두냐가 분노하면서 소리쳤다.

"자, 더 이상 듣고 싶지 않군요. 전 아르카지 이바노비치 스비드리가일로프가 당신에게 제안했다는 그 내용을 얘기하는 걸 방해하지 않겠습니다. 어쩌면 그 제안은 두냐 당신한테 굉장히 의미가 있을 수도 있겠군요."

"오, 세상에!" 풀헤리야 알렉산드로브나는 말문이 막혔다.

"두냐, 이래도 너는 수치스럽지 않단 말이니?" 라스콜니코프가 물었다.

"수치스러워요." 두냐가 근엄한 표정으로 말했다.

"표트르 페트로비치, 이만 나가세요!" 그녀는 화가 나서 소리쳤다.

표트르 페트로비치는 이런 상황은 미처 예상하지 못한 것 같았다. 그는 안색이 파랗게 변했다.

"아브도티야 로마노브나, 만약 지금 내가 이렇게 나간다면 난 두 번 다시 돌아오지 않을 겁니다. 잘 생각하기 바랍니다."

"정말 뻔뻔하군요! 당신이 다시 오는 걸 바라지도 않아요!" 두냐는 자리에서 일어나면서 소리쳤다.

"그 말, 진심에서 하는 소리요?" 루쥔은 당황해서 외쳤다.

"이렇게 끝내자는 거요? 난 할 말이 많은 사람이야."

"무슨 권리로 그런 말을 하는 거죠? 당신 같은 사람에게 내 딸을 시집보내지 않겠어요. 나가세요!" 풀헤리야 알렉산드로브나는 흥분해서 소리쳤다.

"풀헤리야 알렉산드로브나! 약혼을 해놓고 이제 와서 그걸 깨버리겠다니... 결국 나보고 경비만 쓰게 해놓고서..."

루쥔의 이 말을 듣자마자 라스콜니코프는 크게 웃기 시작했다. 풀헤리야 알렉산드로브나는 어이가 없어서 소리쳤다.

"경비라니요? 무슨 경비 말이에요? 우리 여행 트렁크를 날라준 걸 말하는 건가요? 그건 차장이 거저 날라주었을 텐데 무슨 돈을 썼다는 거예요?"

"됐어요, 엄마! 이제 그만 해요!" 두냐가 엄마를 진정시키려 애썼다.

"한 마디만 더 하지요! 난 당신에 대해서 나쁜 소문이 퍼졌을 때에 당신과 결혼하기로 마음먹었던 사람입니다. 난 주위 사람들의 좋지 않은 시선에도 불구하고 당신과 약혼함으로써 당신의 명예를 회복시켰어요. 그 부분에 대해서 보상을 요구할 수도 있고, 감사를 요구할 수도 있습니다. 하지만 역시 세상 사람들이 하는 말을 들었어야 했는데, 내가 어리석었던 것 같군요."

"이 자식이 죽고 싶어서 못하는 소리가 없군!"

라주미힌이 벌떡 일어나 루쥔에게 달려들었다.

"정말 비열하고 사악하군요!" 두냐가 말했다.

"가만히 있어! 아무 말도 하지 마!" 라스콜니코프는 라주미힌을 제지시키고 루쥔에게 바짝 다가갔다.

"나가시오! 지금 당장!"

표트르 페트로비치는 얼굴이 일그러지면서 밖으로 나갔다. 그는 모든 게 라스콜니코프 때문이라고 생각했다. 하지만 그는 계단을 내려가면서 여전히 두 여성과의 관계를 회복할 수 있다고 생각하고 있었다.

그는 가난하고 의지할 곳 없는 두 여성이 자신에게서 벗어날 수 있으리라고는 꿈에도 생각하지 않았다. 자수성가해서 성공을 거둔 표트르 페트로비치는 스스로에 대해서 상당한 자부심을 갖고 있었고, 자신의 능력을 과신하고 있었기 때문에 어쩌다 혼자 있게 될 때엔 거울을 보면서 자아도취 상태에서 넋을 잃고 자기 자신을 바라볼 때도 있었다.

그가 주위의 좋지 않은 시선에도 불구하고 두냐와 결혼을 결심했다고 말한 부분은 사실이었다. 그러나 그때 그는 이미 스비드리가일로프와 관련된 두냐의 소문이 허위라는 것을 분명히 알고 있는 상태였다. 마르파 페트로브나가 스스로 자신의 잘못에 대해 두냐에게 용서를 구했기 때문이었다. 그럼에도 불구하고 그는 두냐에게 구혼한 것을 자신의 영웅적인 결단으로 생각하고 거드름을 피우고 있었다. 루쥔이 라스콜니코프에 대한 불만을 참으면서도 두냐와 풀헤리야 알렉산드로브나로부터 자신에 대한 칭송을 기대했던 것은 바로 그 때문이었다. 자신의 기대와는 정반대로 그 자리에서 쫓겨나는 수모를 당한 루쥔이 이를 갈며 분개한 것도 당연했다. 그에게 두냐와의 결혼은 반드시 필요했다. 그는 오래 전부터 정숙하면서도 교양이 있으며 가난한 여성을 꿈꿔왔다. 젊고 아름답기까지 한 두냐는 바로 이러한 조건에 딱 들어맞는 여성이었다. 바로 그러한 여성이라면 남편이 될 자신을 구원자로 받아들이고, 그에게 노예처럼 전적으로 복종하며, 자신은 영원히 그 여성에 대한 지배력을 갖게 될 터였다. 이 모든 계획이 한순간에 물거품이 된 지금의 상황은 그에게 대단한 충격일 수밖에 없었다. 그의 머릿속엔 즉각 이 모든 사태를 한시바삐 수습하고 바로잡아야겠다는 생각밖에 없었다. 모든 사태의 원인인 라스콜니코프를 손봐야겠다고 생각한 순간 라주미힌의 얼굴도 떠올랐다. 루쥔은 그에 대해서는 별 신경이 쓰이지 않았으나 스비드리가일로프는 두려울 수밖에 없었다. 고민거리가 하나 더 생긴 것이었다.

"다 제 잘못이에요!" 두냐는 어머니 품에 안기면서 말했다.

"내가 그 사람의 돈에 현혹됐던 거예요, 오빠. 그 사람이 그렇게 졸렬하고 비열한 사람인 줄 미처 몰랐어요. 나를 너무 미워하지 말아요, 오빠!"

"하느님이 보살펴주신 덕분이 아니겠니!" 풀헤리야 알렉산드로브나는 기뻐했다. 라주미힌도 드러내놓고 내색하지는 못했지만 속마음은 뛸 듯이 기뻤다. 다만 우울한 표정의 라스콜니코프는 같은 자리에서 멍하니 초점을 잃은 채 앉아 있었다.

"스비드리가일로프가 오빠에게 뭐라고 하던가요?" 두냐가 그에게 다가가서 물었다.

"아, 너에게 1만 루블의 돈을 주고 싶다고 하더라. 그리고 너를 한번 꼭 만나고 싶다고 그랬어."

"만난다고! 그건 절대 안 된다! 뻔뻔해도 유분수지! 어떻게 감히 두냐한테 돈을 주겠다는 거냐!" 풀헤리야 알렉산드로브나가 격분해서 소리쳤다.

"그래서 오빠는 뭐라고 그랬어요?"

"그 사람 제안을 너한테 전달하지 않겠다고 했더니 어떻게 해서든 너를 만나고 싶다고 하더구나. 자기 자신은 부자가 아니지만 1만 루블을 주겠다고 하고, 너를 만나고 싶어 하면서 곧 다른 아가씨와 결혼할지 모른다고 얘기하기도 했어. 좀 앞뒤가 맞지 않는 말을 하고 있는 것 같았어. 마르파 페트로브나가 죽어서 충격을 받은 건지도 모르지."

"그녀를 위해서 영원히, 정말 영원히 기도해야겠다! 주여, 그녀에게 안식을 내려주시길! 지금 그 3천 루블이 없다면 우린 어떻게 되었을까? 로쟈, 아침까지만 해도 우리에겐 3 루블밖에 남지 않아서 시계라도 저당 잡힐 생각이었단다."

"그 사람은 뭔가 무서운 일을 계획하는 게 틀림없어요!" 두냐는 두려운 듯 말했다.

이때 라주미힌은 신이 나서 목소리를 높여 말하기 시작했다.

"저한테 멋진 계획이 한 가지 있습니다. 제 삼촌은 1천 루블의 재산이 있는데, 연금으로 생활하면 되기 때문에 그 돈이 그다지 필요하지 않다고 합니다. 연 6퍼센트의 이자만 내고 갖다 쓰라고 하시거든요. 여러분이 갖게 될 3천 루블 중에서 1천 루블을 내서 삼촌에게서 빌린 1천 루블을 합쳐서 출판사를 차리는 겁니다. 저는 번역이나 출판 경험이 많으니까 좋은 책을 출판하면 이익을 꽤 거둘 수 있습니다."

"그 계획은 마음에 들어요." 두냐가 긍정적으로 대답했다.

"오빠는 어떻게 생각해?"

"괜찮은 생각이군. 이 친구는 돈 버는 일엔 수완이 좋으니 문제없을 거야. 더 논의를 해야겠지만 말이야."

"좋습니다! 이제는 같이 일할 공간을 알아보면 되겠네요. 이 아파트 주인이 소유하고 있는 아파트가 하나 더 있는데, 거긴 방이 세 개나 되니 우선 사용할 공간은 충분할 겁니

다. 세 사람이 함께 생활할 수 있다는 게 중요하니까요. 로
쟈하고 같이... 어? 넌 지금 어디 가는 거야?"

"아니, 로쟈! 벌써 가려고 그러니?" 풀헤리야 알렉산드로
브나가 놀라서 물었다.

"에이, 한참 중요한 얘기를 하는데!" 라주미힌이 짜증 섞
인 목소리로 말했다. 두냐는 이해할 수 없다는 표정으로 라
스콜니코프를 바라보았다.

"다들 내 장례식에 참석하거나 아니면 나와 영영 작별하
는 사람 얼굴을 하고 있군." 그는 슬며시 웃고 있었으나 웃
는 얼굴이 아니었다.

"누가 알아, 이게 마지막 만남이 될지도." 그는 자기도 모
르게 중얼거렸다.

"그게 무슨 말이냐, 로쟈!" 어머니가 소리쳤다.

"오빠 지금 어디 가는 거야?" 두냐도 소리 높여 물었다.

"아, 어디 좀 가 볼 데가 있어." 주위의 시선이 집중되자
라스콜니코프는 당황한 것처럼 얼버무렸다. 그러나 얼굴만
큼은 결연한 표정이었다.

"여기 오면서 얘기하려고 했어... 어머니, 그리고 두냐...
우리들은 당분간 떨어져 지내는 게 좋을 것 같다는 생각을
했어요. 몸도 좋지 않고, 불안하기도 하고... 나중에 올게
요... 두 사람을 사랑하고 있어요... 나를 그냥 내버려 두세
요! 전부터 이걸 생각하고 있었어요! 나한테 무슨 일이 생기

든지 나를 찾지 말고 나를 잊어주세요... 나를 사랑한다면 지금 나를 그대로 내버려두세요... 그렇게 하지 않으면 내가 증오할지도 몰라요. 그럼 안녕히 계세요!"

"오, 세상에!" 풀헤리야 알렉산드로브나는 탄식했다.

어머니도 누이동생도 두려움에 휩싸였다. 라주미힌도 사정은 마찬가지였다. 두냐는 오빠를 뒤쫓아갔다.

"오빠! 엄마한테 무슨 짓이야!" 그녀는 화를 내며 말했다.

"아무것도 아니야. 자주 들를게." 그는 밖으로 나갔다.

"곧 다녀오겠습니다." 라주미힌은 급히 말하고 역시 밖으로 뛰어갔다.

"네가 올 줄 알았어." 라스콜니코프가 말했다.

"가서 어머니하고 동생하고 같이 있어 줘... 내일도, 모레도... 항상 같이 있어 줘..."

"어딜 가는 거야? 무슨 일인데 그래?" 라주미힌이 급하게 그를 잡았다.

"이게 끝이야. 다시는 나한테 아무것도 묻지 마. 난 할 말이 없어... 나를 내버려 둬. 하지만 두 사람은 내버려 두지 마. 알았지?"

복도는 어두웠지만 전등 옆에서 서서 그들은 말없이 서로를 쳐다보았다. 라주미힌은 이 순간을 평생 잊을 수 없었다. 라스콜니코프의 날카로운 눈동자는 그의 영혼까지 꿰뚫어 보는 것 같았다. 갑자기 어떤 생각이 말없이 스쳐 지나가면서 라주미힌은 몸을 떨었다. 무시무시하고 끔찍한 생각으로 인해 그는 얼굴이 창백해졌다.

"이제는 이해하겠지?" 라스콜니코프는 고통스러운 얼굴로 말했다.

"어서 가 봐." 그는 이렇게 말한 뒤 재빨리 건물 밖으로 나갔다.

영원한 책

라스콜니코프는 소녀가 살고 있는 집으로 향했다. 재봉사 카페르나우모프의 집을 몰라서 복도에서 헤매고 있을 때 얼마 떨어지지 않은 곳에서 문이 열렸다.

"거기 누구세요?" 불안에 떠는 여자 목소리였다.

"접니다... 당신을 찾아왔습니다." 라스콜니코프는 이렇게 말한 뒤 방으로 들어섰다.

"아, 당신이군요, 세상에!" 소냐는 그 자리에서 얼어붙은 듯 몸이 경직되어 외쳤다. 그의 예기치 않은 방문에 그녀의 눈에는 눈물이 고였고, 창백한 얼굴은 붉게 상기되었다.

그녀의 방은 상당히 컸지만 천장은 낮았다. 카페르나우모프가 세를 준 이 방은 심하게 일그러진 네모꼴이었는데, 한쪽 구석은 상당히 비좁은 예각을 이루고 있었고 다른 구석은 너무 넓은 둔각 형태를 띠고 있었다. 이 넓은 방에 가구라고는 침대와 탁자, 서랍장이 전부였다.

"카페르나우모프에게서 방을 빌린 건가요?"

"네."

"그럼 카페르나우모프 식구들은 저기 문 뒤쪽에 사는 건가요?"

"네... 여기하고 똑같은 방에 살아요."

"한 방에서요?"

"네, 한 방에서요."

"이런 방에 있으면 밤엔 무서울 것 같은데요."

"주인집 식구들은 모두 친절하고 좋은 사람들이에요. 가구들도 모두 주인집 거예요. 사람들도 착하고 아이들도 자주 놀러 와요."

"말을 제대로 할 수 없는 사람들이라면서요?"

"네... 주인은 말을 더듬고 다리를 절어요. 부인도 그렇고요. 부인은 마음씨가 참 좋아요. 아이들은 큰 아이만 말을 더듬어요. 나머지 애들은 몸이 약하긴 하지만 말을 더듬지는 않아요. 그런데 그걸 어떻게 아세요?"

"전에 아버님이 얘기해주셨습니다. 당신 생활에 대해서도 전부 다 얘기를 해주셨어요..."

소냐는 당황한 표정이었다.

"전 오늘 아버지를 뵌 것 같아요. 이 근처를 걷고 있는데 꼭 아버지 같은 분이 걸어가고 있는 거예요. 너무 비슷해서 카테리나 이바노브나를 찾아가려고 했어요."

"당신이 아버님 집에 있을 때에 카테리나 이바노브나한테서 매를 맞기도 했다면서요?"

"아니에요, 무슨 그런 말씀을!" 소냐는 강하게 부인했다.

"그럼 카테리나 이바노브나를 사랑합니까?"

"네, 그럼요. 어떻게 사랑하지 않을 수 있겠어요." 소냐는 슬프게 말했다.

"어머니는 정신이 조금 이상해지셨어요... 불행 때문이에요. 얼마나 현명하고 착하신 분이었는데... 당신은 잘 몰라서 그러시는 거예요... 그래요, 때렸어요! 카테리나 이바노브나가 때렸다고 해서 어떻다는 거예요?"

"이제 당신은 어떻게 되는 거지요? 모든 식구들 생계가 당신한테 달려있지 않습니까?"

"모르겠어요. 식구들은 그 아파트에 있어야 하는데 집주인은 빨리 나가달라고 했대요. 카테리나 이바노브나는 그 힘든 몸으로 애들을 씻기고 청소하고 빨래를 하고 있어요. 지쳐서 그대로 누워버렸지요. 애들 구두가 다 떨어져서 상점에 갔다가 돈이 모자라서 울기도 했어요. 그렇게 딱한 처지에 있는데도 전 모질게 대했어요."

"모질게 대했다고요?"

"리자베타에게서 샀던 옷깃이 있었어요. 카테리나 이바노브나는 그걸 보고 굉장히 마음에 들어서 선물로 달라고 했어요. 저는 어머니가 그걸 어디에 쓰려고 그러냐면서 거절했

어요. 평생 자존심 하나로 살아오셨던 분이어서 누구에게
부탁 한 번 하지 않았던 분한테 저는 상처를 주었어요."

"리자베타하고는 잘 아는 사이였나요?"

"네, 당신도 아세요?"

"카테리나 이바노브나는 폐병에 걸려서 머지않아 곧 죽
을 겁니다."

"아, 아니에요, 아니에요!"

"그럼 아이들은? 만약 그때 당신이 아이들을 돌보지 않으
면 아이들은 어떻게 되지요?"

"아, 나도 모르겠어요!" 소냐는 절망적으로 외쳤다.

"카테리나가 살아있다고 해도 당신이 병원에라도 가게 되
면 그때는 어떻게 될까요?" 그는 계속해서 추궁하듯 질문을
던졌다.

"그게 무슨 말씀이에요? 그럴 리는 없어요!" 소냐의 얼굴
이 금세 어두워졌다.

"당신이라고 아무 일 없다고 보장할 수는 없잖아요? 그러
면 애들은 거리로 나앉게 되고, 어머니는 연신 콜록거리면
서 구걸을 하겠지요. 아마 폴랴도 똑같은 길을 걸을지도 모
르고." 그는 이렇게 말했다.

"아니에요! 절대 아니에요!" 소냐는 절규하듯이 소리쳤다.
"하느님이 그런 일은 용납하시지 않을 거예요!"

"다들 일어나는 일이에요."

"아니에요, 그럴 리 없어요! 하느님이 폴랴를 보호하실 거예요!" 그녀는 같은 말을 정신없이 되풀이했다.

"그런가요? 어쩌면 하느님은 없을지도 모르지요." 라스콜니코프는 냉소하듯 웃으면서 소냐를 바라보았다. 소냐는 갑자기 무서운 표정으로 그를 노려보았으나 이내 얼굴을 가리고 울음을 터뜨렸다.

5분이 흘렀다. 방안을 서성이던 그는 그녀에게 다가갔다. 그는 두 손으로 그녀의 어깨를 잡고 눈물을 흘리고 있는 그녀의 얼굴을 바라보았다. 그 다음 갑자기 바닥에 엎드려 그녀의 발에 키스했다.

"이게 무슨 짓이에요? 왜 나한테 절을 하시는 거예요?"

그는 곧 일어났다.

"나는 당신한테 절을 한 것이 아니라 온 인류의 고통에 절을 한 거요." 그는 거칠게 말하고는 창가로 갔다.

"나는 조금 전에 어떤 무례한 사람을 보고 그 사람한테 당신의 새끼손가락보다도 가치 없는 놈이라고 말했어요..." 그는 소냐 앞으로 다시 되돌아와서 말했다.

"나는 더러운 여자예요... 죄인이에요..."

"그건 당신의 부끄러움 때문이 아니라 당신의 위대한 고통 때문이겠지. 당신은 당신 자신을 죽이고 팔았기 때문에 죄인인 거요."

"그러면 그들은 어떻게 해야 하나요?" 소냐는 고통스러워하면서 힘없는 목소리로 물었다.

'어떻게 된 걸까? 그녀는 기적을 기다리는 건 아닐까?' 그는 소녀를 보면서 생각에 잠겼다.

"그럼 당신은 하느님께 간절하게 기도하나요?"

"하느님이 안 계시면 어떻게 살 수 있겠어요?" 그녀가 힘있는 목소리로 말했다.

"그러면 그렇게 기도하는 당신한테 하느님은 뭘 해주시는데요?" 그는 집요하게 물었다.

"그만 하세요! 당신은 물어 볼 자격이 없어요!" 그녀는 화를 내고는 엄숙한 눈빛으로 그를 바라보았다.

"하느님은 모든 걸 해결해 주세요."

그는 창백하고 여윈 얼굴과 선한 눈동자, 결연한 분노로 인해 흥분하고 있는 그녀를 바라보면서 바보 성자(聖子)[12]를 떠올렸다.

서랍장 위에는 신약성서가 놓여 있었다.

"이건 어디서 난 거지요?"

"내가 부탁을 해서 리자베타가 갖다 주었어요."

'리자베타라니!' 그는 이상한 느낌이 들었다.

"라자로의 부활 이야기가 어디에 있지? 찾아서 읽어줘요." 그는 갑자기 말한 뒤 책상에 앉아 들을 준비를 했다.

---

12 지저분한 몰골과 누더기 차림의 옷, 몸에 걸친 무거운 쇠사슬 등을 통해 고행을 추구했던 러시아 특유의 반(反)이성적 남녀 성자를 의미함. 온갖 고초를 겪고 십자가에서 처형당한 그리스도를 따른다는 의미에서 바보 성자로 불렸다(역주)

"읽어보시지 않았나요?" 그녀가 흘끗 쳐다보며 물었다.

"예전에 학교 다닐 때에 읽었지... 읽어줘요!"

"성당에서 들어본 적 없어요?"

"나는 성당에 다니지 않아요. 당신은 자주 가는 편인가요?"

"아니오..." 소냐는 작은 목소리로 속삭였다.

"그럼, 아버지 장례식에도 안 갈 건가요?"

"갈 거예요... 지난주에도 추도 미사가 있어서 갔었어요."

"누구 추도 미사였나요?"

"살해당한 리자베타 추도 미사였어요."

라스콜니코프의 머리가 혼란스러워졌다.

"당신은 리자베타하고 친한 사이였나요?"

"네... 같이 성경을 읽고 얘기했어요. 지금은 천국에 가 있을 거예요."

"어서 읽어 줘요!" 갑자기 그는 재촉했다.

"마리아와 마르다 자매가 사는 베다니아 동네에 라자로라는 병자가 있었다..." 그녀는 성경을 읽기 시작했다.

"'네 오빠는 다시 살아날 것이다' 예수께서 이렇게 말씀을 마치자 마르다는 '마지막 부활 때에 다시 살아나리라는 것은 저도 알고 있습니다'라고 말하였다. 예수께서 '나는 부활이요 생명이니 나를 믿는 자는 죽어도 살 것이고 또 살아서 믿는 자는 영원히 죽지 않을 것이다'라고 말씀하셨다."

라스콜니코프는 소냐가 성경을 읽는 동안 흥분해서 그녀

를 바라보았다. 그녀의 목소리는 승리와 기쁨에 넘쳐 더욱 호소력 있게 느껴졌다.

"예수께서 마르다에게 '네가 믿기만 하면 하느님의 영광을 보게 되리라고 내가 말하지 않았느냐'라고 말씀하시자 사람들이 돌을 치웠다. 예수께서는 하느님을 향해 기도를 마치신 후, '라자로야, 나오너라' 하고 큰 소리로 외치셨다. 그러자 죽은 사람이 밖으로 나왔는데 손발은 베로 묶여 있었고 얼굴은 수건으로 감겨 있는 상태였다. 예수께서는 주위의 사람들에게 '풀어주어 가게 하라' 하고 말씀하셨다. 이에 예수께서 행하신 기적을 본 많은 유대인들이 예수를 믿게 되었다."

그녀는 성경을 덮고 의자에서 일어났다.

"라자로의 부활에 대한 부분은 이게 전부예요."

이 가난한 방에서 타다 남은 양초는 영원한 책을 사이에 두고 살인자와 창녀를 희미하게 비추고 있었다.

"난 오늘 어머니와 누이동생을 버리고 왔어요. 그들에게 돌아가지 않을 겁니다."

"왜요?"

"나한테는 이제 당신밖에 없어요. 그래서 여기 온 거요... 같이 갑시다!"

"어디로 가자는 말씀이에요?"

"나도 모르지. 하지만 우리의 처지는 똑같아. 난 그걸 이해할 수 있어."

"무슨 소린지 이해를 못하겠어요..." 소녀가 말했다.

"나중에 알게 되겠지. 당신도 똑같은 일을 한 것 아닌가? 당신도 선을 넘은 거야... 당신은 자기 자신에게 손을 댔고, 스스로를 죽인 거라고... 당신이 지금 아무 일 없이 멀쩡하게 살아간다고 해도, 결국 당신은 센나야 광장에서 죽게 될 거야. 그러니 같이 갑시다!"

"왜 그런 말씀을 하시는 거예요?"

"이대로 그냥 있을 수는 없으니까. 내일이라도 당신이 병들면 아이들은 어떻게 될 것 같아요? 폐병쟁이는 곧 죽을지도 모르는데. 아이들은 어떻게 할 거냐고요? 폴랴는 온전히 있을 수 있을까?"

"그럼 어떻게 해요?" 소녀는 절박한 심정이 되어 절규했다.

"어떻게 하느냐고? 때려 부술 건 때려 부수고, 그리고 나서 고통을 짊어지는 거지! 중요한 건 자유와 권력이야! 당신과 이런 얘기를 하는 것도 이게 마지막일지 모르니 잘 기억해 둬요. 만약 내가 내일 다시 오게 되면 누가 리자베타를 죽였는지 말해주지."

소녀는 두려움에 떨면서 물었다.

"범인이 누군지 알고 있다는 뜻이에요?"

"알고 있으니 말해준다는 거지. 당신한테만 말이야! 자, 그럼 이만!"

그는 밖으로 나갔다.

소냐는 마치 자기 자신이 넋이 나간 것 같았다. '어떻게 그 사람은 리자베타를 죽인 범인을 안다는 거지? 아, 세상에, 무서워!' 그녀는 밤새 오한과 고열에 시달렸다.

그런데 라스콜니코프와 소냐가 얘기를 나누던 바로 그 시간에 옆방에서는 스비드리가일로프가 그들의 대화를 엿듣고 있었다. 라스콜니코프가 떠난 후 그는 의자를 가져와서 그 문 바로 앞에 놓아두었다. 혹시 내일 그가 와서 그녀와 나누게 될 대화를 좀 더 편안하게 듣기 위해 미리 의자를 옮겨 놓은 것이었다.

심리전

다음날 아침 라스콜니코프는 11시 정각에 경찰서를 찾아가 예심판사 포르피리 페트로비치와의 면회를 신청했다. 포르피리가 그를 부를 때까지는 10분이 넘는 시간이 걸렸다. 그동안 대기실에 있는 다른 사람들 중 자신에게 관심을 갖고 지켜보는 사람은 아무도 없는 것 같았다. 그러나 라스콜니코프는 포르피리와 다시 마주한다는 사실을 두려워하고 있다는 점 때문에 마음속엔 분노가 커지고 있었다.

"아, 이런 누추한 곳을 찾아주시다니요... 이곳에 앉으시지요!" 포르피리는 그에게 두 손을 내밀며 맞이했다.

"말씀하신 신청서를 가져왔습니다. 시계에 관한 겁니다... 이렇게 써도 되는 것인지, 아니면 다시 써야 하는지요?"

"신청서라고요? 아닙니다, 됐습니다..."

포르피리는 신고서를 빠르게 훑어본 후 탁자 위에 올려놓았다.

"당신은 어제 살해당한 노파와의 관계에 대해서 나에게 정식으로 묻고 싶다고 하셨었는데요."

"아, 네, 네! 그랬지요. 걱정하지 마세요. 시간은 충분하니까요." 포르피리는 책상을 앞뒤로 왔다 갔다 하면서 정확한 대답을 얼버무렸다. 하지만 간간이 라스콜니코프를 쳐다보는 그의 얼굴엔 교활한 웃음이 스쳐 지나갔다. 라스콜니코프는 최대한 감정을 숨기며 억지로 따라 웃었지만 그런 모습을 보는 포르피리는 더욱 드러내놓고 웃는 것이었다. 라스콜니코프의 자제력은 한계에 도달했다.

"포르피리 페트로비치, 당신은 어제 나한테 심문을 받으러 와달라고 했습니다. 만약 필요한 게 있으면 질문하시지요. 그게 아니라면 저는 이만 가보겠습니다. 저는 시간이 없습니다... 마차에 치어 죽은 관리의 장례식에 가봐야 합니다." 라스콜니코프는 단호한 목소리로 말했다.

"아니, 그게 무슨 말씀입니까! 당신한테 뭘 묻는단 말입니까?" 포르피리는 갑자기 허둥대면서 할 말을 찾느라 분주했다.

"시간은 많습니다. 시간은 충분해요! 그 모자는 좀 내려놓으시지요. 지금 당장이라도 나갈 사람처럼 보여서 말이에요... 저는 당신이 찾아와줘서 상당히 기쁩니다."

포르피리는 이해하기 힘든 말들을 끊임없이 하면서 방안을 계속해서 왔다 갔다 했다. 그러면서 그는 문 근처에서 잠깐 멈춰 서서 귀를 기울이는 것이었다.

'뭘 기다리는 걸까?' 라스콜니코프는 생각했다.

"만약에 말입니다, 어떤 젊은이가 거짓말을 했다고 한번 가정을 해보지요. 처음엔 자신의 거짓말에 모두 속아 넘어간 사실 때문에 우쭐할 겁니다. 그런데 갑자기 쓰러지고 맙니다. 앓고 있던 병 때문이거나 공기가 답답해서 그럴 수도 있겠지요. 하지만 모종의 빌미를 주는 건 사실입니다. 그런데 그는 그럴듯한 연기를 하면서 자신을 의심하는 사람을 바보 취급하기도 합니다. 이것 역시 빌미를 주게 되지요! 처음엔 그럴듯하게 속았다고 해도 상대방이 바보가 아닌 이상 그 사람에 대해서 곰곰이 따져보지 않을 수 없지요. 그 다음에 그 젊은이는 부르지도 않은 곳에 가서 얼굴을 내밀고, 하지 말아야 될 말을 지껄이면서 초조함을 드러냅니다. 하하하! 급기야 나중에 그 사람은 자신을 체포하지 않느냐고 항변하지요. 이런 일은 머리 좋다는 사람들한테서도 흔히 일어나는 일입니다. 아니, 그런데 갑자기 왜 얼굴이 창백해지셨나요, 로지온 로마니치, 답답해서 그런가요? 창문을 열어드리지요."

"포르피리 페트로비치, 당신은 전당포 노파살해사건과 관련해서 나를 의심하고 있다는 거로군요. 분명히 말씀드리지만 합법적으로 조사할 권리가 있다면 조사하고, 체포할 권리가 있다면 체포하시지요. 하지만 나를 대놓고 비웃는 건 참을 수 없습니다!"

그는 갑자기 입술이 떨리기 시작했고 두 눈에는 참을 수 없는 분노가 치솟았다.

"참을 수 없어!" 그는 주먹으로 탁자를 내리치며 소리쳤다.

"아니, 이런! 세상에 이게 무슨 짓입니까?" 포르피리 페트로비치는 놀라서 소리쳤다.

"참을 수 없어! 참을 수 없어!" 라스콜니코프는 같은 말을 반복했다. 포르피리는 재빨리 창문을 열기 위해 달려갔다.

"어서 환기를 해야겠군요! 당신은 물을 좀 드셔야 합니다." 그는 손에 물잔을 쥐어 주었지만 라스콜니코프는 곧 잔을 탁자에 내려놓았다.

"당신한테 발작 증세가 있었군요. 자신을 좀 돌보셔야 합니다. 어제 드미트리가 저한테 와서 같이 식사를 했습니다. 저한테 불같이 화를 내고 그랬지요. 그래서 그러는데... 혹시 당신이 부탁해서 드미트리가 왔었던 건 아닌가 싶어서 말입니다."

"아니, 난 보내지 않았습니다." 라스콜니코프는 쏘아붙이듯이 말했다.

"로지온 로마니치, 나는 당신이 밤늦은 시각에 아파트를 보러 다닌 것도 알고 있고, 초인종 줄을 당긴 사실도 알고 있고, 피 얘기를 물어봐서 주변 사람들을 당황하게 한 사실도 알고 있어요. 이게 다 운명 때문이기도 하고, 또 경찰서에서 받은 모욕 때문이기도 하겠지요. 물론 당신은 여기저기서 받게 된 모든 의심들을 한 번에 싹 다 해치워버리고 싶은 생각이겠지요. 아닙니까? 하지만 그렇게 하니 당신 자신은 물론 라주미힌까지 헤매게 만들고 있는 건 아닐까요? 병이 더 심해지지 않습니까... 자, 진정하시고 좀 앉으세요, 부탁입니다."

흥분은 점차 가라앉았지만 라스콜니코프의 온몸에서는 열이 나고 있었다. 내색하지 않았지만 그는 너무 놀란 나머지 포르피리 페트로비치의 말을 하나하나 되새기고 있었다. '이 사람이 이미 아파트에 대해서 알고 있단 말인가? 그렇다면 그걸 왜 지금 자기 입으로 먼저 말하는 거지?' 그는 내심 당황했다.

"비슷한 사건은 또 있었습니다. 어떤 사람이 살인사건의 범인이라고 자백을 했습니다. 온갖 상상을 통해 물증을 제시하고 상황을 설명하니 모든 사람들이 어리둥절할 정도였습니다. 그런데 그는 살인범이 아니었습니다. 자신이 그저 살인범에게 부분적인 원인 제공을 했다는 사실을 알게 된 후부터 고민에 빠졌고, 정신이 나간 바람에 급기야 스스로를 살인자라고 생각하게 된 겁니다. 다행히 그 사람은 대법원에서 무죄 판결을 받고 요양소로 보내졌습니다만 당신도 어떻게 될지 모르는 일입니다. 그러니 몸을 제대로 돌보시기 바랍니다. 모든 일이 다 정신이 나간 상태에서 생겨난 일입니다! 생각해보세요. 만약 당신이 뭔가 큰 잘못을 저질렀다면 당신은 정신이 나간 상태에서 벌어진 일이라고 주장해야 옳지 않을까요? 안 그렇습니까?"

포르피리의 이 질문은 상당히 교묘한 구석이 있었다. 라스콜니코프는 그를 뚫어질 듯이 쳐다보았다.

"라주미힌이 다시 찾아온 것만 해도 그렇습니다. 그가 스스로 나한테 말하러 온 것인지, 아니면 당신의 부탁을 받고 왔던 것인지 궁금하지만 당신이라면 분명히 라주미힌이 자발적으로 온 것일 뿐 자신과 무관하다고 얘기해야 하겠지요. 그런데 당신은 본인이 부탁해서 온 거라고 말하지 않았습니까!"

라스콜니코프는 그런 말을 한 적이 없었다.

"당신은 사람을 가지고 놀고 있군요. 거짓말만 늘어놓고 있잖습니까!"

"내가 만일 당신을 의심했다면 당신으로부터 진술을 받아내고, 가택 수색을 한 다음 당신을 체포할 겁니다... 그런데 지금 나는 그럴 뜻이 없습니다. 당신한테 전혀 의심을 품고 있지 않다는 뜻입니다!"

라스콜니코프는 몸을 부들부들 떨기 시작했다. 그는 경멸스런 눈초리를 포르피리에게 던지면서 말했다.

"나한테 혐의를 갖고 있는 건지, 아닌지에 대해서 분명히 말해주시기 바랍니다. 지금 당장 말입니다!"

"허어, 이것 참! 웬 걱정을 그렇게 하시는 건지 알 수가 없군요!" 포르피리는 얼굴에 교활한 웃음기를 머금으며 말했다.

"어서 체포하시지요, 체포하세요! 하지만 제대로 형식을 갖춰서 행동하십시오. 나를 가지고 장난칠 생각은 꿈에도 하지 마십시오...!"

그는 모자를 집어 들고서 문 쪽으로 몸을 돌렸다.

"아, 참! 당신에게 깜짝 선물을 준비한 게 있는데, 궁금하지 않으십니까?"

"무슨 선물 말입니까?"

"저기, 저 문 뒤쪽에 있습니다. 제가 자물쇠로 잠가 두었지요."

라스콜니코프는 문을 열어보았지만 문은 잠겨 있었다.

"열쇠는 여기 있습니다."

포르피리는 열쇠를 꺼내서 보여주었다.

"이 거짓말쟁이 같으니! 당신은 나를 미치게 만들어서 제풀에 못 이겨 자백하게 하려는 거야! 그게 당신 목적이지! 하지만 당신은 증거가 없어, 온통 추측뿐이지! 이런 개수작이나 부리고 있고!"

바로 그때 다른 방에서 시끄러운 소리가 들렸다. 라스콜니코프는 물론 포르피리도 예상하지 못했던 일이었다.

"무슨 일이야?" 포르피리 페트로비치가 불만 섞인 표정으로 화를 냈다.

"내가 미리 그렇게 경고해 뒀는데!"

"피고 니콜라이를 데려왔습니다." 문 뒤에 서 있는 사람들 중 누군가가 대답했다.

"이런, 지금은 안 돼! 데려가!" 포르피리는 문에 대고 소리쳤다.

"그런데 이 사람이 지금..."

말소리가 끊기고 사람들 사이에서 몸싸움하는 소리가 들리더니 한 남자가 뛰어 들어왔다. 그의 눈빛은 결연해 보였지만 얼굴은 백짓장처럼 하얗게 핏기가 없었다.

"저쪽에 가 있으라니까! 내가 부를 때까지 기다리란 말 못 들었나? 왜 벌써 데려오고 난리야?" 포르피리는 화가 나서 분통이 터질 지경이었다. 그때 니콜라이가 털썩 주저앉았다.

"뭐야, 왜 이러는 거야?" 포르피리가 놀라서 소리쳤다.

"용서해 주십시오, 제가 죽였습니다! 제가 살인범이에요!"

니콜라이는 숨을 헐떡이면서 큰 소리로 외쳤다. 그러자 순간 정적이 흐르며 사람들은 꼼짝도 하지 않고 서 있었다.

"그게 무슨 소리야? 누굴 죽였다고?"

"알료나 이바노브나와 여동생 리자베타 이바노브나를 제가 죽였습니다."

포르피리 페트로비치는 잠시 후 문간에 서서 방안을 들

여다보던 사람들을 모두 내쫓았다. 그리고는 니콜라이에게 다시 몸을 틀었다.

"자, 어디 다시 한 번 말해봐, 네가 죽였다고?"

"제가 살인자입니다."

"그래? 어떻게 죽였지?"

"도끼로요... 미리 준비해뒀습니다."

"혼자서 한 건가?"

"네, 혼자 했습니다. 드미트리는 아무 죄가 없습니다."

"계단에서는 어떻게 뛰어내려온 거지? 모두들 자네를 봤다고 증언을 했는데!"

"사람들 주위를 돌리려고... 그때 드미트리와 같이 뛰어갔습니다."

"하아! 거짓말이야! 다 꾸며대고 있어!" 포르피리는 분을 참지 못해 소리쳤다가 순간 라스콜니코프를 쳐다봤다. 니콜라이에 열중한 나머지 라스콜니코프가 있다는 사실을 순간적으로 잊은 그는 당황했다.

"로지온 로마니치, 이거 죄송하게 됐습니다." 그는 라스콜니코프에게 다가가 말했다.

"이제 여기서 특별히 당신이 할 일은 없을 것 같군요... 예상 밖의 일이 벌어져서 말입니다..."

"당신한테도 뜻밖의 일인 것 같은데요?" 라스콜니코프는 기운을 차리며 말했다.

"당신한테도 마찬가지겠지요. 손을 떨고 계시니 말입니다, 하하"

"당신도 지금 떨고 있군요, 포르피리 페트로비치. 그럼 제게 보여준다는 그 깜짝 선물은 어떻게 되는 겁니까?"

"오늘은 이쯤에서 그만 하고, 다음에 뵙기로 하겠습니다."

"제 생각엔 이대로 작별일 것 같은데요?"

"하느님께서 이끄시는 대로 되겠지요." 포르피리는 미소를 번뜩이며 중얼거렸다.

라스콜니코프는 곧바로 집으로 돌아왔다. 정신이 혼란해진 그는 오자마자 소파에 누워 생각에 잠겼다. 니콜라이의 자백에는 허점이 많았다. 결국 포르피리는 또 다시 자신을 불러들여서 신문할 게 뻔했다. 라스콜니코프는 포르피리가 말했던 깜짝 선물이 무엇일지 궁금하면서도 한편으론 두려웠다. 그가 다시 밖으로 나가기 위해 문을 열려는 순간 문이 저절로 움직였다. 어제 봤었던, 자신을 보고 살인자라고 외쳤던 바로 그 남자였다. 그는 어제와 똑같은 옷차림을 하고 있었지만 어제와 달리 풀이 죽은 표정이었다.

"무슨 일입니까?" 라스콜니코프가 외쳤다.

"제가 잘못했습니다." 남자는 조용한 목소리로 말했다.

"뭘 말입니까?"

"당신이 그 아파트를 보러 와서 피에 대해서 물어보고 경찰서에 가자고 했을 때에 전 당신을 술주정뱅이로 생각하고 그대로 가게 내버려 둔 것이 화가 났었습니다. 그래서 당신이 말한 주소를 기억하고 여기 왔습니다."

"그러니까 당신이 그때 그 아파트에 있었다는 건가요?"

"네, 전 모피를 가공하는 직공인데, 그때 거기서 일을 하고 있었지요."

라스콜니코프는 이 남자가 할 수 있는 말은 자신이 밤늦게 아파트를 보러 다녔다는 것과 피에 대해서 물어본 것 말고는 없다는 사실에 안도했다. 동시에 아무런 결정적 증거도 없이 포르피리 앞에서 스스로 자멸할 수도 있었다는 사실에 모골이 송연해졌다.

"그러니까 포르피리에게 내 얘기를 한 사람이 당신이군요?"

"네, 아까 문 뒤에서 포르피리가 당신한테 말하는 것도 다 듣고 있었습니다."

"뭐라고요? 그럼 포르피리가 말한 깜짝 선물이 당신이란 말이에요?"

"네, 저보고 자기가 별도로 말할 때까지 꼼짝 말고 문 뒤에 있으라고 신신당부를 했습니다."

"포르피리가 니콜라이를 심문했나요?"

"당신이 나가고 나서 저를 나오게 했고, 다음에 니콜라이를 심문하기 시작했습니다.

직공은 말을 마치고는 깊이 머리를 숙였다.

"당신을 모함한 저를 용서해주십시오."

"하느님께서 용서하실 겁니다."

그는 방에서 나갔다. 라스콜니코프는 계단을 내려가면서 다시 싸울 것을 다짐하고 회심의 미소를 지었다.

비열한 음모

다음날 아침에 표트르 페트로비치 루쥔은 술에 잔뜩 취했다가 깨어난 기분이 되어 자리에서 일어났다. 어제 두냐와 풀헤리야 알렉산드로브나로부터 쫓겨난 일은 그의 자존심에 커다란 상처로 남은 게 사실이었다.

'모든 일을 다시 원점으로 돌릴 수 있는 방법이 없을까?' 그는 여전히 두냐에 대한 미련을 버릴 수 없었다. '빌어먹을! 내가 왜 그렇게 그들한테 인색하게 대했을까? 예단 준비나 선물 명목으로 1천5백 루블만 썼어도 나를 이렇게 쉽게 거절하지는 못했을 텐데! 자기들 양심에도 걸릴 테니 말이야! 아무래도 그건 내 실수야!' 생각하면 생각할수록 표트르 페트로비치는 분한 마음을 참을 수가 없었다. 그런 그의 머릿속에 갑자기 카테리나 이바노브나의 방에서 열릴 추도식이 떠올랐다. 어제 들었던 이 추도식에 자신도 초대받은 사실을 기억한 것이다. 같은 세입자이자 건물 주인이기도 한 아말리야 이바노브나 립페베흐젤 여사를 찾아간 루쥔은 그녀로부터 세입자 대부분이 추도식에 초대되었으며, 초대명단에 자신은 물론 현재 같은 방을 쓰고 있는 안드레이 세묘노비치 레베쟈트니코프도 포함된 것을 알게 되었다. 라스콜니코프도 그 자리에 초대받은 사실을 알게 된 루쥔은 방으로 돌아왔다.

루쥔은 안드레이 세묘노비치와 같은 방을 사용하고 있었다. 그는 돈을 아낄 목적도 있었지만 과거 자신의 제자이기도 했던 안드레이 세묘노비치 레베쟈트니코프가 진보주의자라는 사실을 신경 쓰지 않을 수 없었다. 루쥔은 기성권위를 경멸하고 폭로를 서슴지 않는 진보주의자 단체에 대해서 막연한 두려움을 갖고 있었는데, 안드레이 세묘노비치가 이러한 단체에서 중요한 직책을 맡고 있다는 소문을 들은 적이 있었기 때문에 가급적 이러한 젊은 진보세대에게 잘 보이고 아첨을 해둘 생각을 하고 있었다.

작은 키에 노란색 머리, 구레나룻을 기르고 있는 안드레이 세묘노비치는 젊은 관리로 임파선 종기와 눈병으로 고생하고 있었다. 고집이 세지만 선한 마음씨를 지닌 그는 같은 방을 사용하는 루쥔에게 푸리에라든가 다윈의 이론의 설명하려고 할 때 그로부터 자신을 향한 알 수 없는 경멸적 시선과 빈정거리는 태도를 곧 깨닫게 되었다. 루쥔은 그 나름대로 안드레이 세묘노비치가 저속한 속물이며 그가 속한 단체에서 중요한 위치에 있지도 않다는 사실을 간파한 탓이기도 했다.

이날 아침 표트르 페트로비치는 채권과 바꿔 온 돈다발을 탁자 위에 올려놓고 돈을 세고 있었다. 방안을 거닐던 안드레이 세묘노비치는 그 돈을 보고 무관심한 척 했으나 표트르 페트로비치는 이 큰 돈을 보고서도 그가 무관심할 수 있으리라고는 생각하지 않았다. 표트르 페트로비치가 입을 열었다.

"오늘 그 미망인 집에서 추도식이 열린다고 하지 않았나?"

"모르는 사람처럼 얘기하시네요. 제가 어제 이미 다 말씀드렸는데요."

"난 그 바보 같은 가난뱅이가 라스콜니코프에게서 받은 돈을 몽땅 추도식에 써버릴 줄은 생각도 못했어... 조금 전에 그쪽을 지나가다 봤는데 그렇게 크게 상을 차릴 줄 누가 알았겠어. 와인까지 있던데... 사람들은 또 얼마나 많이 초대한 거야? 그건 그렇고, 거기서 나를 초대했었다고 했나? 내가 가서 또 무얼 하겠어?"

"저도 갈 생각이 없습니다." 레베쟈트니코프가 말했다.

"하긴, 자네는 카테리나 이바노브나를 때렸다면서 거길 간다는 건 도리가 아니겠지."

"누가 때렸다는 겁니까?" 레베쟈트니코프는 당황하면서

얼굴이 빨개졌다.

"그 여자가 먼저 손톱으로 할퀴고 덤벼들었다고요, 그 상황에서 어떻게 하겠습니까! 전 그냥 밀쳐버린 것뿐입니다."

"하하, 그랬었나... 그런데, 자네 그 죽은 사람의 딸을 안다고 했었지? 그 여자에 대한 소문은 사실인가?"

"무슨 생각으로 물어보신 건지는 모르겠지만 저는 개인적으로 소냐를 정상적이라고 보고 있습니다. 지금처럼 강요에 의한 행태는 정상으로 볼 수 없겠지만 미래에는 정상적인 일이 될 것입니다. 모든 것이 자유롭고 또 그럴 권리가 주어질 테니까요. 그녀는 고통 받고 있지만 그녀는 그럴 권리가 있는 게 사실이에요. 저는 그런 의미에서 그녀의 행동이 사회에 대한 저항이라고 생각하고 있고, 그런 그녀를 존경하고 있습니다."

"그러면 자네가 그 아가씨를 좀 불러줄 수 있겠나? 마침 사람들이 장지에서 돌아온 것 같은데... 내가 그 아가씨한테 할 말이 있어서 그러네."

"무슨 일인데 그러시죠?" 레베쟈트니코프가 물었다.

"그냥 별일 아니네. 아, 내가 그 아가씨와 얘기할 때 자네도 같이 있어주게."

잠시 후 레베쟈트니코프는 소냐와 함께 방으로 들어왔다. 소냐는 무슨 영문인지 겁을 먹은 표정이었다. 루쥔은 친절하게 그녀를 맞은 후 자리에 앉을 것을 권했다. 루쥔은 문밖으로 나가려는 레베쟈트니코프에게 작은 소리로 물었다.

"라스콜니코프도 왔던가?"

"네, 거기 있었습니다. 방금 들어왔어요..."

"자네도 여기 같이 있어달라니까. 저 아가씨와 내가 단둘이 방에 있었던 걸 알면 나중에 사람들이 또 무슨 말을 할지 어떻게 아나. 내 말 이해하겠지?"

"네, 그럼 여기 있겠습니다."

루쥔은 소냐에게 돌아와 자리에 앉아 근엄한 표정을 지으며 말했다.

"소피야 세묘노브나, 어머님께 먼저 죄송하다는 말씀을 전해주시기 바랍니다. 오늘 다른 사정이 있어서 댁의 추도식에는 참석할 수 없게 되었습니다."

"아, 네. 알겠습니다. 그럼 그렇게 전해드리겠습니다."

"아니, 잠깐만. 아직 제 얘기는 끝나지 않았습니다. 어제 카테리나 이바노브나와 잠깐 얘기를 나누긴 했습니다만 굉장히 몸이 안 좋으신 것 같더군요..."

"네, 건강이 많이 안 좋은 상태예요. 저도 마침 여쭤볼 것이 있는데... 어제 어머니가 연금을 받을 수 있다고 말씀하셨다던데, 그게 사실인가요?"

"그건 아닙니다. 저는 업무 중 사망한 관리에 한해 그 가족에게 일시적으로 지급되는 보조금에 대해서 말한 것뿐입니다. 그런데 돌아가신 부친께선 최근엔 일을 하지 않으셨기 때문에 그 조건에 해당되지 않습니다. 그런데도 어머님께서는 연금을 받을 수 있다고 생각하셨다니..."

"아, 네. 어머니는 뭐든지 쉽게 잘 믿는 편이셔서 그래요. 그리고 지금은 정신이 온전하지 못하셔서 그랬을지도 모르겠네요... 죄송합니다."

이렇게 말하고 소냐는 다시 자리에서 일어나 나가려고 했다.

"아니, 제 얘기는 아직 다 끝나지 않았으니 잠시 앉으세요." 소냐는 당황해서 다시 자리에 앉았다.

"불쌍한 처지에 놓인 자식들을 두고 있는 어머니를 보면서 제가 뭔가 도울 일이 없을까 하고 생각을 하게 됐습니다. 중요한 것은 어머니 수중에 돈이 들어가서는 안 된다는 점입니다. 오늘 추도식만 해도 규모가 상당하더군요. 그쪽을 지나치다가 보았는데, 자메이카산 럼주에 마데이라 와인, 커피까지 있었어요. 내일이면 먹을 빵이 없어서 당신한테 다시 손을 벌릴 텐데 이게 말이 되는 일입니까? 그러니 돈이 생긴다면 당신만 알고 있어야 합니다. 아시겠습니까?"

"오늘 어머니가 그렇게 하신 것은... 평생에 한 번 있는 일이기 때문일 거예요. 어머니는 아버지를 추모하고 정성을 다하고 싶으신 거거든요. 아무튼 감사합니다."

소냐는 말을 마치지 못하고 울먹였다.

"자, 무슨 말씀인지 알겠습니다. 이건 제 작은 성의의 표시니 받아두시기 바랍니다. 하지만 제가 이 돈을 드렸다는 건 비밀입니다."

루쥔은 10루블 지폐를 반듯하게 펴서 소냐에게 내밀었다. 소냐는 얼굴을 붉히면서 그 돈을 받고 급히 인사를 한 뒤 나갔다. 루쥔은 의기양양한 표정으로 그녀를 문까지 배웅했다.

그들의 대화를 방해하지 않기 위해서 창가 쪽에서 서성거리고 있었던 안드레이 세묘노비치가 루쥔에게 다가왔다.

"오늘 제가 본 것은 정말 고상하고 인간적인 일이었습니다. 저는 기본적으로 자선행위에 전적으로 찬성하는 입장은 아니지만 오늘 당신이 보여준 행동은 정말 훌륭했습니다!"

"아, 뭘 그런 걸 갖고 그러나!" 루쥔은 별 것 아니라는 투로 말했지만 흥분한 표정이었다. 그러나 안드레이 세묘노비치는 계속되는 자신의 칭찬을 루쥔이 건성으로 흘려듣고 있으며 시답잖게 여기는 모습을 보면서 그가 뭔가 다른 생각에 잠겨 있다는 사실을 곧 깨달았다.

카테리나 이바노브나가 어떻게 해서 이처럼 과도하게 추도식을 차릴 생각을 하게 됐는지는 정확히 설명하기 어려웠다. 그녀는 라스콜니코프로부터 받은 장례비용 가운데 10루블을 이 추도식 비용에 사용했다. 카테리나 이바노브나는 이 추도식을 통해서 고인이 된 남편에 대한 진정한 추모의식을 거행하는 한편 집주인 아말리야 이바노브나를 포함한 다른 세입자들에게 자신이 남들로부터 손가락질이나 당하며 살아가는 하찮은 부류가 아니라는 것을 보여주고 싶었다. 또한 그녀는 추도식을 통해서 이처럼 고상하고 수준 높은 접대문화가 있다는 사실을 저속하기 짝이 없는 세입자들에게 보여주고 싶었고, 자신이 그러한 환경에서 교육받고 자란 귀족 출신이라는 사실을 드러내고 싶었다.

추도식 때 다량의 와인이 종류별로 준비된 것은 아니었고, 마데이라 와인 역시 찾아볼 수 없었다. 하지만 비록 값비싼 술은 아니지만 보드카와 럼주 등은 푸짐하게 차려져 있었다. 식탁에는 깨끗한 식탁보가 세팅되었고, 다른 세입자들에게서 여기저기 빌려오긴 했지만 술잔과 찻잔 같은 식기류도 모두 그럴 듯하게 차려졌다. 이 과정에서 제 몫을 톡톡히 해냈다는 자부심을 가진 집주인 아말리야 이바노브나는 검은 드레스를 입고 문에서 초대된 세입자들을 맞이하고 있었다. 평소 집주인과 사이가 좋지 않았던 카테리나 이바노브나는 집주인의 이러한 모습에 불만이 많았으며 오늘 반드시 그녀의 콧대를 꺾어놓겠다는 생각을 하고 있던 참이었다.

그러나 시간이 지나면서 카테리나 이바노브나의 심기는 더욱 불편해지기 시작했다. 추도식에는 폴란드 사람과 더러운 연미복을 입고 온 서기, 그리고 귀 먹고 눈도 잘 보이지 않는 노인 정도가 참석했고, 술에 취한 중위는 조끼도 입지 않은 채 들어와서 큰 소리로 웃기까지 했다. 심지어 잠옷 바람으로 들어와 앉으려고 한 사람까지 있었는데, 그 사람은 결국 사람들 손에 이끌려 쫓겨나고 말았다. 카테리나 이바노브나는 무엇보다 라스콜니코프가 참석한 사실이 기뻤다. 그가 추도식에 참석한 사람들 중 유일하게 교양 있는 사람이었고, 들어오자마자 사정이 있어서 장례식에 참석하지 못한 사실을 정중히 사과했기 때문이었다. 그녀는 라스콜니코프를 옆에 앉힌 뒤 별 볼 일 없는 사람들만 참석한 추도식에 대해 분노하기 시작했다.

"이게 다 저기 앉아있는 집주인 여자 때문이에요. 자기 얘기를 하는 것도 몰라서 눈만 동그랗게 뜨고 있네요, 참내! 콜록콜록! 저 여자는 자기가 이 자리에 참석한 것만으로도 나한테 대단한 시혜를 베푼 걸로 착각하고 있다니까요. 그런데 보세요, 난 죽은 남편을 생각해서 세입자들 중에서 남편을 잘 알고 있는 사람들만 초대해 달라고 부탁을 했는데, 글쎄 어디서 이런 어중이떠중이들만 데려왔지 뭐예요! 콜록콜록!" 쌓였던 한을 풀려고 했던 탓인지 집주인에 대한 험담을 계속하던 카테리나 이바노브나는 기침 때문에 말을 계속하지 못했다. 입을 가렸던 손수건에는 피가 맺혔고, 겨우 한숨을 돌린 후에야 그녀는 하던 말을 계속 할 수 있었다.

"그런데 소냐는 어디 간 거지? 아, 저기에 오는군. 그래, 그쪽에 앉아라."

소냐는 루쥔이 이 자리에 참석하지 못하게 된 사실을 전하면서 참석한 모든 사람들이 들을 수 있도록 큰 소리로 그의 사과를 정중히 전했다. 소냐는 이런 예의바른 행동이 카테리나 이바노브나의 자존심을 세워준다는 사실을 누구보다 잘 알고 있었다.

"당신이 이 자리에 참석해 주셔서 너무 감사해요, 로지온 로마니치. 이렇게 누추한 곳인데도 와주셨잖아요." 카테리나 이바노브나는 더욱 더 큰 소리로 라스콜니코프에게 감사함을 표시한 다음 갑자기 아말리야 이바노브나를 보면서 목소리를 높였다.

"우리 아버지라면 몸치장하는 데에만 정신이 팔린 여자들은 부엌에서 일하는 하녀로도 쓰지 않았을 거예요. 돌아가신 내 남편은 어지간히도 여린 성격에 그런 사람들까지 다 받아줬겠지만요."

"술 마시는 걸 좋아했지요, 정말 좋아했어요!" 참석한 손님들 중 퇴역군인이 보드카를 열두 잔 째 들이키면서 소리쳤다.

"남편이 술을 많이 마시긴 했지요. 그래도 그 사람 성품 하나만큼은 착하고 애들을 사랑했어요. 로지온 로마니치, 그 사람 주머니에서 당밀로 만든 수탉 모양 과자가 나왔어요. 그렇게 취한 상태에서도 애들을 생각했던 거예요." 카테리나 이바노브나는 계속 말했다.

"내가 남편한테 너무 심하게 대했다고 생각하실지 모르지만 그건 남편한테 잘 해주면 또 술을 마실까봐 그랬던 거예요."

"그래서 남편 머리채를 잡고 끌고 가고 그랬지요." 퇴역군인은 또 한마디 덧붙이고는 술을 들이켰다. 카테리나 이바노브나의 얼굴은 벌겋게 상기되었고, 사람들은 저마다 킬킬거리며 웃어댔다. 소냐는 분노로 흥분하는 카테리나 이바노브나를 보면서 두려워하고 있었다. 그러나 카테리나 이바노브나는 다른 잡다한 이야기로 화제를 돌려 얘기하다가 갑자기 연금을 수령하게 되면 고향에 가서 상류층 딸들을 위해 기숙사를 설립할 계획이며, 소냐가 이것을 도울 것이라고 말했다. 식탁 끝에서 비웃는 소리가 들렸지만 카테리나 이바노브나는 이를 무시하고 못 들은 척 했다. 추도식의 불안한 분위기는 기숙사 관리 문제를 두고 집주인 아말리야 이바노브나와 카테리나 이바노브나 사이에 싸움으로 번졌다. 급기야 아말리야 이바노브나가 소냐의 노란 딱지를 언급하면서 떠들기 시작하자 카테리나 이바노브나는 이성을 잃고 그녀에게 달려들었다. 바로 그 순간 루쥔이 문을 열고 나타나서 근엄한 표정을 지으면서 좌중을 쳐다보았다. 카테리나 이바노브나는 그에게 달려갔다.

"표트르 페트로비치! 당신만큼은 제 말을 들어주세요! 저 바보 같은 여자에게 저처럼 불행한 귀부인을 이렇게 대하면 안 된다고 말씀해 주세요! 제 아버지를 생각해서라도 제발... 아비 없는 이 아이들을 좀 도와주세요!"

"죄송하지만, 부인... 저는 당신의 아버님을 만나 뵌 적이 없습니다. 저는 두 분의 싸움에 관여하고 싶지 않습니다. 지금 저는 다른 일로 왔기 때문입니다. 당신의 양녀, 소피야... 세묘노브나였나요? 지금 그 아가씨와 얘기를 하고 싶습니다만..." 루쥔은 카테리나 이바노브나를 무심히 지나 소냐 쪽으로 방향을 돌렸다.

카테리나 이바노브나는 루쥔의 쌀쌀맞은 태도에 충격을 받고 말문이 막혔다. 추도식에 참석한 다른 사람들 역시 그의 갑작스런 출현에 조용해지기 시작했다.

"제가 방해를 한 것 같아 죄송합니다만 여러분이 계셔서 다행입니다." 그는 이렇게 말한 다음 소냐를 똑바로 보고 말했다.

"조금 전 당신이 제 방에 다녀간 직후 안드레이 세묘노비치 레베쟈트니코프의 방에 있는 제 탁자에서 1백 루블짜리 지폐가 없어졌습니다. 당신이 이 일에 대해 알고 있고, 지금 그 돈이 어디에 있는지 사실대로 말해준다면 저는 더 이상 이 일을 문제 삼지 않겠습니다. 그러나 만일 그렇게 하지 않는다면 저로서도 모종의 조치를 취하지 않을 수 없다는 점을 말씀드립니다."

소냐는 창백한 얼굴이 되어 아무 말도 하지 못했다. 아무것도 이해하지 못한 표정이었다.

"저는 모르겠어요... 모르는 일이에요..." 소냐는 힘없는 목소리로 말했다.

"다시 한 번 잘 생각해보세요. 저는 오늘 몇 장의 채권을
3천 루블 현금으로 바꿔 갖고 왔습니다. 저는 그 돈을 2천3
백 루블까지 세어 본 다음 지갑에 넣었고, 탁자 위에는 5백
루블이 넘는 돈이 남아 있었습니다. 그 중에 석 장은 1백 루
블짜리 지폐였지요. 제가 안드레이 세묘노비치를 통해서 당
신을 불렀던 것은 불쌍한 어머니를 어떤 식으로든 도와드리
기 위해서였습니다. 당신은 감사해 하면서 눈물까지 글썽였
지요. 저는 당신에게 10루블을 드렸습니다. 그 다음에 저는
다시 돈을 세기 시작했는데 1백 루블 지폐 한 장이 모자라
는 것이었습니다. 저하고 같은 방에 계속 있었던 레베쟈트니
코프를 의심할 수는 없습니다. 그런 의심 자체가 부끄러운
일입니다. 그렇다고 제가 실수를 해서 돈을 잘못 세어 본 것
도 아닙니다. 그러다가 문득 당신이 당황해 하면서 서둘러
떠나던 모습과 당신이 잠시 탁자 위에 손을 올려놓았던 모
습이 생각났습니다. 그래서 저는 이 모든 상황을 종합해 볼
때 당신한테서 의심을 거두기 힘든 상황입니다. 저는 당신
의 가족을 돕기 위해 10루블까지 드렸습니다만 배은망덕도
유분수지 당신은 이런 식으로 돈을 훔쳤어요. 자, 어디 한
번 해명을 해 보시기 바랍니다."

"저는 당신한테서 아무것도 훔치지 않았어요. 당신이 제게
주신 돈 10루블이 여기 있어요. 가져 가세요." 소냐는 10루

블을 꺼내서 그에게 돌려주었다.

"그럼 나머지 1백 루블에 대해선 여전히 내놓지 않겠다는 거군요?" 루쥔은 집요하게 소냐를 노려보며 물었다. 소냐는 주위를 돌아보았다. 참석한 모든 사람들이 경멸적인 시선으로 그녀를 쳐다보고 있었다.

"아, 하느님!" 소냐는 절망하며 외쳤다.

"세상에 저런 도둑년을 봤나, 난 저 애가 그럴 줄 알았다니까!" 아말리야 이바노브나는 두 손을 마주치며 큰 소리로 말했다.

"뭐라고? 당신이 지금 이 애를 도둑으로 몰고 있는 거야? 이 소냐를?" 정신을 차린 카테리나 이바노브나는 이성을 잃고 소리쳤다. 그녀는 소냐에게서 10루블을 낚아채서 손아귀에 구겨 넣은 다음 그 돈을 루쥔의 얼굴을 향해 집어던졌다. 구겨진 지폐는 루쥔의 눈을 맞고 바닥에 떨어졌다. 루쥔은 화가 치밀어 올라서 소리쳤다.

"어서 이 미친 여자를 끌어내 주시오!"

"뭐라고? 날 보고 미친 여자라고? 이 병신 같은 자식!" 카테리나 이바노브나는 화가 치밀어 올라 목청을 높였다.

"소냐는 오히려 너한테 돈을 줬으면 줬지, 훔칠 아이가 아니야! 이런 병신 같은 자식 같으니라고!" 그녀는 이어서 곧바로 아말리야 이바노브나를 보면서 소리쳤다.

"너, 이 개만도 못한 년아, 넌 이 아이가 그 돈을 훔쳤다고 맞장구를 쳐? 천하에 몹쓸 년 같으니! 이 애는 여기서 나간 적도 없었고, 네 놈한테 갔다 온 후로 내내 여기 앉아 있었어. 이 애를 뒤져 봐, 뒤져보라고!" 카테리나 이바노브나는 계속해서 소리쳤다.

"소냐, 어서 이 사람들한테 주머니를 보여줘라! 자, 여기 손수건 말고 뭐가 있어, 봤지! 다른 쪽 주머니도 어서 봐!"

카테리나 이바노브나가 소냐의 두 번째 주머니를 뒤지는 순간 갑자기 지폐 한 장이 툭 떨어졌다. 여덟 번이 접혀진 1백 루블짜리 지폐였다. 루쥔은 그 돈을 조용히 집어 들자 사방에서는 탄식이 흘러나왔다.

"에라이, 이 도둑년아! 내 아파트에서 썩 나가지 못해! 경찰! 어서 경찰을 불러!" 아말리야 이바노브나는 악을 썼다. 소냐는 넋이 나간 듯 했다. 그러다 잠시 후 그녀는 두 손으로 얼굴을 감싸며 소리쳤다.

"내가 한 게 아니에요, 난 훔치지 않았어요!" 그녀는 미친 듯이 절규하며 카테리나 이바노브나의 품에 안겼다.

"소냐! 소냐! 나는 믿지 않는다! 나는 믿지 않아! 네가 훔쳤다니 말도 안 되는 소리다!" 카테리나 이바노브나는 소냐에게 입맞춤을 계속 하면서 연신 그녀를 어루만졌다.

"당신들은 몰라, 아무것도 몰라. 이 애 마음이 얼마나 천사 같은지 당신들은 몰라. 애는 내 아이들이 굶어 죽어가니까 노란 딱지까지 받아가면서 자기 몸을 판 거야. 오, 세상에... 이럴 수가! 여보, 여보! 이게 당신을 위한 추도식이군요!" 가난하고 연약한, 불쌍한 폐병쟁이의 절규는 참석한 모든 사람들의 동정심을 자극했다. 표트르 페트로비치는 근엄한 목소리로 말했다.

"부인, 부인은 이 일과 아무 관련이 없습니다. 부인은 그저 모르고 있었을 따름입니다. 하지만 젊은 아가씨는 왜 잘못을 실토하지 않았을까요? 두려워서요? 당황해서요? 처음 하는 일이라서 그랬을 수도 있겠지만 여러분! 저는 개인적으로 모욕을 당했다고 할 수 있지만 이 모녀를 동정하는 마음에서 이번 일은 그만 조용히 덮어두고자 합니다. 이것으로 됐습니다!"

루쥔은 이 말을 마치고 라스콜니코프를 슬쩍 쳐다보았다. 라스콜니코프의 눈에는 말할 수 없는 분노가 어려 있었다.

"이렇게 비열한 짓을 하다니!" 문에서 갑자기 큰 목소리가 들렸다. 레베쟈트니코프가 루쥔을 노려보면서 방안으로 들어섰다. 루쥔은 순간 몸을 떨었다.

"나를 당신의 증인으로 만든 게 바로 이것 때문입니까?" 레베쟈트니코프는 루쥔에게 다그쳤다.

"그게 무슨 말인가?"

"당신은 사기꾼이에요! 아직도 이해가 가지 않는 부분이 있지만 난 모든 걸 다 봤습니다. 이 사람은 1백 루블짜리 지폐를 직접 소녀에게 줬습니다. 내가 증인이에요, 맹세하니다!" 레베쟈트니코프는 힘주어 소리쳤다.

"나는 당신이 소냐의 옷 주머니에 그 돈을 살짝 집어넣는 걸 봤습니다. 당신이 문 앞에서 소냐와 작별인사를 할 때 몰래 그 돈을 집어넣었지요. 나는 그때만 하더라도 당신이 남몰래 선행을 베푸는 것으로 생각했습니다. 내가 봤어요, 내가 봤다고요!"

"거짓말이야!" 그는 거칠게 외쳤다.

"창가에 서 있었던 자네가 뭘 볼 수 있었단 말이야? 자네는 눈이 나빠서 앞도 잘 보지 못하잖아!"

"아닙니다! 멀리 서 있기는 했지만 난 똑똑히 봤습니다. 당신이 소냐에게 10루블 지폐를 줄 때에 탁자에서 1백 루블짜리 지폐를 집는 것을 똑똑히 봤기 때문에 하는 말입니다. 당신은 그 지폐를 집은 다음 한 손에 꼭 쥐고 있었고, 그걸 나중에 소냐의 주머니에 넣은 겁니다. 난 맹세할 수 있습니다!"

레베쟈트니코프는 흥분해서 소리쳤다. 카테리나 이바노브나는 레베쟈트니코프에게 달려갔다.

"당신만이 저 아이를 두둔해주고 있군요! 하느님께서 당신을 보내주셨어요! 감사합니다!"

"헛소리야! 내가 미쳤다고 저 여자의 주머니에 돈을 넣고 이 짓을 하겠나? 내가 무엇 때문에 그런 짓을 벌인다는 거야?" 루쥔은 격분해서 반발했다.

"이 사람이 왜 그런 짓을 했는지는 내가 설명할 수 있습니다!" 잠자코 있던 라스콜니코프가 앞으로 나오면서 소리쳤다.

"이 사람은 얼마 전에 제 여동생에게 청혼을 한 적이 있습니다. 그런데 페테르부르크에 도착하자마자 그는 첫 만남에서 저와 다퉜고, 저는 이 사람을 내쫓았습니다. 이 일로 앙심을 품은 그는 내가 카테리나 이바노브나에게 장례비용을 건넨 돈을 마치 소냐에게 직접 준 것처럼 편지에 적어서 제 어머니에게 보내기도 했습니다. 소냐와 저를 마치 특별한 사이인 것처럼 적어서 나와 가족 사이를 이간질하려고 했던 겁니다. 만약 오늘 이 사람이 의도한 대로 소냐를 도둑으로 내모는데 성공했다면 그는 제 어머니와 여동생에게 자신이 제기한 의혹이 사실이라고 주장할 수 있게 됩니다. 또한 여동생과 소냐를 같이 비교했던 나에게 잘못이 있다고 주장할 수 있게 됩니다. 이 사람이 소냐를 도둑으로 내몰았던 이유는 바로 이것입니다!"

"맞아요, 바로 그겁니다! 이 사람은 소냐가 방에 들어왔을 때 당신이 이 추도식에 참석했는지를 제게 물어봤습니다. 소냐가 추궁당하는 자리에 당신이 있어야 했던 겁니다!" 레베쟈트니코프는 확신에 차서 말했다.

루쥔은 입을 꾹 다물고 있었으나 얼굴은 창백했다. 그는 어떻게 해서든 이 상황을 반전시키고 싶었으나 그것은 불가능한 일이었다. 가뜩이나 술에 취해 있던 사람들은 다들 흥분한 상태였다. 모두들 소리를 지르며 루쥔에게 욕설을 퍼붓기 시작했다. 루쥔은 뻔뻔하게 입을 열었다.

"실례합니다, 여러분, 밀지 마세요. 나가게 해주십시오. 그런 위협은 하지 마십시오... 폭력을 행사하고 사건을 덮어버린 책임은 당신들한테 있습니다... 도둑이 누구인지는 이미 밝혀졌습니다. 저는 끝까지 이 일을 추궁하겠습니다."

"당신 같은 사람과 한 방에서 생활을 하다니, 당장 나가세요! 우리 관계는 이제 끝입니다!" 레베쟈트니코프가 소리쳤다.

"이보게, 레베쟈트니코프, 난 곧 떠난다고 전에 말하지 않았나. 그렇게 머리가 나빠서야, 원 참!"

루쥔은 이렇게 말한 뒤 사람들 사이를 헤치고 나가려 했다. 그러자 퇴역군인이 그를 향해 유리잔을 집어 던졌다. 하지만 이 잔은 아말리야 이바노브나에게 그대로 날아가 맞았다. 그녀가 비명을 지르는 사이 루쥔은 방을 빠져나갔다. 소냐 역시 모욕을 참지 못하고 절망감에 방을 뛰쳐나갔다. 잔에 얻어맞은 아말리야 이바노브나는 이 모든 사태의 원인이 카테리나 이바노브나 탓이라고 생각하고 욕설을 퍼부었다.

"이 집에서 당장 나가! 꺼져!"

기진맥진한 상태로 지쳐 쓰러져 있던 카테리나 이바노브나는 이 말을 듣고 분노한 나머지 벌떡 일어나 그녀에게 달려들었으나 곧 힘에 밀려 쓰러졌다.

"오, 주여! 이게 무슨 일입니까, 이게 과연 정의란 말입니까! 이 불쌍한 아이들을 돌보지 않는다면 누구를 돌본단 말입니까! 폴랴, 애들을 보고 있어라, 정의가 어디 있는지 내 곧 다녀오마!"

카테리나 이바노브나는 마르멜라도프가 전에 얘기했던 녹색 숄을 두른 다음 통곡을 하며 거리로 뛰쳐나갔다. 라스콜니코프도 밖으로 나간 뒤 소냐의 집으로 발걸음을 옮기기 시작했다.

고백

라스콜니코프는 소녀의 방문을 열고 그녀를 쳐다보았다. 소녀는 탁자에서 팔꿈치를 괴고 앉아 있다가 라스콜니코프를 보자 그를 맞으러 다가왔다.

"당신이 아니었다면 전 정말 어떻게 됐을까요? 지금 집은 어떻게 됐지요? 다시 가보고 싶었지만... 왠지 당신이 찾아올 것만 같아서..."

라스콜니코프는 아말리야 이바노브나가 그들을 아파트에서 내쫓았고, 카테리나 이바노브나가 어디론가 정의를 찾으러 나가버렸다는 말을 소냐에게 전해주었다.

"아, 세상에! 어서 가봐야겠어요..." 소냐는 급히 망토를 집었다.

"늘 이런 식이군! 항상 그 사람들 생각뿐이야! 지금 나와 여기에 있어줘요!" 라스콜니코프는 짜증을 내며 소리쳤다.

소냐는 망설이다가 의자에 앉았다.

"오늘 루쥔의 계획이 레베쟈트니코프와 나 때문에 실패했기에 망정이지, 하마터면 당신은 감옥에 갈 뻔했어요!"

"그래요, 맞아요." 소냐는 여린 목소리로 힘없이 대답했다.

"만약 당신이 루쥔의 계획을 미리 알고 있었고, 그 계획 때문에 카테리나 이바노브나와 아이들, 그리고 당신도 파멸하게 될 것을 알았다고 칩시다. 폴랴도 당신과 마찬가지로... 같은 길을 가게 되겠지요. 그런데 만약 루쥔이 살아서 계속 그런 비열한 짓을 하게 내버려둘 것인지, 카테리나 이바노브나가 죽도록 놔둘 것인지를 당신이 결정할 수 있다면 당신은 어떻게 하겠습니까?"

"당신이 그런 질문을 할 것 같았어요. 당신은 왜 그런 질문을 하시는 거죠?"

"루쥔이 살아서 계속 비열한 짓을 하게 내버려둬도 좋다는 뜻인가요?"

"제가 하느님의 뜻을 어떻게 알겠어요? 누구는 살고, 누구는 죽어야 한다고 어떻게 제가 결정할 수 있겠어요?"

"하느님의 뜻을 얘기하면 제가 할 말이 없겠군요." 라스콜니코프는 씁쓸한 표정을 지었다.

"또 무슨 말씀을 하시려고 그러는지 똑바로 얘기해주세요! 또 이상한 질문이나 하시면서 저를 괴롭히지 마시고요!"

소냐는 가슴 아픈 듯 울먹이기 시작했다.

"당신 말이 맞는 말이에요... 루쥔과 하느님의 뜻에 대해 물어본 것은 나 자신을 위한 것이었어요... 나는 용서를 구한 겁니다..."

그는 갑자기 두 손으로 얼굴을 감쌌다. 그러나 갑자기 소냐에 대해 뜻밖의 감정이 샘솟아 그는 머리를 들고 그녀를 쳐다보았다. 소냐는 불안에 떨며 걱정하는 눈빛으로 그를 바라보고 있었다. 그 눈길엔 사랑이 담겨 있었다.

그는 아무 말도 하지 않고 그녀의 침대로 옮겨 앉았다. 바로 그 순간은 노파의 등 뒤에서 도끼를 꺼내면서 더 이상 한순간도 지체할 수 없다고 느꼈던 그 당시와 끔찍할 정도로 똑같았다.

"왜 그러시는 거예요?" 소냐는 잔뜩 겁에 질려서 물었다.

"내가 오늘 오게 되면... 누가 리자베타를 죽였는지 알려 주겠다고 했었지요."

그녀는 갑자기 두려움에 온몸을 떨기 시작했다.

"어제 하신 말이 진심이었군요... 그런데 당신은 그걸 어떻게 안다는 거죠?"

"난 알아요."

"당신이 범인을 알아낸 건가요?"

"아니, 알아낸 게 아니에요."

"그럼 어떻게 알아요?"

그는 그녀에게 몸을 돌린 다음 그녀를 뚫어져라 쳐다보았다.

"생각해 봐요." 그는 얼굴을 일그러뜨리면서 계속해서 말했다.

"나는 그 사람과 가까운 사이예요... 그자는 리자베타를... 죽일 생각은 없었어요. 그 노파가 혼자 있을 때 갔는데... 그때 리자베타가 들어온 거예요... 그래서 그때, 그녀를 죽인 거지요."

무서운 침묵이 흘렀다. 두 사람은 서로를 바라보고 있었다.

"이래도 모르겠어요?" 그는 갑자기 이렇게 물었다.

"모르겠어요."

"잘 생각해 봐요."

라스콜니코프는 소녀의 얼굴을 바라보면서 갑자기 그녀의 얼굴에서 리자베타의 얼굴을 본 것 같은 느낌을 받았다. 그는 도끼를 들고 리자베타에게 다가갔을 때 그녀의 얼굴을 기억하고 있었다. 뭔가에 놀란 어린아이가 뒤로 물러나면서 손을 앞으로 내미는 모습을 기억하고 있었는데, 그 모습이 지금 소녀의 모습과 똑같았던 것이다. 소녀는 갑자기 손을 앞으로 뻗은 다음 천천히 침대에서 일어났다. 그녀는 그에게서 멀어졌지만 그녀가 느끼는 공포는 그에게 그대로 전달되었다. 그의 얼굴에도 경악과 고통이 드리워져 있었다.

"이제 알겠어요?"

"아아, 하느님!" 소냐에게서 비명이 터져 나왔다. 그녀는 힘없이 침대에 쓰러졌다. 그러나 곧 다시 일어나 그의 두 손을 으스러지도록 꼭 쥐었다.

"그만해, 소냐. 나를 괴롭히지 마!" 그는 부탁했다.

"도대체, 당신은 도대체 자신에게 무슨 짓을 저지른 거죠?" 그녀는 그를 꼭 껴안았다.

"당신은 이상한 사람이야. 내가 이런 사실을 얘기했는데도 당신은 나를 꼭 껴안다니..."

"지금 세상에서 당신처럼 불행한 사람은 없어요." 그녀는 서럽게 울기 시작했다. 그런 그녀를 보고 있는 그의 눈에도 눈물이 맺혔다.

"소냐, 그럼 나를 버리지 않을 거야?" 그는 희망을 느끼며 물었다.

"어디든 따라가겠어요... 그곳이 어디든지 감옥에라도 따라가겠어요.." 그녀는 같은 말을 반복하면서 그를 안았다.

"소냐, 난 아직은 감옥에 가고 싶지 않아." 그는 나직이 말했다. 소냐는 얼른 그의 얼굴을 쳐다보았다. 갑자기 그녀는 그의 목소리 속에서 살인자의 음성을 느꼈다.

"어떻게 당신은, 어떻게 당신은 그런 일을 한 거예요? 어떻게!"

"돈을 훔치려고 그랬지." 그는 지친 듯이 털어놓았다.

"배가 고파서 그랬군요...! 어머니를 도우려고 그랬던 거로군요? 그렇지요?"

"아니야, 정확히 그건 아니야... 이제 그만해, 소냐!"

"믿을 수 없어요... 마지막 남은 돈까지 다 내어주는 당신이 어떻게 그런 일을... 아! 그러면 당신이 카테리나 이바노브나에게 준 돈도... 아아!"

"아니야, 소냐! 그 돈은 내 어머니께서 보내주신 거야. 그건 내 돈이었어."

소냐는 의심스러운 눈빛으로 그를 바라보았다.

"훔친 돈은 V대로에 있는 어떤 공터 한 구석 돌 밑에 묻었어. 아직 그대로 거기에 있어."

"돈을 훔치려고 했다면서 왜 아무것도 가져가지 않았지요?" 그녀가 물었다.

"모르겠어... 그 돈을 가져갈지 관둘지... 아아, 지금 내가 무슨 소리를 하고 있는 거지? 소냐, 내가 단순히 배를 굶주려서 돈을 훔친 거라면... 난 지금 행복할 거란 사실만 알아 둬!" 그는 절망하면서 외쳤다. 소냐는 뭔가 말을 하려고 했으나 그만 입을 다물었다.

"이제 내게 남은 건 당신뿐이야. 그래서 당신한테 함께 가자고 했던 거야."

"어디를 말이에요?" 소냐는 두려워하면서 물었다.

"도둑질을 하는 것도 아니고 살인을 하는 것도 아니니 걱정하지 않아도 돼... 당신한테 함께 가자고 한 것도 한 가지 때문이야. 나를 버리지 마, 소냐."

그녀는 그의 손을 꼭 잡았다.

"아아, 아니야, 우린 서로 다른 사람들이야!" 그는 갑자기 다시 소리쳤다.

"난 이런 질문을 했었어. 나폴레옹이 만약 내 입장이었다면, 몽블랑 원정이니, 이집트 원정이니 하는 것들은 다 집어치우고 대신에 어떤 고리대금업자 노파만 있다면... 또한 궤짝에서 돈을 훔치기 위해서 노파를 죽이지 않을 수 없다면... 그는 살인을 감행했을까? 나는 이 문제를 갖고 너무나 많은 고민을 했는데, 만약 나폴레옹이라면 똑같은 문제로 역시 고민했을까? 그러다 갑자기 생각했지. 나폴레옹이라면 그런 고민 따위는 하지 않고 죽였을 거라고 말이야! 나도 그렇게 고민에서 벗어난 거야!"

"그렇게 비유를 하지 말고 솔직히 얘기해주세요."

"나는 그저 벌레 같은 한 마리의 이를 죽인 거야. 쓸모없고 추하고 해롭기만 한 이말이야."

"하지만 사람은 이가 아니잖아요!"

"그건 나도 알아. 나폴레옹이라면 그 문제에 대해서 고민을 했을까? 그 문제에 대해서 생각한다는 것 자체가 이미 난 나폴레옹이 아니라는 걸 증명하는 거겠지. 난 내가 한 마리 이에 불과한지, 아니면 인간인지를 알고 싶었던 거야. 벌벌 떨고 있는 피조물에 불과한지, 아니면 선을 넘을 수 있는 권리를 지녔는지를 말이야..."

"권리요? 죽이는 권리 말씀이에요?" 소냐는 다급히 물었다.

"아아, 내가 과연 노파를 죽였을까? 난 노파가 아니라 나 자신을 죽였어! 그 노파를 죽인 것은 악마야, 내가 아니라고! 아이! 이제 그만 나를 내버려둬, 소냐!"

라스콜니코프는 괴로운 듯 머리를 손으로 눌렀다.

"이렇게 고통스러울 수가!" 소냐는 탄식했다.

"자, 이제 내가 어떻게 해야 좋을지 말해줘!" 그는 갑자기 머리를 들고 소냐를 바라보며 물었다.

"어떻게 해야 하느냐고요!" 그녀는 자리에서 일어났다.

"지금 즉시 거리에 나가서 당신이 더럽힌 대지 위에 입을 맞추세요. 그리고 세상을 향해 절을 하고 소리 내어 모든 사람들에게 '내가 죽였습니다.'라고 말하세요. 그러면 하느님께서는 당신에게 새 생명을 주실 거예요. 가실 건가요? 가실 거예요?" 그녀는 전율하면서 그의 두 손을 꽉 잡고 그에게 물었다.

"지금 나더러 감옥에 가라는 거야, 소냐? 자수를 하라는 거야?"

"고통을 받아들이고 속죄하는 거예요."

"난 그렇게 할 생각이 없어."

"그럼 어떻게 할 생각이에요? 당신은 어머니와 누이동생을 버렸다면서요. 사람을 떠나서 어떻게 살 생각이에요?"

"나는 이제 놈들이 나를 체포하러 이곳에 올 거라는 얘기를 하러 왔어."

"세상에, 아아!" 소냐는 놀라서 소리쳤다.

"나더러 감옥에 가라고 할 때는 언제고 이제 와서 놀라는 거지? 난 더 싸울 거야. 그들은 아무런 증거도 없으니까. 그들이 갖고 있는 증거만 갖고서 나를 감옥에 보낼 수는 없을 거야... 어떤 식으로든 어머니와 누이동생을 안심시켜 드려야 할 텐데... 내가 만약 감옥에 가게 되면 나한테 면회를 와 주겠어?"

"네, 그럼요. 가고말고요."

"아니야, 내가 감옥에 있으면 오지 않는 게 좋겠어."

소냐는 소리 없이 울고 있었다.

"혹시 십자가를 갖고 계세요?" 그녀는 갑자기 이렇게 물었다.

"없지요? 그럼 이 삼나무로 된 십자가를 받으세요. 나한테는 쇠로 만든 십자가가 있어요. 리자베타가 준 거예요. 난 리자베타의 십자가를 목에 걸 테니, 당신은 이걸 걸고 다니세요."

그는 소냐를 실망시키고 싶지 않았으나 손을 곧 거두었다.

"나중에 받을게."

"그렇게 하세요, 그럼. 고통을 짊어질 때 걸어 드릴게요."

그때 누군가가 소냐의 방문을 두드렸다.

"소냐, 들어가도 되겠습니까?"

낯익은 목소리의 주인공은 레베쟈트니코프였다.

"소피야 세묘노브나, 실례지만 급히 알려드릴 게 있어서 왔습니다." 레베쟈트니코프의 얼굴에는 수심이 가득했다.

"지금 카테리나 이바노브나가 거의 제정신이 아닌 것 같아요... 그런데 저희는 어떻게 해야 좋을지 몰라서 왔어요." 소냐는 그 말을 듣자마자 신음을 토했다.

"추도식에서 뛰쳐나간 다음에 마르멜라도프 씨의 상관한테 찾아가서는, 식사 중인 상관을 불러내서 욕설을 퍼붓고 뭔가를 집어던졌답니다. 그렇게 행패를 부리다가 결국 쫓겨났지만 그 자리에서 체포되지 않은 게 천만다행이에요. 카테리나 이바노브나는 이제 상관 집으로 아이들을 데려가겠다고 난리예요. 아이들에게 노래를 부르고 춤을 추게 해서 거리에서 구걸이라도 하겠다는 거지요. 리다한테는 노래를 가르치고, 콜랴한테는 춤을 가르치고 있어요. 폴랴의 옷은 다 찢어놓아서 광대처럼 보이게 만들었는데 자기는 냄비를 들고 가서 두드리겠대요. 큰일이에요!"

소냐는 그의 말이 끝나기도 전에 모자와 망토를 집어 들고 밖으로 뛰쳐나갔다. 라스콜니코프와 레베쟈트니코프가 그 뒤를 쫓았다.

"그 여자는 미친 게 틀림없어요!" 레베쟈트니코프가 거리로 나서면서 말했다.

"아무리 말려도 듣지 않아요, 인간은 울어봐야 소용없다는 걸 알게 되면 우는 것을 멈출 텐데 말예요."

"그럼 사는 게 참 편하겠군요." 라스콜니코프가 무심히 대답했다. 그는 더 이상 레베쟈트니코프의 말을 듣지 않고 자신의 집으로 향했다. 좁은 방에 들어간 그는 낡은 노란색 벽지와 먼지, 그리고 침대 겸용 소파를 쳐다보았다. 지금까지 이런 고독감을 느껴본 적은 없었다. '나는 왜 소냐한테 눈물을 구걸하러 갔을까? 비열한 짓이다! 혼자가 되는 게 낫겠어! 그녀가 감옥에 오게 할 필요도 없어!' 그는 이런 생각을 하면서 앉아 있었다. 그때 방문이 열리면서 두냐가 들어왔다.

"화내지 말아요, 오빠. 잠깐 들렀어요." 두냐가 말했다. 라스콜니코프는 아무 생각 없이 그녀를 쳐다보았다.

"오빠, 난 모든 것을 알아요. 라주미힌 씨한테서 다 들었어요. 오빠가 혐의를 받고 있어서 고통스러워한다는 것까지도요. 라주미힌 씨는 걱정할 필요가 없다고 했지만 난 오빠가 얼마나 화났을지 이해해요. 난 오빠가 우리를 버렸다고 생각하지 않을 거예요. 엄마한테는 아무 말도 안할 거예요. 오빠도 엄마를 힘들게 하지 말고 한 번만이라도 들러주세요. 그럼 잘 있어요, 오빠!"

그녀는 이 말을 마치고 밖으로 나가려고 했다.

"두냐! 라주미힌은 좋은 녀석이야. 일도 열심히 하고 근면하고 성실하거든. 진정한 사랑도 할 줄 아는 사람이야. 잘가, 두냐."

두냐는 순간적으로 얼굴이 빨개졌으나 곧 불안한 느낌이

들었다.

"오빠는 우리가 영영 이별이라도 하는 것처럼 왜 그렇게 말을 해요?"

"크게 다를 것 없지... 잘 가."

자신을 불안하게 쳐다보는 두냐를 보내고 라스콜니코프도 밖으로 나갔다. 뒤에서 누군가 그를 부르고 있었다. 레베쟈트니코프였다.

"어디 계셨던 거예요? 당신을 찾으러 집에도 갔었어요. 지금 카테리나 이바노브나가 애들을 데리고 나갔어요! 나하고 소냐가 간신히 그들을 찾았거든요. 냄비를 두드리고, 애들한테 노래하고 춤추라고 소리를 지르면서 난리도 아니에요. 어서 가시죠."

소냐가 살고 있는 집에서 멀지 않은 곳, 운하의 둑 위에는 사람들이 잔뜩 모여서 웅성거리고 있었다. 낡은 드레스를 입고 찌그러진 밀짚모자를 쓴 카테리나 이바노브나는 몹시 지쳐서 숨을 가쁘게 몰아쉬고 있었다. 그녀는 그렇게 힘든 와중에도 애들한테 어떻게 춤을 추고 노래를 불러야 하는지를 설명했다. 때로는 아이들이 이해를 못하자 화를 내면서 윽박지르고는 때리기까지 했다. 모여든 사람들이 이걸 보고 비웃기라도 하면 또 그 사람들한테 달려가서 욕을 하고 싸움을 벌였다. 아이들도 불쌍했지만 아이들이 입고 있는 의상 또한 가관이었다. 남자 아이한테는 터키 사람처럼 보이도록 붉은색과 흰색이 섞인 두건을 씌워서 터번처럼 보이게 했고, 레나한테는 붉은 털실 모자를 씌운 다음 흰색 타조 깃털을 꽂아 놓았다. 폴랴는 평소처럼 옷을 입고 있었지만 겁을 집어먹고 어머니를 쳐다볼 뿐이었다. 소냐는 카테리나 이바노브나 뒤에서 울면서 집에 가자고 계속해서 애원하고 있었다.

"여기 사는 모든 사람들 와서 보라고 해! 그 형편없는 상관도 와서 보라고 해! 우리처럼 고상한 관리의 자식들이 구걸하는 걸 말이야! 우리가 정말 고귀한 집안 출신이란 걸 알면 사람들은 우리를 다르게 볼 거야! 그럼 그 상관도 쫓겨나겠지! 아아, 로지온 로마니치! 기숙사라고요... 하하하! 다 꿈같은 얘기가 됐어요! 꿈은 사라졌어요! 모두가 우릴 버렸어요... 나는 그 상관한테 잉크병을 집어 던졌어요... 그걸 집어 던지고 나와 버렸지요... 그런 비열한 놈들은 이제 필요 없어요... 난 이제부터 내 힘으로 애들을 먹여 살릴 거예요! 폴랴, 지금까지 얼마를 벌었지? 아니, 겨우 2코페이카 밖에 못 벌었어? 이런 썩어빠진 사람들 같으니! 우리 뒤를 졸졸 쫓아다니면서 재미를 보고는 돈 한 푼 주지도 않다니!"

거리에서 구경하는 사람들과 어머니의 광적인 모습에 겁을 먹고 있던 아이들은 경찰까지 나타나자 자신들을 잡으러 오는 줄 알고 도망치기 시작했다. 카테리나 이바노브나는 그런 아이들을 잡으러 뒤쫓아 가면서 울부짖기 시작했다. 그러다가 갑자기 돌부리에 걸쳐 넘어지면서 그녀는 입에서 피를 내뿜었다. 각혈이었다.

"저건 폐결핵입니다. 내 친척도 저렇게 피를 흘린 적이 있어요. 저러다가 죽을 수도 있는데..." 지켜보던 어떤 관리가 옆에 있던 라스콜니코프에게 작은 소리로 속삭였다.

"저기, 제 집으로 옮겨 주세요! 여기서 멀지 않아요! 그리로 옮겨 주세요!" 소냐가 다급하게 소리쳤다. 관리와 경찰을 비롯해서 사람들이 쓰러진 그녀를 소냐의 집으로 옮기기 시작했다. 소냐의 방문 앞에는 사람들이 모여들었는데, 그 중에는 스비드리가일로프도 있었다. 라스콜니코프는 갑자기 나타난 그의 모습을 보고 놀라지 않을 수 없었다.

침대에 누운 카테리나 이바노브나는 정신을 차린 뒤 주위를 두리번거렸다.

"네가 이런 곳에서 살고 있었구나, 소냐! 한 번도 와본 적이 없었는데 이렇게 오게 되다니... 소냐, 이 아이들을 부탁한다... 나는 이제 끝이야!" 카테리나 이바노브나는 괴로워하면서 노래를 불렀다. 그녀는 다시 소냐를 불렀다.

"소냐, 이 어여쁜 것, 너 여기 있니?"

사람들은 다시 그녀를 일으켰다.

"이제 됐어...! 때가 됐어...! 잘 있어라, 불쌍한 것! 여윈 말을 너무 부려먹었어...! 녹초가 됐어...!"

그녀는 그렇게 정신을 잃었으나 이내 경련을 일으키더니

곧 숨을 거두었다. 소냐는 그녀의 가슴에 얼굴을 묻고 하염없는 눈물을 쏟았다가 기절을 하고 말았다. 아이들은 영문을 모른 채 두리번거리다가 비명을 지르며 울기 시작했다.

"로지온 로마니치, 당신에게 할 말이 있습니다." 어느새 스비드리가일로프가 라스콜니코프에게 다가와 말을 건넸다.

"부인의 장례비용은 제가 책임지도록 하겠습니다. 말씀드린 바와 같이 저한테는 필요 없는 돈이 있으니까요. 저 아이들은 시설 좋은 고아원에 맡기고 성인이 될 때까지 한 사람 앞에 1천5백 루블씩 기부를 하겠습니다. 소냐도 한결 마음이 놓이겠지요. 어떻습니까? 자, 그럼 당신은 두냐 양에게 만 루블을 이렇게 쓸 예정이라고 전해주시겠습니까?"

"무슨 생각으로 그런 선행을 베푸시는 거지요?" 라스콜니코프가 물었다.

"당신은 상당히 의심이 많은 분이군요. 말하지 않았습니까, 이 돈은 내게 쓸모없는 돈이라고 말입니다. 저기 세상을 떠난 저 여인은 고리대금업자 노파 같은 이는 아니지 않습니까. 루쥔이 살아서 계속 비열한 짓을 하게 내버려둬야 하겠습니까, 아니면 저기 저 여인이 죽어야 하겠습니까? 내가 도움의 손길을 내밀지 않는다면 폴랴도 같은 길을 가겠지요..." 그는 라스콜니코프가 소냐에게 했던 말을 그대로 따라 했다. 라스콜니코프는 그런 스비드리가일로프의 얼굴을 보면서 소름이 돋는 것을 느꼈다.

"당신이... 당신이 그걸 어떻게 알고 있는 거요?"

"로지온 로마니치, 나는 당신한테 꽤 관심이 많습니다. 내가 전에 말하지 않았습니까, 우린 친한 사이가 될 거라고요. 내가 얼마나 원만한 사람인지 곧 알게 될 겁니다."

심문

  라스콜니코프는 며칠 동안을 우울하고 고독하게 보냈다. 의식이 혼미했고 시간을 혼동하기도 했으며 불안과 두려움에 시달리기도 했다. 무엇보다도 그를 불안하게 만드는 사람은 스비드리가일로프였다. 카테리나 이바노브나가 죽던 날 스비드리가일로프가 자신에게 했던 말을 들은 직후부터 라스콜니코프의 평정심은 여지없이 깨져 버렸다. 불안감에 시달리면서 외딴 선술집에 들어가 앉아 있기도 하고, 그러다가도 자신이 어떻게 해서 그곳에 오게 됐는지를 깨닫지 못하는 경우도 허다했다. 하지만 그 순간에도 스비드리가일로프에 대한 생각은 머릿속에서 떠나지 않았다. 어떻게 해서든 그를 만나서 모종의 결판을 내야 한다는 생각뿐이었다. 라스콜니코프는 카테리나 이바노브나가 죽은 직후 소냐의 방에서 스비드리가일로프를 두 번 만나기도 했다. 스비드리가일로프는 특별한 이유도 없이 소냐의 방에 들렀지만 그들은 의례적인 말만 주고받았을 뿐 정작 자신들의 중요한 문제에 대해서는 대화를 나누지 않았다. 스비드리가일로프는 최근에 라스콜니코프를 만난 자리에서 소냐의 동생들을 적당한 고아원에 맡겼다는 사실을 알렸다. 그는 또 소냐에게도 뭔가 말할 것이 있다면서 조만간 라스콜니코프에게 들르겠다는 말을 했다.

라스콜니코프가 소냐의 방으로 갔을 때는 추모 미사가 준비 중이었다. 하루에 두 번 진행되는 이 미사는 스비드리가일로프의 주문에 의한 것이었다. 소냐는 어린 동생들과 함께 관 옆에서 기도를 드리며 흐느끼고 있었다. 미사가 끝난 후 소냐는 라스콜니코프를 보고 다가가 그의 손을 잡고 어깨에 머리를 기대었다. 라스콜니코프는 소냐의 뜻밖의 행동에 깜짝 놀랐다. 그녀의 행동 속에는 자신을 향한 그 어떤 반감이나 혐오감이 느껴지지 않았다. 그는 혼자 있는 시간에도 외로움을 느끼지 않았다. 그러나 외딴 곳을 거닐면 거닐수록 그는 누군가 곁에서 지켜보는 불쾌한 느낌이 들었다. '차라리 싸우는 게 낫겠어! 포르피리든지 아니면 스비드리가일로프든지… 그 누구라도 싸워서 결판을 내야겠어!' 술집을 돌아다니다가 정처 없이 길을 걷던 그는 노숙을 하고 새벽녘에 집에 돌아왔지만 다시 잠에 빠져 오후에 눈을 떴다. 마침 그날이 카테리나 이바노브나의 장례식이라는 것이 기억났다. 나스타시야가 그에게 음식을 갖다 주자 식욕을 느낀 그는 정신없이 식사를 해치웠다. 그때 라주미힌이 방에 들어왔다.

"잘 먹는 걸 보니 이제 아프지 않은 것 같구나!" 라주미힌은 뭔가 불만 섞인 표정이었지만 처음부터 드러내놓고 말을 하지는 않았다.

"네가 무슨 일을 하든지 간에 난 이제 너를 이해하기도 쉽지 않으니 더 이상 네 일에 관여하고 싶은 생각이 없어. 하지만 네 어머니와 누이동생에 대한 일 만큼은 도저히 이해할 수가 없어. 어제 네 어머니하고 누이동생과 함께 여기 네 방에 왔어. 몸도 아프고, 혼자서 고생하고 있는 줄 알고 찾아오셨건만 너는 없더구나. 어머니는 10분 정도 앉아 계시다가 일어나셨어. '이렇게 밖에 나다니는 걸 보니 몸은 괜찮은가 보구나. 어미를 잊어버린 거겠지. 어미가 자식한테 사랑을 구걸하는 것도 부끄럽구나. 자신의 사람을 위한 시간은 있겠지.' 이렇게 말씀하시고는 집에 돌아가서서 앓아누우셨어. 어머니께서 말씀하시는 자신의 사람은 소피야 세묘노브나를 말하는 거야. 그 여자가 네 약혼녀인지, 아니면 정부인지는 난 모르겠지만 하여튼 그래서 소냐를 찾아갔지. 그랬더니 관이 놓여 있고 아이들은 울고 있더라. 너는 거기에 없었고. 그런데 이제 와서 다시 보니 넌 여기서 잘도 먹고 있네. 둘 사이에 어떤 비밀이 있는지는 모르겠지만 난 너한테 실컷 욕이라도 해주려고 왔어."

"그래서 이젠 어떻게 할 건데?"

"내가 뭘 하든 너랑 무슨 상관이야?"

"술이라도 퍼 마실 생각이구나."

"어? 그걸 어떻게 알았지?"

"내가 너를 모를까... 사흘 전 쯤 누이동생에게 네 얘기를 했었어."

"나에 대해서?" 라주미힌의 얼굴빛이 달라졌다.

"응. 두냐가 이곳에 왔었어. 그래서 네 얘기를 했지."

"무슨... 얘기를 했는데?"

"넌 좋은 녀석이고, 성실한 사람이라고 했지. 네가 두냐를 사랑한다고 말하지는 않았어. 동생도 이미 알고 있을 테니까."

"두냐도 알고 있다고?"

"그럼! 내가 어디론가 떠나거나 혹시 나한테 무슨 일이 생기면 네가 내 어머니와 동생을 보살펴 줘. 내가 이 말을 하는 이유는 네가 두냐를 사랑하는 걸 알고 있기 때문이야. 두냐도 너를 사랑하겠지."

"로쟈... 아아, 참. 에잇, 빌어먹을! 그런데 넌 어딜 간다는 거야? 네가 말을 안 해도 내가 어떻게 해서든 알아내겠어. 아무튼 넌 정말 괜찮은 놈이야! 정말 좋은 놈이야! 그건 그렇고, 두냐가 너한테 들르곤 한단 말이었구나. 오늘 두냐가 편지 한 통을 받았다는데, 굉장히 걱정하는 눈치였어."

"편지라고?"

"응. 그건 그렇고, 그 노파 살인사건 말이야. 범인이 잡혔어. 내가 그때 그렇게 변호했었던 칠장이가 범행을 자백했다던데. 계단에서 싸움을 한 것도 모두 계산에 넣고 한 거라고 그랬대. 초보자인 줄 알았는데 완전히 속았지 뭐야!"

"그 얘긴 어디서 들었지?" 라스콜니코프는 흥분해서 물었다.

"포르피리한테서 들었어. 범인에 대해서 심리학을 곁들여 가면서 설명하던데."

"포르피리가 직접 설명을 했다고?"

"그랬다니까! 자, 그럼 난 이만 갈게!" 라주미힌은 밖으로 나갔다. 라스콜니코프는 라주미힌이 밖으로 나가자마자 새로운 힘이 샘솟는 것 같았다.

'그래, 다시 싸워보는 거야. 출구가 보이는군! 포르피리의 집무실에서 니콜라이가 소동을 벌인 그날 소냐에게 가서 그 꼴을 보였던 거야... 갑자기 나약해졌었지! 그런데 스비드리가일로프는 어떻게 하지? 스비드리가일로프 때문에 불안하단 말이야... 포르피리는 대체 어떻게 된 거지? 니콜라이가 그 소동을 벌이고 자백을 했다고 해서 포르피리가 그걸 액면 그대로 믿을 리는 없지 않은가?' 그는 모자를 손에 쥐고 방을 서성거리면서 생각에 잠겼다. '스비드리가일로프와 어떤 식으로든 문제를 해결해야겠어.' 이렇게 생각한 그는 밖으로 나가기 위해 방문을 열었으나 마침 거기엔 뜻밖에 포르피리가 서 있었다. 라스콜니코프는 몸이 그대로 뻣뻣해지는 것을 느꼈지만 곧 아무렇지도 않은 것처럼 무심히 포르피리를 쳐다보았다.

"이거, 제가 갑자기 찾아오리라고는 생각하시지 못한 것 같군요, 로지온 로마니치." 포르피리는 큰 소리로 웃으면서 방에 들어왔다.

"우연히 근처를 지나는 길에 잠시 들렀습니다."

그는 담배를 피우면서 건강이 좋지 않다는 등 특유의 넉살을 늘어놓으면서 얘기하기 시작했다.

"지난번에는 저희가 좀 이상하게 헤어졌습니다, 그렇지요? 당신도 상당히 예민했었고, 저 역시 몸을 떨고, 하여간 뭔가 뒤죽박죽이 돼버렸어요... 자, 이제 저는 우리가 좀 더 솔직해질 필요가 있다고 봅니다. 그때 니콜라이가 나타나서 자백을 하지 않았더라면 어떻게 되었을까요? 그 빌어먹을 직공은 그때 내 방문 뒤에 대기하고 있었습니다. 당신도 이미 알고 계시겠지요. 그 직공이 당신에게 다녀간 것도 알고 있습니다. 물론 저도 그때는 뜻밖의 상황에 당황했습니다. 당신은 상당히 예민하고 외부 환경에 민감하게 반응하는 편이에요. 사람이 모든 진실을 갑자기 털어놓는 일은 흔치 않지요. 그래서 저는 무엇보다 당신의 성격에 일말의 기대를 하고 있습니다."

"당신은 왜 그런 얘기를 저한테 하는 거지요?"

"제가 그때 얼마나 정신이 혼란스러웠는지를 얘기하고 또 해명하기 위해서입니다. 당신은 정말 우울하긴 하지만 자존심 강하고 또 고결한 사람입니다. 난 당신을 알고 난 다음부터 당신이 좋아졌어요. 당신은 처음부터 저를 좋아하지 않았겠지만 말입니다. 이렇게 말한 이상 더 솔직히 말하지요. 난 처음부터 이 사건의 범인을 당신이라고 생각했습니다. 저당 잡힌 물건들에 적힌 노파의 메모 때문만은 아닙니다. 게다가 당신은 경찰서에서 기절까지 했어요. 이런 일들이 하나둘 발생했을 때 마침 잡지에 실렸던 당신 논문이 생각났습니다. 자존감 강하고 진지하며 감수성까지 풍부한 당신이 쓴 그 논문에는 당신의 고난과 억눌린 열정이 고스란히 담겨 있었습니다. 비록 당신의 주장이 비현실적인 공상에 불과하더라도 당신의 기백과 용기를 엿볼 수 있었지요. 그래서 '이 사람은 보통 사람이 아니구나.'라고 생각하면서 그때 당신의 논문을 따로 간직해 두었습니다. 제가 당신의 집을 수색한 것도 그런 이유에서였습니다. 당신이 여기에 누워서 정신을 잃었을 때였지요. 행여 범죄의 흔적이라도 찾을 수 있지 않을까 하는 생각에 샅샅이 뒤졌습니다만 찾지를 못했습니다. 또한 당신의 분노는 자묘토프와 술집에서 얘기를 나눌 때도 그대로 표출되었지요. '내가 죽였다면 어떻게 하겠느냐'고 직설적으로 반문했다지요. 그 얘기를 듣고서 당신이 정말 범인이라면 보통 내기는 아니라는 생각을 하게 됐습니다. 그래서 또 생각했습니다. 이 사람은 머지않아 제 발로 나를 찾아올 것이라고요. 예상은 틀리지 않았습니다. 라주미힌과 장난치면서 호탕하게 웃으며 들어왔었지요? 저는 당신 속내를 훤히 들여다보고 있었습니다. 그때 당신의 웃음이 뭘 의미하는 것인지를 말이지요. 당신은 또... 아! 돌 얘기도 했었지요, 자묘토프에게 말입니다. 게다가 당신은 한밤중에 그 건물에 가서 초인종 줄까지 잡아당겼습니다. 그 얘기를 듣자마자 전 온몸에 전율을 느꼈습니다. 그때 그 직공이 당신 면전에서 '네가 살인자야!'라고 말한 그 순간 단 한 마디도 하지 못했던 당신의 얼굴을 직접 볼 수만 있었다면 난 기꺼이 내 돈 1천 루블이라도 지불했을 겁니다. 자, 어떻습니까? 이 모든 일이 그저 정신이 혼미한 상태에서 일어난 우연이라고 말씀하시겠습니까?"

"조금 전에 라주미힌 얘기로는 당신이 니콜라이를 범인으로 보고 있다고 하던데..." 그는 흥분한 나머지 말을 끝까지 하지 못했다.

"아아, 라주미힌은 신경 쓰지 맙시다! 헤헤헤! 라주미힌이 여기서 무슨 상관입니까? 니콜라이에 대해서 궁금한 겁니까? 니콜라이는 순진한 공상에 빠진 철부지예요. 그 녀석이 분리파 교도라는 걸 아십니까? 예전에는 종교생활을 정말 열심히 했더군요. 어떤 노인 밑에서 수도생활까지 하면서 기도와 성경 읽기를 게을리 하지 않았답니다. 그런데 페테르부르크로 온 뒤로 이곳 생활이 그에게 영향을 많이 끼쳤습니다. 여자와 술 문제를 얘기하는 거지요. 그런데 그렇게 방탕한 생활을 하던 중에 이런 살인사건이 터진 겁니다. 재판을 받게 된다는 소리에 겁을 집어 먹었고, 감옥에 들어간 뒤로는 예전 생활이 떠올랐겠지요. 종교적 수행을 인도했던 그 노인도, 성경을 열심히 읽었던 당시 경건한 생활도 모두 생각났을 겁니다. 그런 사람들한테 있어서 '고난을 당한다'는 말은, 고난을 그냥 있는 그대로 받아들인다는 뜻입니다. 저는 니콜라이도 그냥 고난을 받아들이고 있는 것으로 이해하고 있습니다. 당신은 그 녀석이 얼마나 그렇게 지낼 수 있을 것으로 보십니까? 난 그 녀석이 곧 자신의 자백을 번복할 것으로 보고 있습니다. 사건의 범인은 단호한 결심 끝에 범행을 저질렀지만, 당황한 나머지 문을 걸어 잠그는 것도 잊어버렸고, 훔친 물건을 돌 밑에 감춘 다음 사용하지도 않았습니다. 그것만으로도 부족해서 나중에 범행현장에 가서 초인종 줄을 잡아당기기도 했지요. 과연 이걸 니콜라이가 했다고 보십니까? 아닙니다, 이건 니콜라이가 한 게 아니에요!" 라스콜니코프는 몸을 떨면서 포르피리를 쳐다보았다.

"그럼... 대체 누가... 죽인 겁니까?"

"누가 죽였느냐고요? 당신이 죽였지요... 바로 당신이 죽였습니다!" 포르피리는 확신에 찬 어조로 속삭이듯 말했다.

"난 죽이지 않았습니다." 라스콜니코프가 말했다.

"아니, 당신이 죽인 게 맞습니다. 다른 사람은 그렇게 할 수 없어요. 난 확신하고 있습니다." 포르피리는 단호한 어조로 말했다.

"그렇다면 왜 나를 체포하지 않는 겁니까?"

"난 아까 말했듯이 여기에 해명을 하러 온 거고, 또 당신한테 자수를 권하러 왔습니다. 그게 당신한테도 감형이라든지 여러 가지로 유리한 건 분명하니까요. 당신이 솔직하게 자백하기만 하면 당신을 정신이상으로 판단해서 상당한 감형이 이뤄질지도 모릅니다. 난 내가 한 말에 대해서는 책임을 지는 사람입니다."

라스콜니코프는 고개를 숙이고 한동안 말이 없었다. 이윽고 그는 슬픈 미소를 지으며 입을 열었다.

"난 감형 따위는 필요 없습니다."

"아아, 제가 두려워했던 게 바로 당신의 그런 태도였습니다." 포르피리가 흥분해서 외쳤다.

"당신이 그렇게 나올 것 같아서 그걸 염려했었습니다. 젊은 분이 감형이 필요 없다니 이 무슨 터무니없는 말씀입니까. 당신은 진작부터 공기를 바꿔야 했어요. 공기... 고난을 감수하시지요."

"언제 나를 체포할 생각인가요?"

"하루나 이틀 정도 더 시간을 드리겠습니다. 하느님께 기도하십시오."

"내가 도망이라도 가면 어떻게 하시겠습니까?"

"당신은 도망가지 않을 겁니다. 도망을 가서 뭘 어떻게 하겠습니까? 도망을 가도 당신은 곧 돌아올 겁니다."

라스콜니코프는 모자를 들고 자리에서 일어났다.

"난 지금 당신에게 자백한 게 없습니다. 내가 당신한테서 인정한 것이라곤 하나도 없다는 걸 기억하기 바랍니다."

"네, 알고 있습니다. 잘 알고 있어요. 다만 노파심에서 하는 말인데... 자신의 몸에 손을 대는 일 같은 것은 하지 말기 바랍니다. 그리고 사실 관계를 정확히 적어서 짤막한 메모라도 한 장 남겨주시면 감사하겠습니다. 그럼, 이만 물러가지요!"

라스콜니코프는 창가를 통해 포르피리가 멀리 사라지는 것을 초조하게 지켜보았다. 그리고 그도 서둘러 방을 나섰다.

알려지지 않은 과거

라스콜니코프는 스비드리가일로프를 찾아 발걸음을 옮기고 있었다. 길을 걷는 도중에도 그를 괴롭혔던 것은 한 가지 생각이었다. 스비드리가일로프가 포르피리를 찾아가서 자신의 얘기를 한 것은 아닌지에 대한 두려움이었다. 하지만 그렇게 했을 것 같지는 않았다. 그러나 앞으로도 그가 포르피리에게 가지 않으리라는 보장은 없었다. 스비드리가일로프는 카테리나 이바노브나의 자식들을 위해서 선행을 베풀고 있지만 거기에 무슨 목적이 있는지에 대해서는 알 길이 없었다. 만에 하나 스비드리가일로프가 자신에 대한 비밀을 무기로 두냐를 괴롭힐지도 모르는 일이었다. 그렇다면 무엇보다 먼저 두냐에게 모든 사실을 알려야만 했다. 게다가 두냐가 오늘 어떤 편지를 받았다는 얘기까지 떠올라 라스콜니코프의 심정은 착잡하기만 했다.

그는 막 센나야 광장을 지나서 **대로에 들어섰다. **대로 왼쪽에 있는 건물들은 주로 식당이었다. 라스콜니코프는 거기서 한쪽 끝에 있는 식당 2층 창가에 앉아 있는 스비드리가일로프를 발견했다. 스비드리가일로프는 라스콜니코프가 눈치 채기 전에 슬그머니 자리에서 일어나려고 했으나 라스콜니코프와 눈이 마주치자 교활한 미소를 지으며 올라오라고 큰 소리로 외쳤다. 그는 식당으로 들어섰다. 스비드리가일로프의 테이블에는 샴페인 한 병이 놓여 있었다.

"조금 전에 왜 내 눈을 피해 자리에서 일어나려고 한 겁니까?" 라스콜니코프가 물었다.

"그러면 당신은 내가 당신 집을 방문했을 때 나를 봤으면서도 왜 자는 척 하고 있었습니까?" 스비드리가일로프의 반문에 별 다른 대답을 하지 못한 라스콜니코프는 스비드리가일로프의 얼굴을 자세히 쳐다보았다. 푸른 눈동자에 붉은 입술, 숱이 풍성한 금발머리에 구레나룻이 있는 그는 혈색이 좋아 보였으며, 나이에 비해 상당히 젊어 보이는 그는 멋진 여름 정장을 입고 있었다. 그가 입을 열었다.

"당신은 내가 어떤 목적을 갖고 있다고 의심하고 있군요. 이해는 합니다."

"당신은 왜 내 뒤를 따라다니는 거지요?"

"나는 다만 당신이 처한 상황이 마음에 들었던 것뿐입니다. 당신은 나를 사로잡았던 여성의 오빠이기 때문입니다. 당신은 당신 나름대로 나에게 무슨 할 말이 있어서 온 게 아닙니까, 안 그렇습니까?"

"당신은 대체 누구고, 이곳엔 왜 온 겁니까?"

"내가 누구인지는 당신도 이미 잘 알고 있지 않습니까? 난 귀족 출신으로 2년 동안 기병대에서 근무했고, 그 다음엔 이곳 페테르부르크에서 배회하다가 마르파 페트로브나와 결혼해서 시골에서 줄곧 지냈습니다."

"도박꾼이었던 것 같은데요?"

"내가 무슨 도박꾼입니까? 도박꾼이 아니라 사기꾼이지요."

"사기꾼이란 말입니까?"

"그런 셈이죠. 내가 이곳에 온 것은 여자 때문입니다."

"부인의 장례를 치르자마자 여기 온다는 겁니까?"

"그게 뭐가 어떻다는 겁니까? 내가 여성에 대해서 이렇게 말하는 것 자체가 나쁜 건가요?"

"나쁘게 보고 있습니다. 그럼 음탕한 삶이 나쁘지 않단 말인가요?"

"음탕한 삶이라고 말씀하셨습니까? 무슨 말을 그렇게까지 하십니까! 하지만 솔직히 내가 왜 절제를 해야 합니까? 여자를 좋아하는 내가 왜 여자를 버려야 하지요?"

"당신은 그렇다면 음탕한 삶에만 기대를 걸고 있다는 말인가요?"

"뭐, 음탕한 삶을 기대하고 있다고 해둡시다! 하지만 그건 본성에 관한 일입니다. 이게 없으면 자살하는 것 말고는 방법이 없겠지요."

"그럼 당신은 자살할 수도 있다는 뜻입니까?"

"아, 이것 보세요! 그런 말씀은 하지 마세요. 난 죽음이 두렵고 죽음에 대해서 말하는 것도 싫은 사람입니다. 내가 신비주의자인 걸 모르십니까?"

스비드리가일로프는 자신의 얘기에 혐오를 느끼는 라스콜니코프에게 두냐에 대한 이야기를 하기 시작했다.

"당신이 들으셨는지 모르겠지만 나는 한때 크게 빚을 지고 감옥에서 수감 생활을 하고 있었습니다. 마르파 페트로브나의 보증이 없었다면 풀려날 수도 없었지요. 그녀는 정직하고 한편으론 질투심이 많기는 했지만 나와 일종의 계약을 체결하고 결혼했습니다. 나보다 나이도 훨씬 많았고, 입에서는 늘 자극적인 약 냄새가 나는 여자였지요. 난 물론 그녀에게 전적으로 충실할 수는 없다고 미리 선언을 하기는 했습니다. 그리하여 계약은, 예를 들자면 이혼을 하지 않고 끝까지 그녀 곁에 남아 있어야 하고, 고정된 정부를 갖지 않는 대신 몸종을 건드리는 건 허락해주겠다는 식이었습니다. 마르파 페트로브나는 나를 음탕한 한량 정도로만 생각해서 진정한 사랑은 할 줄 모르는 인간으로 생각했던 겁니다. 그런 아내가 두냐처럼 아름다운 여성을 가정교사로 집에 들인 건 실수였습니다. 아브도티야 로마노브나는 정말 순결한 여성이고, 자신 앞에 그 어떤 고난이 닥치더라도 그것을 묵묵히 참고 견뎌낼 여성입니다. 로지온 로마니치, 당신의 누이의 눈동자가 얼마나 아름답게 빛나는지 아십니까! 진심으로 하는 말이지만 그녀의 눈동자는 꿈에서도 나타납니다. 난 그녀의 옷깃 스치는 소리만 들어도 이젠 참을 수 없는 지경에 이르렀습니다. 그녀가 내게 대해 품고 있는 경계심을 어떻게든 풀어야만 했습니다. 나는 가난하기 이를 데 없는 두냐에게 당시 내가 갖고 있던 돈 전부를 주기로 했습니다. 3천 루블이었지요. 나와 함께 페테르부르크로 도망가자고 말입니다. 난 그녀를 영원히 사랑하고 행복하게 해주겠다고 맹세했습니다. 만약 그녀가 마르파 페트로브나를 죽이거나 독살하라고 말했다면 나는 그 즉시 그렇게 했을지도 모릅니다! 하지만 곧 마르파 페트로브나가 루쥔이라는 작자를 데려와서 두냐와 결혼을 시키려고 했습니다. 그때 내가 얼마나 분노에 치를 떨었는지 당신은 상상도 못할 겁니다..."

스비드리가일로프는 주먹으로 탁자를 내리쳤다.

"결국 당신은 내 누이동생 때문에 이곳에 온 게 틀림없군요!"

"그만 하시지요. 어차피 두냐는 나를 증오하고 있지 않습니까?"

"당신은 지금 두냐에 대해서 모종의 음모를 꾸미고 있는 게 분명한 것 같은데요?"

"다 의미 없는 말입니다. 당신은 내가 결혼한다는 걸 아십니까?"

"전에 그 얘기를 했었지요."

"그랬었나요? 곧 한 달이 지나면 열여섯 살이 되는 아가씨를 얼마 전에 소개받은 일이 있습니다. 저는 저 자신을 아내와 사별한 지주이고, 나름 고귀한 집안 출신으로 재산도 어느 정도 있다고 소개를 했습니다. 나는 쉰 살이고 그 아가씨는 열여섯도 안 되었지만 못할 게 뭐가 있겠습니까? 안 그렇습니까? 짧은 치마를 입고 얼굴을 붉히는, 정말 어리고 매혹적인 아가씨입니다. 우리는 서로 인사를 나눈 뒤 집안 사정 등으로 인해서 결혼을 서둘러야 한다고 말했습니다. 사흘 뒤에 우리는 약혼식을 올렸지요. 그때부터 내가 그 집에 가면 난 그 처녀를 내 무릎에 앉히고 내려놓지를 않았습니다. 물론 키스를 계속했지요. 그 처녀의 어머니는 남편 될 사람이니까 그렇게 하는 것이라고 미리 딸에게 교육을 시켜 놓은 상태였습니다. 이보다 더 좋을 수가 없습니다. 굉장하지 않습니까? 그 처녀는 총명해 보이는 얼굴로 가끔 나를 몰래 쳐다보기도 했습니다. 시스티나 마돈나의 환상적인 얼굴과 비애에 가득 찬 바보 성자의 얼굴이 떠오르더군요. 약혼식을 올리자마자 그 다음날 나는 다이아몬드 액세서리와 진주를 포함해서 1천5백 루블 어치의 선물을 싸들고 갔습니다. 처녀는 나를 두 팔로 껴안고 키스하면서 제게 순종하겠다고, 저를 행복하게 해주겠다고, 저를 위해 모든 것을 희생하겠다고 하더군요. 어떻습니까? 매혹적이지요? 제 얘기를 듣기만 해도 매혹적이지 않습니까?"

"당신한테는 정욕 말고는 보이는 게 없는 것 같군요. 정말 그런 결혼을 하겠다는 겁니까?"

"뭐가 문제입니까? 당신은 또 왜 그렇게 도덕만 앞세우는 거지요? 마르파 페트로브나와 함께 시골구석에서 지낼 때에 알 만한 사람들만 알 수 있는 은밀한 장소와 비밀 공간을 내가 얼마나 그리워했는지 모를 겁니다. 이 도시에서 서민들은 술에 취해 있고, 젊은 지식인들은 도달할 수 없는 환상 속에서 소외된 채 왜곡된 이론의 희생양이 되고 있으며, 유대인이나 구두쇠들은 어디론가 몰려가서 돈을 감추고, 다른 사람들은 퇴폐적인 삶에 빠지지요. 이 도시는 처음부터 나한테 그렇게 익숙했습니다. 당신은 아닌가요?"

"그만하세요. 더럽고 저속한 얘기들은 이제 그만 집어 치우세요. 당신은 정말 저급한 인간이군요!"

"당신과 더 많은 얘기를 나누지 못한 게 아쉽군요. 자, 여기서 이만 헤어져야 할 것 같은데요. 당신은 오른쪽으로 가고, 나는 왼쪽으로 가는 겁니다. 그럼 다음에 봅시다!"

스비드리가일로프는 센나야 광장 방향으로 나 있는 오른쪽 길로 접어들었다.

계획과 선택

라스콜니코프는 스비드리가일로프의 뒤를 따라 발걸음을 옮겼다. 스비드리가일로프는 그를 돌아보면서 말했다.

"지금 뭐 하는 겁니까?"

"당신 곁을 떠날 생각이 없어서 그렇습니다. 당신이 지금 한 말도 그렇고, 당신은 여전히 내 동생에 대해서 음모를 꾸미고 있는 게 틀림없어요. 게다가 오늘 내 동생이 편지를 받고 불안해한다고 하더군요. 난 당신을 좀 확인할 필요가 있어요."

"정 그렇다면야... 난 지금 집에 들러서 돈을 가지고 갈 겁니다. 당신은 어디까지 나를 따라오겠다는 겁니까?"

"우선 당신 집으로 가지요. 거기서 소냐한테 들러서 장례식에 참석하지 못해서 미안하다는 말을 해야 하니까요."

"좋을 대로 하시지요. 하지만 소냐는 지금 집에 없습니다. 내가 미리 얘기해 둔 고아원의 원장을 만나러 갔으니까요."

"난 그래도 들을 테니 상관하지 마시지요."

"마음대로 하세요. 나에 대해 근거 없는 의심은 거두고, 신중하게 처신하는 게 좋을 것 같군요."

"그래서 당신은 문 밖에서 엿들었나요?"

"아, 그거요! 하긴 그 일이 있고 난 다음에 당신이 그 얘기를 하지 않는다면 오히려 그게 더 이상했겠지요!"

"당신은 아무것도 듣지 못했어. 당신은 거짓말만 하고 있어!"

"아니, 그 무슨 말씀이십니까. 계속 그런 말씀만 하시려거든 경찰서에 출두해서 범행을 자백하시지요. 노파를 그렇게 죽여도 된다고 지금도 그렇게 확신한다면 어디 미국으로라도 가세요, 도망을 치는 겁니다. 아직은 시간이 있으니까요. 이건 진심에서 하는 얘기입니다. 돈이 없다면 제가 여비를 드리지요."

"그럴 생각은 추호도 없으니 걱정 마시지요."

"자, 이제 다 왔습니다. 소냐는 지금 집에 없군요. 그럼 저곳이 내 방입니다. 난 여기서 채권을 꺼내서 환전을 할 생각입니다. 더 시간 낭비할 필요는 없겠지요. 저는 마차를 타고 가야 합니다. 같이 가시겠습니까?"

밖으로 나온 스비드리가일로프는 곧 마차에 앉았다. 라스콜니코프는 센나야 광장 방향으로 발길을 돌렸다. 그가 만약 도중에 고개를 한번이라도 돌려서 보았다면 스비드리가일로프가 마차에서 곧 내리는 것을 볼 수 있었을 것이다.

하지만 라스콜니코프는 아무것도 보지 못하고 골목에 들어섰다. 깊은 생각에 잠겨 정처 없이 길을 걷던 라스콜니코프는 다리 위에서 서서 흐르는 강물을 하염없이 바라보았다. 생각에 잠긴 그는 다리 끝에 있는 두냐를 보지도 못했다. 두냐는 그런 오빠를 보고 어떻게 해야 할지를 몰라 망설이고 있었다. 그러던 중에 그녀는 센나야 광장 쪽에서 다가오고 있는 스비드리가일로프를 보았다. 그는 오빠를 부르지 말고 자신에게 오라고 손짓을 하고 있었다. 두냐는 그렇게 조용히 오빠 옆을 지나쳐서 스비드리가일로프에게 갔다.

"어서 갑시다. 우리가 만나는 걸 로지온 로마니치가 안 보는 게 좋을 것 같소." 스비드리가일로프가 두냐에게 속삭였다.

"자, 이제 골목을 돌았으니 모든 걸 말해주세요." 두냐가 분명히 말했다.

"여기에선 말을 할 수 없습니다. 내 방에 가서 보여줄 증거물도 있으니 내 방으로 가시지요. 그걸 거부한다면 당신이 사랑하는 오빠의 비밀은 내 손 안에 있게 된다는 점을 명심하기 바랍니다."

두냐는 스비드리가일로프를 뚫어지게 노려보았다.

"뭐가 그리 두려워서 그런 표정을 짓습니까. 그 건물엔 소냐도 같이 있습니다."

"당신은 양심이라곤 없는 사람이지만 두렵지는 않아요. 앞서 가세요." 그녀는 평정심을 갖고 말했지만 안색은 창백했다.

스비드리가일로프는 건물로 들어가 소냐의 방 앞에 잠시 섰다.

"소냐는 방에 없군요. 하지만 고아원 문제로 잠시 외출한 것일 테니 곧 돌아올 겁니다. 그럼, 이곳이 제가 머무는 곳입니다. 난 바로 저쪽 문을 통해서 소냐와 로지온 로마니치가 나누는 대화를 엿들었습니다."

"엿들었다고요?"

"네, 사실입니다."

스비드리가일로프는 두냐를 응접실로 사용하는 방으로 안내했다. 그녀의 얼굴엔 괴로운 기색이 역력했다.

"이게 당신이 쓴 편지예요. 당신은 마치 오빠가 큰 범죄를 저지른 것처럼 암시하고 있던데, 난 당신 말을 믿을 수 없어요! 믿을 수 없다고요!" 두냐는 흥분해서 소리쳤다.

"그 편지 내용을 믿을 수 없었다면 당신은 무엇 때문에 나한테 온 겁니까? 무엇 때문에 여기까지 왔느냐 이겁니다."

"그만 괴롭히고 어서 말하세요!"

"당신은 정말 용감한 여성입니다. 난 당신이 라주미힌이라도 같이 대동하고 나올 줄 알았습니다. 그런데 혼자 왔어요. 그렇게까지 오빠를 아끼고 있다는 뜻이겠지요. 당신 오빠는 소냐에게 모든 걸 고백했습니다. 당신 오빠는 고리대금업자 노파를 도끼로 살해하고 여동생 리자베타까지 죽였

습니다. 그리고 돈과 여러 가지 물건을 훔쳤어요. 이 비밀을
알고 있는 사람은 소냐뿐입니다. 하지만 소냐는 이 사실을
고발하거나 하지는 않을 테니 걱정하지 마세요."

"믿을 수 없어요! 믿을 수 없어! 오빠가 그런 짓을 할 이
유가 없어요!" 두냐는 흥분했다.

"도둑질을 했습니다. 그게 원인입니다. 돈과 물건들을 훔
친 다음에 어딘가 돌 아래에 숨겨 놓았다고 했습니다. 사용
하지도 않고 말이지요. 당신 오빠는 소냐에게 그 이유를 다
설명했습니다."

"무슨 이유 때문이라는 거예요?"

"아아, 당신의 오빠는 어떤 이론을 신봉하고 있더군요.
목적이 정당하다면 악행은 허용될 수 있다는 거지요. 그토
록 자존감 강한 젊은이가 3천 루블의 돈만 있으면 출세할
수 있고 인생이 바뀔 수 있는데, 그 돈이 없다면 얼마나 분
하겠습니까? 게다가 좁은 하숙방, 누더기나 다름없는 옷,
어머니와 누이동생이 처한 상황 등 모든 정황이 오빠를 그
렇게 만들었는지도 모르지요. 당신의 오빠는 나폴레옹한테
심취해 있었어요. 역사상 수많은 위인들이 피를 흘리는 악
행을 감수하면서 앞으로 나아갔다는 사실에 끌린 겁니다.
그런데 당신 오빠는 이론은 만들어냈지만 정작 그 한계를
뛰어넘지 못해 괴로워하고 있습니다."

"난 오빠의 이론을 알아요. 라주미힌이 오빠의 논문을

갖다 주었어요... 소냐를 만나고 싶어요." 두냐는 힘없이 말했다.

"그녀의 방으로 가려면 어디로 가야 하지요?"

"소냐는 밤늦게까지 돌아오지 않을 겁니다. 꽤 늦을 것 같군요."

"진정하세요. 우리가 나누는 대화가 건물 전체에 다 들리게 할 수는 없지 않습니까. 어쩌면 아직은 당신 오빠를 구할 수 있을지도 모릅니다. 좀 앉으세요!"

"어떻게 오빠를 구한다는 거지요? 어떻게요?"

"당신한테 모든 게 달려 있습니다." 그는 속삭이듯이 두냐를 바라보며 말했다. 두냐는 몸을 떨고 있었다.

"당신이 한 마디만 하면 내가 구하지요. 나한테는 돈이 있고, 친구들도 있습니다. 내가 당신 오빠의 여권을 마련하고, 당신과 당신 어머니, 그리고 내 여권까지 만들겠습니다. 라주미힌 따위가 무슨 일을 할 수 있겠습니까? 내가 이렇게 당신을 사랑하는데... 난 당신을 사랑합니다. 당신의 옷깃 스치는 소리만 들어도 참을 수가 없습니다. 난 당신이 하라고 말만 하면 그 어떤 일이라도 하겠습니다. 당신이 얼마나 나를 애태우게 하는지..."

두냐는 갑자기 벌떡 일어나서 문 쪽으로 달려갔다.

"문 열어요! 문 좀 열어요!" 그녀는 문에 대고 소리쳤다. 스비드리가일로프의 얼굴엔 비열한 웃음이 엿보였다.

"저쪽 집에는 아무도 없소. 여주인도 없으니 아무리 소리 질러도 어차피 올 사람도 없지."

"이 비열한 인간 같으니! 열쇠는 어디 있지? 문 좀 열어!"

"열쇠는 잃어버렸소."

"아아, 이건 폭력이야!" 두냐는 스비드라가일로프를 노려보았다.

"지금 폭력이라고 했소? 그 말을 누가 믿겠소? 당신은 무슨 일로 지금 혼자 지내는 남성의 집을 방문한 거요? 설령 내가 당신을 폭행한다고 해도 당신은 그걸 증명할 수가 없어요."

두냐는 갑자기 주머니에서 권총을 꺼내서 안전장치를 풀고 탁자에 내려놓았다. 스비드리가일로프는 그것을 보고 자리에서 벌떡 일어났다.

"아니, 그건 내 권총이잖아. 그렇게 찾았건만..."

"아니, 당신 것이 아니라 당신이 죽인 마르파 페트로브나 것이야. 부인 집에 당신 거라고는 아무것도 없었으니까! 한 발자국이라도 움직이면 당신을 죽일 거야!"

"그럼 오빠는 어떻게 할 거요?"

"신고하려면 신고해! 당신은 마르파 페트로브나를 독살했어. 난 당신이 살인자라는 걸 알아!"

"내가 마르파 페트로브나를 죽였다고 생각하는 거요?"

"당신이야! 당신이 나한테 독에 대해서 말한 적이 있어...

당신이 그걸 사러 갔다온 것도 알아.... 당신이야, 당신이 그랬어!"

"만약 그게 사실이라고 해도 그건 당신 때문이었지. 당신이 모든 이유였어."

두냐는 권총을 들었다. 창백한 안색의 그녀는 부들부들 떨면서 스비드리가일로프를 노려보고 있었다. 그는 지금까지 이토록 아름다운 그녀를 본 적이 없었다. 그녀의 눈동자 속에 담긴 증오심이 그의 가슴을 아프게 했다. 그가 한 걸음을 내딛는 순간 총성이 울렸다. 총알은 그의 머리를 스치고 지나가 그대로 벽에 박혔다.

"벌에 쏘인 것 같군. 머리를 조준하다니... 이건 뭐지? 피잖아!" 그는 관자놀이에 흐르는 피를 손수건으로 닦았다.

"잘못 쐈군, 그래. 다시 쏴요. 그렇게 하다간 당신이 안전장치를 풀기도 전에 내가 먼저 당신을 잡을 것 같군!"

두냐는 몸을 떨면서 다시 권총을 들었다.

"제발 나를 내버려둬요! 난 당신을 또 쏠 거야!"

"그래. 거리가 얼마 되지도 않으니. 어서 쏴 보시지..." 그는 두 걸음을 다시 내디뎠다.

두냐는 총을 쏘았으나 불발이었다.

"장전을 잘못 했군. 아직 뇌관이 남아 있으니 다시 해봐요. 기다리겠소."

두냐는 그가 자신을 놓아 줄 바에야 차라리 죽는 길을

택할 거라는 사실을 깨달았다. 그녀는 권총을 내던졌다. 스비드리가일로프는 깊은 한숨을 내쉬고 두냐에게 다가가 조용히 그녀의 허리를 안았다.

"나를 놓아줘!" 두냐는 떨리는 소리로 애원했다.

"나를 사랑할 수 없다는 건가?"

"결코 그런 일은 없어요!" 두냐는 고개를 가로저었다.

스비드리가일로프는 괴로워하면서 그녀로부터 몸을 돌려 창가로 갔다. 한순간의 정적이 흘렀다.

"열쇠는 여기 있소!" 그는 탁자 위에 열쇠를 올려놓았다.

"어서 가져가요. 어서...!"

두냐는 열쇠를 들고 문으로 달려가서 문을 열고 밖으로 뛰어 나갔다. 스비드리가일로프는 창가에 서서 한동안 꼼짝도 하지 않았다. 일그러진 그의 얼굴엔 알 수 없는 절망적인 미소가 어려 있었다. 그는 문득 바닥에 떨어진 권총을 집어 들었다. 아직 두 발의 총알과 뇌관 한 발이 남아 있었다. 한 발은 더 쏠 수 있는 것이었다. 그는 권총을 주머니에 넣고 밖으로 나갔다.

그는 밤늦도록 여러 식당과 유흥가를 전전했다. 무더운 밤이었다. 10시가 가까워지면서 천둥과 함께 비가 세차게 내리기 시작했다. 속옷까지 몽땅 젖은 그는 집으로 돌아와 서랍을 열고 돈을 전부 꺼냈다. 그는 곧장 소냐에게 향했다. 소냐는 공손하게 그를 맞이했다.

"소피야 세묘노브나, 나는 어쩌면 미국으로 갈지도 모릅니다. 당신을 보는 것도 마지막일지 몰라서 이렇게 찾아왔습니다. 당신의 어린 동생들은 좋은 곳에 맡겨진 겁니다. 내가 그 아이들을 위해 이미 지불한 금액의 영수증이 여기 있습니다. 만일의 경우를 대비해서 갖고 계십시오. 자, 그리고 여기에 3천 루블의 채권이 있습니다. 소피야 세묘노브나, 바로 당신 몫입니다. 지금처럼 그렇게 일하면서 살아갈 수는 없지 않습니까."

"저희 가족을 위해서 너무 많은 은혜를 베풀어 주셨는데..." 소냐는 말을 잇지 못했다.

"아르카지 이바노비치, 이 돈은 정말 감사합니다만 전 제 힘으로 살아갈 수 있는데요."

"로지온 로마니치한테는 두 가지 길이 있습니다. 머리에 총을 쏴서 자살하거나 시베리아 유형을 가는 거지요. 당신은 그때 그에게 자수를 하라고 권하셨지요. 잘 하신 일입니다. 만약 그가 유형을 가게 되면 당신도 그 뒤를 따라 가겠지요? 그러면 이 돈도 필요하게 될 겁니다. 내가 오늘 당신한테 돈을 주었다는 얘기는 아무에게도 하지 마시기 바랍니다. 이 돈을 한동안 라주미힌한테 맡겨도 좋을 것 같군요. 그 친구한테도 안부 전해주기 바랍니다." 그는 자리에서 일어났다.

"당신은... 이렇게 비가 내리는데, 어디를 가시려고..."

"안녕히 계십시오, 소피야 세묘노브나! 당신은 다른 사람들한테 꼭 필요한 사람이에요. 라주미힌에게도 안부 전해주십시오."

그는 소냐를 그렇게 남겨둔 채 밖으로 나갔다. 그는 그 길로 바실리옙스키 섬 말르이 대로에 있는 약혼녀 집을 방문했다. 늦은 시간이었고 약혼녀는 이미 잠들었지만 그는 약혼녀를 보고 싶다고 단호히 요구했다. 얼마 후 그는 자신 앞에 모습을 드러낸 약혼녀에게 중요한 일 때문에 페테르부르크를 떠나야 하며, 각종 채권과 은화로 1만5천 루블의 돈을 선물로 가져온 사실을 알렸다. 그는 약혼녀에게 키스하고 곧 돌아올 것을 약속하면서 집을 나섰다.

스비드리가일로프는 자정 무렵에 **다리를 건넜다. 비는 그쳤지만 세찬 바람에 오한을 느낀 그는 후미진 곳에 있는 호텔을 발견하고 안으로 들어갔다. 복도 끝에 있는 좁은 방에 들어간 그는 식사를 주문했다.

"차를 좀 줄 수 있나?"

"네."

"식사는 뭐가 있지?"

"소고기 요리와 보드카, 그리고 애피타이저가 있습니다."

"소고기하고 차를 갖다 주게."

이윽고 스비드리가일로프는 차 한 잔을 다 마셨지만 식욕이 떨어져서 고기에는 입을 대지 않았다. 후텁지근한 방에 양초가 희미한 빛을 내고 있었다. 방안에서 풍기는 쥐 냄새와 가죽 냄새, 밖에서 들리는 나뭇가지 소리와 바람 소리 등이 그를 혼란하게 만들고 있었다. 갑자기 그는 **다리와 강물 생각이 나자 한기를 느끼기 시작했다. '평생 물을 좋아해 본 적이 없었어. 풍경화 속에 있는 강물도 싫어했었지.' 그는 쓰디쓴 웃음을 지어 보인 뒤 죽은 부인을 생각하며 혼잣말을 중얼거렸다. '마르파 페트로브나, 어두컴컴하고 시간도 그렇고, 지금쯤 내 앞에 다시 나타날 때가 된 것 같은데...' 그는 좀처럼 잠을 이루지 못했다. 그는 두냐를 만났던 일도 생각했다. '아니야, 이제 두냐 생각은 그만 해야겠어! 이상하고 우습지 않은가. 두냐에게 그렇게 많은 약속을 했는데... 두냐라면 나를 진정 변화시켰을지도 모르지. 이젠 잊어야 한다. 모두 잊어야 해..!'

그는 잠이 들었지만 이불 속에서 무언가 불쾌한 기분을 느꼈다. 촛불을 켜고 이불을 들춰내자 침대보에 쥐가 떨어졌다. 창밖에서는 바람소리가 그의 신경을 거슬리게 만들고 있었다. '잠을 자지 않는 게 낫겠군.' 그는 아무 생각도 하고 싶지 않았으나 설명할 수 없는 어떤 환영이 그의 눈앞에 나타났다. 주변 화단을 따라 집 전체를 감싸고 있는 향기로운 꽃밭과 화려한 영국식 저택이 펼쳐졌고, 안에는 장미로 장식된 현관과 중국 화병이 놓인 계단이 보였다. 특히 그는 창가에 놓인 화병 속 하얀 수선화를 바라보았는데, 화사한 향기를 풍기는 그 수선화 곁을 떠나고 싶지 않았다. 그는 계단을 올라가서 홀 중앙에 놓여 있는 관을 보았다. 다양한 색상의 화환들로 장식된 관 속에는 흰 비단옷을 입은 소녀가 누워 있었다. 창백한 미소가 어려 있는 그 소녀를 스비드리가일로프는 알아보았다. 관 주위에는 성상도 없었고, 촛불도 없었으며, 기도 소리도 들리지 않았다. 능욕 당하고 상처 입은 끝에 물에 빠져 자살한 그 소녀였다.

그는 침대에서 일어나 창가로 다가갔다. 여러 가지 상념과 흉흉한 날씨를 견디기 힘들게 되자 그는 방값을 지불하고 호텔을 나설 생각을 했다. 길고 좁다란 복도를 걸어가던 그는 어두운 구석에서 혼자 떨고 있는 어린 여자아이를 발견했다. 아이는 실수로 찻잔을 깨뜨린 다음 엄마한테 혼날 것을 두려워한 나머지 도망쳐 나온 것 같았다. 그는 아이를 안고 자기 방으로 데려가 침대에 뉘인 다음 이불을 덮어 주었다. 그러나 잠시 후 이불 속에서 온기를 회복한 탓인지 핏기 없던 아이의 얼굴에는 화색이 돌기 시작했다. 그러나 그 화색은 마치 술을 마실 때 생기는 바로 그 붉은 빛이었다. 곧이어 아이는 눈을 뜨고 교태를 부리며 드러내놓고 도발적인 웃음을 지어 보이고 있었다. 그것은 색녀의 얼굴이었고 프랑스 창녀의 얼굴이었다. 아이는 이제 노골적으로 그를 향해 웃고 있었다. '어떻게 이런 일이! 겨우 다섯 살 밖에 안된 여자아이가 어떻게 이럴 수가!' 스비드리가일로프는 경악

했다. 빌어먹을 계집아이를 향해 손을 들어 때리려는 순간 그는 잠에서 깼다. '악몽을 꾸었군.' 그는 자리에서 일어나서 권총을 챙긴 다음 수첩에 몇 줄을 적었다. 탁자에 앉아 생각에 잠긴 그는 잠시 후 굳은 표정으로 방을 나섰다.

도시는 짙은 안개에 뒤덮여 있었다. 스비드리가일로프는 밤새 내린 비로 인해 불어난 강물과 페트롭스키 섬, 비에 젖은 도로와 나무들을 바라보았다. 거리에는 사람 한 명 보이지 않았다. 추위에 몸을 떨면서 걸어가는 그의 눈에 소방대 건물이 들어왔다. '여기가 좋겠군. 목격자도 있을 테니...' 건물 정문 앞에는 회색 제복을 입고 청동으로 된 아킬레우스 헬멧을 쓴 남성이 서 있었다. 스비드리가일로프와 아킬레우스 헬멧을 쓴 남성은 한동안 말없이 서로를 쳐다보았다.

"어이, 거기 무슨 일이지?"

"아무것도 아니오. 안녕하신지?"

"이곳엔 그렇게 있으면 안 돼."

"난 지금 외국에 가려고 하는데."

"외국이라고?"

"미국으로 가네."

"미국이라고?"

스비드리가일로프는 권총을 꺼내서 안전장치를 풀었다.

"어이, 지금 뭐하는 거야, 여기선 그러면 안 돼!"

"상관없네. 만일 누가 묻거든 미국으로 갔다고 전해주게."

그는 권총을 오른쪽 관자놀이에 갖다 댔다.

"이봐, 안 돼, 여기선 그러면 안 돼!"

스비드리가일로프는 방아쇠를 당겼다.

가족과의 작별

같은 날 저녁 라스콜니코프는 어머니와 누이동생이 있는 아파트로 가고 있었다. 그는 건물 입구 계단에서 잠시 머뭇거리기도 했지만 이미 마음의 결정을 한 뒤 문을 두드렸다. 문을 열어 준 사람은 어머니였다. 두냐는 마침 집에 없었다. 풀헤리야 알렉산드로브나는 놀라고 기뻐서 아들의 손을 덥석 잡고 방으로 안내했다.

"세상에, 우리 아들이 왔구나!" 어머니는 기쁜 나머지 눈물을 흘리며 말했다.

"아무 걱정하지 말거라. 난 다 이해한다. 나는 잡지에 실린 네 논문까지 읽었단다. 그걸 읽고 나서 난 네가 무슨 일에 관심이 있는지 어느 정도 알게 됐단다. 물론 전부 이해하지는 못했지만 말이다."

"두냐는 집에 없어요?"

"지금 나가고 없단다. 그 애는 요즘 집을 자주 비운단다.

라주미힌이 자주 들러서 함께 있어 준단다. 네 누이가 나를 소홀히 대하는 건 아니다. 잠시 산책을 간 모양이야."

"어머니, 저한테 무슨 일이 생겨도 저를 지금처럼 사랑해 주실 거지요?" 그는 가슴 한구석이 아련하게 아파오면서 이렇게 물었다.

"로쟈, 그게 무슨 말이니? 무슨 말을 그렇게 하니?"

"제가 어머니를 언제나 사랑한다는 걸 확신시켜 드리려고 왔어요. 두냐가 지금 없어서 오히려 다행이에요. 전 언제까지나 어머니를 사랑할 거예요..."

"로쟈, 무슨 일인지는 모르겠다만 네게 큰 일이 닥쳐서 괴로워하는 거로구나. 불길한 예감이 있었는데 마침내 올 것이 온 모양이구나. 어디로 가는 거니? 어디론가 가는 게 맞니?"

"네. 안녕히 계세요, 어머니."

"아니, 지금 간다는 거냐?" 어머니는 놀라서 외쳤다.

"더 지체할 수 없어서 그래요."

"내가 같이 갈 수는 없는 거니?"

"어머니는 저를 위해서 하느님께 기도해 주세요. 어머니 기도는 들어주실지도 몰라요."

"그럼, 내가 너를 축복해주마! 자, 오! 주여!"

어머니는 그에게 성호를 긋고 축복했다. 그는 이 순간 어머니와 단둘이 있게 된 것이 무엇보다 기뻤다. 그는 어머니

앞에 엎드려 발에 입을 맞추었고, 둘은 서로를 꼭 붙들고 눈물을 흘렸다.

"영원히 떠나는 것은 아니겠지? 내일은 올 수 있니?"

"네, 올게요. 안녕히 계세요."

신선하고 맑은 저녁이었다. 어머니의 집에서 나온 라스콜니코프는 자신의 집을 향해 갔다. 그가 방문을 열자 거기엔 두냐가 있었다. 혼자 방에 앉아 깊은 생각에 잠긴 두냐는 벌써 오래 전부터 자신을 기다린 것 같았다.

"난 하루 종일 소피야 세묘노브나 집에 있었어. 둘이서 같이 오빠를 기다렸어."

라스콜니코프는 지친 듯 의자에 앉았다.

"지금 어머니한테 다녀왔어. 하느님을 믿는 건 아니지만 어머니한테는 날 위해 기도해달라고 했어. 어떻게 될지는 하느님만이 아시겠지."

"어머니한테 갔었어? 어머니한테 말을 했어?" 두냐가 두려운 얼굴로 물었다.

"아니, 말하지 않았어... 말은 하지 않았지만 어머니는 거의 알고 계신 게 분명해. 간밤에 네가 잠꼬대하는 소리도 들으신 것 같아. 지금 같아선 내가 왜 어머니한테 간 건지도 모르겠어. 난 비열한 놈이야."

"비열한 사람이라고 해도 오빠는 고통을 짊어지려고 하잖아! 오빠는 그렇게 할 거잖아!"

"난 지금 자수하러 가는 거야. 하지만 내가 무엇 때문에 자수를 하는 건지는 모르겠어."

두냐의 눈에는 눈물이 흐르고 있었다.

"고난을 받아들이는 것 자체가 죄의 절반을 씻는 건 아닐까?" 그녀는 그를 안고 입을 맞췄다.

"죄라고? 무슨 죄 말이야? 내가 아무짝에도 쓸모없고 해로운 이같은 고리대금업자 노파를 죽인 죄 말이야? 과연 그게 범죄일까? 난 단지 비열함과 무능함 때문에 자수하는 거야. 포르피리가 말한 것처럼 자수가 감형에 유리하기 때문이기도 하지!"

"오빠! 무슨 말을 그렇게 해! 오빠는 피를 흘리게 했잖아!" 두냐는 절망하며 소리쳤다.

"피는 모든 사람들이 흘리고 있는 거야." 그는 곧바로 반박했다.

"난 수백, 수천 가지의 선한 일을 할 수 있었을지도 몰라. 난 이 일을 통해서 나 자신이 독립적인 기반을 가질 수 있도록 돈이 필요했지만 시작조차 실패했어. 난 비열한 놈이었으니까!"

"오빠, 지금 무슨 말을 하는 거야!"

그는 두냐와 우연히 눈이 마주쳤다. 고뇌하는 눈빛을 보면서 그는 자기 자신을 자책했다. 불쌍한 두 여인이 자신으로 인해 불행해진 것이었다.

"두냐, 사랑스런 내 동생아! 나를 용서해줘! 어머니를 잘 부탁해! 어머니를 잘 돌봐줘! 라주미힌이 어머니와 너를 돌봐줄 거야. 나 때문에 울지는 마. 비록 살인자라고 해도 성실한 사람이 되도록 노력할게... 그만 하자... 아! 그래, 이걸 잊고 있었지!"

그는 탁자에서 먼지가 잔뜩 쌓인 책 한 권을 들고 와서 책갈피에서 작은 초상화를 꺼냈다. 집주인의 딸이자 수도원에 가고 싶어 했던, 열병으로 죽은 옛 약혼녀의 초상화였다. 그는 초상화 속 그녀의 얼굴을 한참 들여다보다가 입을 맞춘 다음 두냐에게 이를 건넸다.

"난 이 사람하고 이 일에 대해서 많은 얘기를 했어. 그녀하고만 얘기를 했지. 나중에 추하게 일그러진 많은 생각들을 이 사람하고 얘기했어." 그는 두냐에게 말했다.

"하지만 걱정하지 마. 이 사람도 너처럼 내 생각에 동의하지는 않았으니까. 난 내가 비열한 놈이란 걸 알았어!"

라스콜니코프와 두냐는 그렇게 얘기를 나눈 후 밖으로 나왔다. 두냐는 멀어져 가는 오빠를 하염없이 바라보았지만 그녀가 자신을 보고 있다는 것을 안 라스콜니코프는 어서 가라고 크게 손짓을 한 뒤 발걸음을 옮겼다.

'나는 나쁜 놈이야. 그런데 그들은 왜 나를 이토록 사랑하는 걸까. 아! 내가 만약 혼자였다면, 아무도 나를 사랑하지 않았다면, 나도 아무도 사랑하지 않았을 텐데! 그리고

이 모든 일들도 일어나지 않았을 텐데!' 그는 탄식하며 깊은
생각에 잠겼다. 그는 그렇게 계속 걷고 있었다.

자백

라스콜니코프가 소냐의 방에 들어갔을 때는 이미 해가 저물고 있었다. 그날 소냐는 두냐와 함께 라스콜니코프를 기다리면서 서로 많은 대화를 나눴고 눈물을 흘렸다. 두냐는 오빠가 앞으로도 외롭지 않을 것이라는 사실을 확신할 수 있었다. 소냐는 마주 앉을 자격도 없는 자신에게 친절하게 대해 준 두냐의 태도에 깊은 감명을 받았다.

라스콜니코프가 방에 들어서자 소냐는 뛸 듯이 기뻤으나 그의 얼굴을 자세히 살펴본 뒤 금세 표정이 어두워졌다.

"난 지금 당신한테서 십자가를 받으러 왔어."

소냐는 그의 말투를 통해 그것이 진심에서 우러나오는 말이 아님을 깨달았다.

"이렇게 하는 게 감형에도 유리할 거라는 점도 생각했어. 짐승 같은 놈들이 나를 에워싸고 질문에 답하라고 강요할 것을 생각하면 참을 수가 없어. 난 포르피리한테는 가지 않을 거야. 그자는 지겹거든. 차라리 나와 사이가 돈독한 화약 중위한테 가겠어. 자, 십자가는 어디 있지?"

소냐는 청동으로 된 십자가와 삼나무로 된 십자가를 꺼냈다. 그리고 자신과 그에게 성호를 그은 다음 그에게 삼나무로 된 십자가를 걸어 주었다.

"이게 십자가를 진다는 건가? 지금까지의 고난 갖고는 부족하단 말이군. 이 청동 십자가는 리자베타의 것이고. 난 이제 당신 소원대로 자수해서 감옥에 갈 텐데 당신은 왜 울고 있는 거지? 당신이 그렇게 울면 내가 얼마나 괴로운지 몰라서 그래?"

라스콜니코프는 이렇게 거칠게 말했지만 '이 여자는 왜 이렇게 울고 있는 걸까?'라고 생각하면서 마음속에는 잔잔한 감동이 일고 있었다.

"제발 성호를 긋고 기도를 하세요." 소냐는 간청했다.

"그러지. 당신이 원한다면..."

그는 성호를 몇 번씩 그었다. 소냐는 녹색 숄을 두르고 밖에 나갈 채비를 했다. 라스콜니코프는 소냐가 그와 함께 동행하려는 것을 알고 소리쳤다.

"왜 그러는 거야! 그냥 여기 있어! 나 혼자 갈 테니!"

라스콜니코프는 소냐를 방에 남겨둔 채 밖으로 나왔다. 그는 생각했다.

'나는 무엇 때문에 여기에 왔을까? 자수하러 간다는 것을 알리려고 그랬던 거야. 그게 필요한 일이었을까? 소냐에게서 십자가를 받을 필요가 있었을까? 난 그 여자의 눈물이 보고 싶었던 거야. 난 그 여자가 슬퍼하는 게 보고 싶었던 거야. 난 그렇게 하면서 시간을 조금이라도 더 끌고 싶었던 거야. 내가 이 정도로 비열한 인간밖에 안 되다니!'

그는 센나야 광장으로 들어섰다. 그때 갑자기 소냐가 그에게 해준 말이 생각났다. '거리에 나가서 당신이 더럽힌 대지 위에 입을 맞추세요. 그리고 모든 사람들에게 '내가 죽였습니다'라고 말하세요. 그러면 하느님께서 당신에게 새 생명을 주실 거예요.' 그는 온몸을 떨기 시작했고 북받쳐 오르는 감정에 눈물을 흘렸다. 그는 그대로 광장 한복판에 무릎을 꿇고 머리를 숙여 절을 한 뒤 더러운 땅에 입을 맞추었다. 그는 일어나서 다시 한번 절했다.

"저것 좀 봐. 취한 꼬락서니 하고는!"

"아직 한창 젊은 사람이!"

"귀족 같아 보이는데?"

"요즘 같은 세상에 귀족인지 아닌지 어떻게 알아?"

수많은 인파 속에서 들려오는 사람들의 이런 말소리 때문에 라스콜니코프는 '내가 죽였습니다'라는 말을 차마 입 밖에 꺼내지 못했다. 센나야 광장에서 두 번째 절을 했을 때 그는 멀리 떨어져서 자신을 바라보고 있는 소냐를 발견했다. 라스콜니코프는 그 순간 소냐가 앞으로 영원히 자신과 함께 하리라는 것을 깨달았다.

그는 경찰서로 향했다. 마당을 지나 3층까지 올라가야 했다. 그는 경찰서 문을 열었다. 사람들은 적은 편이었다. 자묘토프와 니코짐 포미치는 보이지 않았다.

"아무도 없습니까?" 라스콜니코프는 책상에 앉아있는 서기에게 물었다.

"누구를 찾으십니까?"

"아니, 이거 오랜만입니다!" 그때 귀에 익은 목소리가 들렸다. 세 번째 방문이 열리면서 화약 중위가 나타났다.

"무슨 일로 찾아오셨습니까?" 일리야 페트로비치는 반가운 듯 목청을 높였다.

"그런데 죄송합니다만 성함이 로지온 로... 로지오노비치였던가요?"

"로지온 로마니치입니다."

"아, 그래요, 맞아요, 맞아! 그때 당신이 왔다가 난 후로... 당신이 젊은 문학도이고 또 학자라고 들었습니다. 저하고 제 아내는 문학을 아주 높이 평가하고 있습니다. 아내는 정말 관심이 많습니다! 문학과 예술성 말이에요! 인간은 고결하기만 하면 다른 것들은 이성과 천재성으로 얻을 수 있겠지요! 모자를 예를 들어보겠습니다. 모자는 과연 무엇을 의미하는 걸까요? 모자는 평범합니다. 저는 모자를 침메르만 상점에서 살 겁니다. 그러나 모자 밑에 간직하고 있는 것, 모자로 가리고 있는 것을 살 수는 없습니다! 아, 참! 그런데 가족분들이 여기에 오셨다고 들었습니다만?"

"네. 어머니와 누이동생이 와 있습니다."

"동생분을 만나뵈었는데 정말 아름답고 우아한 분이더군요. 지금 하는 말이지만 그때 당신이 여기서 기절을 한 것에 대해 의심을 품었던 것은 모두 다 해명이 되었습니다! 당신이 분노했던 것까지도 말이지요!"

"전 그저... 자묘토프를 만날 수 있을까 해서 왔습니다..."

"아, 네! 두 분이 서로 친하게 됐다고 들었습니다. 그런데 자묘토프는 지금 여기에 없습니다. 다른 곳으로 전근을 갔거든요. 그런데 전근을 가면서 주변 사람들과 무례하게 싸움을 벌이고 갔어요. 요즘 젊은 사람들이 다 그 모양이에요! 요즘엔 또 허무주의자도 많이 늘어났습니다. 근무는 다른 차원의 문제입니다. 자묘토프에 대해서 물으셨었지요. 그자는 술집에서 샴페인이나 술을 마시고 프랑스식으로 추한 짓이나 하는 사람입니다. 당신은 교양이 있는 고상한 분이지요."

속사포처럼 쏟아내는 일리야 페트로비치의 말은 라스콜니코프의 귀에 공허하게 들렸다. 라스콜니코프는 내용을 일부 이해하기는 했지만 과연 언제 그의 말이 끝날지 알 수 없었다.

"그건 그렇고, 요즘 자살도 얼마나 증가했는지 모릅니다.

남녀노소 가릴 것 없이 있는 돈을 다 써버리고 그냥 목숨을 끊는 겁니다... 어이! 오늘 아침에 권총 자살했다는 그 신사 말이야, 이름이 뭐라고 했지?"

"스비드리가일로프입니다." 누군가 쉰 목소리로 대답했다. 라스콜니코프는 놀라서 몸을 떨었다.

"스비드리가일로프라고요! 스비드리가일로프가 권총 자살을 했다니!" 그가 외쳤다.

"스비드리가일로프를 아십니까?"

"네... 여기에 온 지 얼마 되지 않은 사람입니다..."

"맞습니다. 최근에 아내를 잃었는데, 행실이 그리 좋지 않은 사람이더군요... 자기는 제 정신으로 자살하며 어느 누구의 탓도 아니라는 내용을 수첩에 적어놨습니다. 그런데 그 사람은 어떻게 아십니까?"

"내 누이동생이 예전에 그 사람 집에서 가정교사로 있었습니다..."

"그러면 그 사람에 대해서 몇 가지 정보를 좀 주실 수 있겠군요. 그 사람이 그렇게 자살을 할 거라고 생각하신 적은 없었습니까?"

"어제 그를 보긴 했지만... 그는 술을 마시고 있었고... 저는 그럴 줄은 몰랐습니다."

"그런데 갑자기 안색이 왜 또 창백해지는 거지요? 이곳이 원래 답답해서..."

"전 이만 가봐야겠습니다." 라스콜니코프는 힘없이 중얼거린 뒤 밖으로 나왔다. 그런데 그곳 마당 입구에는 소냐가 절망적인 표정으로 그를 보고 있었다. 그녀는 애원하듯 그에게 다가가 그의 두 손을 잡았다. 그러자 그는 씁쓸한 미소를 지은 뒤 몸을 돌려서 다시 경찰서로 올라갔다.

책상에 앉아서 서류를 정리하던 일리야 페트로비치는 라스콜니코프가 다시 올라온 것을 보았다.

"아, 다시 오셨군요! 뭐 잊으신 거라도 있습니까?"

라스콜니코프는 그에게 조용히 다가가 뭔가를 말하려고 했다.

"몸이 좋지 않은 것 같군요. 여기 의자를 가져와! 물도 좀 가져와!"

라스콜니코프는 의자에 주저앉았으나 손으로 물잔을 치우며 조용하지만 분명하게 말했다.

"제가 고리대금업자 노파와 여동생 리자베타를 도끼로 죽였습니다."

일리야 페트로비치는 입이 딱 벌어졌다. 사방에서 사람들이 몰려들었다.

라스콜니코프는 자백을 되풀이했다.

에필로그

　시베리아. 넓고 황량한 강기슭에 위치한 도시에 요새가 있고, 그 요새 안에 2급 유형수 라스콜니코프가 9개월째 복역하고 있다. 범행을 저지른 날로부터 1년 반의 세월이 흘렀다.

　라스콜니코프에 대한 재판은 신속하게 진행되었다. 죄인은 사실을 왜곡하지 않고 모든 부분을 정확하고 분명하게 진술했다. 죽은 노파의 손에 쥐어져 있던 철판을 덧댄 나무 조각에 대해서도 설명했고, 열쇠를 어떻게 꺼냈는지에 대해서도, 궤짝에 대해서도 증언했다. 리자베타를 살해한 이유에 대해서도 설명했으며, 범행 후 도주할 당시의 정황 묘사 역시 상세히 설명했다. 또한 훔친 물건들도 그가 증언한 바와 같이 그대로 돌 아래에 묻힌 채 발견되었다. 검사와 판사는 그가 훔친 물건을 단 한 푼도 쓰지 않고 땅에 묻은 사실에 놀랐고, 지갑을 열어보지도 않았기 때문에 지갑에 얼마의 돈이 들어있는지조차 알지 못하는 피고에 대해 의문을 제기하기도 했다. 결국 피고에 대한 이러한 의혹은 일종의 정신착란에 의한 것으로 결론 내려졌다. 특히 라스콜니코프가 심한 우울증을 앓고 있었다는 사실은 의사 조시모프, 여주인과 하녀 등을 통해 입증되었다. 피고는 자기 자신을 거의 변호하려 하지 않았으나, 살인의 직접적인 동기를 묻는 질문에는 가난하고 비참한 상황에서 노파에게서 3천 루블의 돈을 훔쳐서 새로운 출발을 갈망했던 것이라고 답했다.

그러한 그에게 예상 외로 적은 형량이 선고되었다. 피고 스스로 자신을 변호하려 하지 않았고, 그가 훔친 돈과 물건을 사용하지 않은 점 역시 진심으로 후회하고 있는 방증으로 여겨졌으며, 범행을 저지를 당시 온전한 정신상태가 아니었다는 점 등이 참작되었다. 두 명을 살해하는 동안 집안 문도 잠그지 않은 상태였다는 사실도 고려대상이 되었다. 이러한 사실들은 포르피리가 말했던 것처럼 감형에 유리하게 참작됐다.

라주미힌 또한 라스콜니코프가 재학 시절 있는 돈을 다털어서 폐병에 걸렸던 친구를 도왔고, 그 친구가 죽자 그의 부친까지 부양했던 사실을 증언했다. 하숙집 여주인 역시 예전에 라스콜니코프가 화재가 난 건물에서 아이 두 명을 구하다가 화상을 입었던 사실까지 증언했다. 이러한 사실 모두 엄격한 사실 관계 조사를 거쳐 분명한 사실로 입증되면서 라스콜니코프의 감형에 긍정적인 영향을 끼쳤다. 그리하여 그는 8년이라는 2급 징역형을 선고받았다.

재판이 진행되면서 라스콜니코프의 어머니는 병이 들어 몸져 눕게 되었다. 두냐와 라주미힌은 어머니를 페테르부르크에서 가까운 도시로 이주시키고 라스콜니코프가 외국생활을 하게 되었다고 설명을 했다. 어머니는 아들에 대한 희망을 놓지 않았지만 한 번도 아들에 대해서 안부를 묻지 않았다.

라스콜니코프가 자수한 후 5개월이 지나서 선고가 내려졌다. 라주미힌과 소냐는 자주 그를 면회했다. 라주미힌은 3,4년 안에 시베리아로 이주할 계획을 세웠다. 라스콜니코프는 떠나기 전에 어머니에 대한 걱정을 많이 했고, 어머니의 병세를 알고는 한층 더 우울한 모습을 보였다. 작별을 할 때는 모두 눈물을 흘렸다. 스비드리가일로프가 남겨 준 돈으로 라스콜니코프를 따라갈 준비를 하고 있던 소냐는 그의 뒤를 따라 시베리아로 떠났다.

두 달이 지난 후 두냐는 라주미힌과 결혼식을 올렸다. 조촐한 결혼식이었지만 하객 중에는 포르피리와 조시모프도 있었다. 라주미힌은 학업을 마치기 위해 다시 대학을 다니기 시작했다. 수년 내에 시베리아로 이주하겠다는 그의 계획에는 변함이 없었다. 그때까지는 소냐에게 기대를 할 수밖에 없었다.

풀헤리야 알렉산드로브나는 딸과 라주미힌의 결혼식을

축복했다. 그러나 딸을 시집보내고 홀로 남은 그녀의 병세는 더욱 악화됐다. 누구를 만나든지 아들이 예전에 했던 장한 일을 끊임없이 늘어놓는 바람에 두냐가 이를 자제시킬 정도였다. 어머니의 심리 상태는 더욱 불안해져서 더 자주 울었고, 고열 속에서 헛소리를 하기에 이르렀다. 그러던 어느 날 어머니는 로쟈가 돌아올 것이라고 상상하면서 집안을 정돈하기 시작했다. 가구를 닦고 커튼을 새로 달면서 정성껏 집안을 정리한 그녀는 이튿날부터 고열에 시달리다가 2주 후에는 숨을 거두었다. 고열에 시달리면서 헛소리를 하는 어머니를 보면서 두냐는 어머니가 오빠에 대해서 생각보다 많은 사실을 알고 있었음을 깨달았다.

시베리아에서 복역하고 있는 라스콜니코프는 한동안 어머니의 죽음에 대해서 알지 못했다. 그와 두냐 사이의 연락은 소냐의 편지를 통해서 이뤄지고 있었다. 소냐는 라스콜니코프가 항상 우울하고 말이 없으며 두냐와 라주미힌에 대한 소식을 전해주어도 별다른 관심을 보이지 않는다는 사실을 알렸다. 이 밖에도 소냐는 라스콜니코프가 어머니에 대해서 물었고, 결국 어머니의 죽음을 전해주었지만 크게 상심하거나 동요하지는 않은 것 같다고 적어 보냈다. 또한 라스콜니코프는 비좁고 더러운 감옥에서 담요 한 장만 덮고 지내는데, 특별한 뜻이 있어서 그런 것이 아니라 운명에 대한 무관심 때문으로 보인다고 했다. 소냐는 라스콜니코프가 감옥에 있는 다른 사람들을 무시하고 다른 죄수들도 그를 싫어한다는 사실을 두냐에게 알렸고, 마지막 편지에서 소냐는 그가 병을 앓기 시작해서 병동에 입원했음을 알려왔다.

라스콜니코프는 몸이 아팠지만 그를 힘들게 했던 것은 복역생활의 끔찍함이나 노동, 음식, 짧게 깎은 머리, 누더기 옷 등이 아니었다. 오히려 힘겨운 육체노동으로 몸이 힘들어지면 적어도 몇 시간 동안은 푹 잠들 수 있었다. 바퀴벌레가 들어간 양배추 국도 그에겐 문제가 되지 않았다. 죄수복과 발목에 채워진 족쇄가 부끄러웠던 것도 아니었다. 상처 입은 것은 그의 자존심이었다.

그의 앞에는 보상받을 수 없는 희생이 놓여 있었다. 8년을 복역한 후 그가 서른두 살이 된다고 해도 희망을 가질 수는 없었다. 그는 왜 살아야 하는지 의미를 찾지 못했고, 그저 단순히 존재하는 것에 만족할 수 없었다. 그는 생각했다. '내가 가졌던 사상의 어떤 부분이 그렇게 이상하다는 것인가? 내가 저지른 행동이 무엇 때문에 그렇게 사악하다는 건가? 최악이라는 단어는 무슨 뜻이지? 내 양심은 평온하고 꺼림칙한 곳이 없어. 그렇게 따진다면 스스로 권력을 거머쥐었던 인류의 위대한 은인들도 법률을 뛰어넘는 순간 사형에 처해졌어야 해. 하지만 그들은 앞으로 나아갔고 나는 그렇게 하지 못했던 것뿐이야.' 그는 바로 그 점 때문에 자수를 했다는 사실을 인정하지 않을 수 없었다. 그는 또한 스스로 물속에 몸을 던져 자살하지 않은 것을 괴로워했다. '나는 왜 자수를 했던 것일까? 살고자 하는 욕망이 그토록 강했던 걸까? 죽는 것을 그렇게 두려워했던 스비드리가일로 프조차 살고자 하는 욕망을 내려놓지 않았던가?'

수감생활에서 비롯된 환경도 그를 편안히 내버려두지 않았다. 그와 죄수들은 서로를 신뢰하지 못하고 적의를 품고 있었다. 그들은 그를 경멸하고 증오했으며 무신론자라고 그를 공격했다.

라스콜니코프가 이해할 수 없는 또 한 가지 사실은 주위의 죄수들이 하나같이 소냐를 사랑하고 있다는 점이었다. 죄수들은 모두 그녀가 라스콜니코프의 뒤를 따라 온 사실을 알고 있었다. 소냐는 그들을 위해 특별한 일을 하지는 않았지만 딱 한 번 성탄절을 맞이해서 죄수들에게 만두와 흰빵을 선물한 적이 있었다. 죄수들과 소냐 사이에 친밀한 관계가 형성되면서 소냐는 죄수들이 보내는 편지를 대신 써서 친척들에게 전해주었고, 그 도시에 머물고 있는 죄수들의 친척들도 영치금과 물건을 소냐에게 맡기게 되었다. 나중에는 그들의 아내와 애인들도 소냐를 찾기에 이르렀다. 소냐가 라스콜니코프를 찾아 작업장에 나타나기라도 하면 수감자들은 모두 모자를 벗고 인사를 했다.

"소피야 세묘노브나, 당신은 우리의 어머니나 다름없어요. 사랑스러운 우리 어머니예요." 그러면 그녀는 미소를 짓고 인사했다.

　라스콜니코프는 사순절이 끝날 때쯤부터 부활절까지 일주일 동안 병상에 누워 있었다. 건강을 회복할 무렵 그는 예전에 꿈속에서 보았던 장면을 기억해냈다. 전 세계가 아시아에서 유럽으로 퍼지는 전염병 때문에 희생될 운명이었다. 인간의 몸속에 머물면서 사람들을 미치게 만드는 이 기생충으로 인해 극소수의 선택된 사람들을 제외하면 모두가 죽을 수밖에 없는 상황이었다. 그런데 이 병에 감염된 사람들은 모두들 하나같이 진리를 발견한 자기 자신이야말로 확고한 진리의 수호자라고 생각했다. 그들은 자신의 판단과 결론만을 확신한 채 서로를 불신했고, 자신과 다른 남들을 어떻게 판단해야 할지를 알지 못했다. 모든 사람들이 감염되어 미쳐갔으며, 선과 악을 구별할 수 없게 되었다. 사람들은 결국 서로를 증오하며 죽이기 시작했고 군대까지 동원했으며, 화재와 기아 속에 인류는 파멸로 치닫기 시작했다. 라스콜니코프는 불가사의한 이 꿈 때문에 무척 괴로웠다. 부활절이 지난 지 2주가 지난 맑은 하루였다. 소냐는 라스콜니코프가 병동에 입원해 있는 동안 그를 자주 찾아올 수 없었다. 허가증을 발급받기 어려웠던 탓이었지만 대신 그녀는 창가 아래쪽 뜰을 자주 찾았다. 건강을 거의 회복한 라스콜니코프는 잠에서 깨어 창가를 바라보다가 밖에서 서성이고 있는 소냐를 발견하고 마음속에 감동을 느꼈다. 그러나 소냐는 다음날도, 사흘째 되는 날도 오지 않았다. 그는 퇴원 후 감옥에 돌아가고 난 뒤에 수감자들로부터 소냐가 병에 걸렸다는 사실을 알았다.

그는 걱정한 나머지 사람을 보내 사정을 알아보았으나 다행히 그녀의 병은 심각하지 않았다. 그가 자신을 그리워하고 걱정하고 있다는 사실을 알게 된 소냐는 그를 보러 작업장에 곧 가겠다고 편지를 썼다.

그날은 맑고 따뜻했다. 이른 아침 6시에 그는 작업장이 있는 강변으로 출발했다. 설화석고(雪花石膏)를 굽는 가마가 설치된 헛간에서 그것을 가루로 빻는 작업이었다. 그는 작업을 계속 하다가 강기슭으로 나와 넓은 강을 바라보기 시작했다. 지대가 높은 강기슭에서 내려다 본 주변 정경은 한가했고, 맞은 편 강가에서는 멀리서 노래 소리가 간간이 들려왔다. 그곳은 자유로웠다. 바로 그때 소냐가 살며시 다가와 그의 곁에 나란히 앉았다. 그녀는 낡은 외투를 입고 녹색 숄을 걸치고 있었다. 아직 병색이 남아 있는 창백한 얼굴이었지만 미소를 지으면서 수줍게 손을 내밀었다. 그녀의 손을 잡고 아무 말이 없던 그는 갑자기 눈물을 흘리면서 그녀의 무릎을 안았다. 그녀는 놀라서 몸을 떨었지만 곧 모든 것을 이해했다. 그녀의 눈은 한없는 행복으로 가득했으며, 그가 진심으로 자신을 사랑하고 있다는 것을 알았다. 창백하고 여윈 두 사람의 얼굴엔 부활의 서광이 비치고 있었다. 이들을 부활시킨 것은 다름 아닌 사랑이었다.

그들은 인내하면서 기다리기로 했다. 아직 7년의 시간이 남아 있었지만 참을 수 없는 고통이 얼마나 지속될지, 무한한 행복 또한 얼마나 계속될지 알 수 없었다. 그러나 그는 부활했고, 완전히 새로운 존재가 된 것을 느꼈다.

그날 밤 침대에 누운 라스콜니코프는 소녀를 마음 아프게 했던 과거를 떠올렸다. 그는 이제 자신이 그녀의 고통에 대해 사랑으로 보답해야 한다고 생각했다.

그의 베개 밑에는 복음서가 있었다. 그 복음서는 소녀가 라자로의 부활을 읽어줄 때 들고 있었던 바로 그 성경이었다. 그는 유형생활 중 소녀가 신앙을 강요하면서 자신을 괴롭힐 것으로 생각했다. 하지만 그녀는 한 번도 그런 얘기를 한 적이 없었고 성경을 읽을 것을 권한 적도 없었다. 이 복음서도 그가 부탁을 해서 그녀가 갖다 준 것이었지만 그는 책을 펼쳐 본 적이 없었다.

그는 지금도 성경을 읽을 생각은 없었다. 하지만 한 가지 생각이 들었다. '그녀의 신념이 나의 신념이 될 수도 있지 않을까? 적어도 그녀의 감정과 소망은...'

소녀도 흥분한 나머지 밤에는 다시 앓기 시작했다. 하지만 그녀는 지금 너무 행복해서 두려울 정도였다. 두 사람은 7년이라는 시간을 일주일로 생각할 준비가 되어 있었다. 그녀는 새로운 삶을 위해 값비싼 대가를 치러야 하고, 이를 위해 또 다른 고통이 뒤따를 수 있다는 사실을 알지 못했다.

　이제 그들 앞에 새로운 이야기가 시작되고 있다. 그것은 한 사람이 소생하여 새로운 삶을 내딛는 이야기이고, 하나의 세계에서 다른 세계로 서서히 옮겨가는 이야기이며, 이제까지 전혀 몰랐던 새로운 현실을 알게 되는 이야기이다. 그러나 우리의 이야기는 여기서 끝을 맺는다.

역자 해설

무의식의 관점에서 본 『죄와 벌』*

여기 한 젊은이가 있다. 돈이 없어서 대학을 휴학하고, 집세를 낼 돈이 없어서 식사도 제대로 하지 못하는 주인공 라스콜니코프에 대한 이야기이다. 그런데 그는 세상 사람들을 평범한 사람과 비범한 사람으로 분류한 후, 평범한 사람은 법을 준수하고 복종하는 삶을 살아야 하는 반면 비범한 사람은 법을 지키지 않아도 무방할 뿐만 아니라 오히려 법 위에 군림하고 또 그 법을 초월해서 살 수 있다는 생각을 갖고 있다. 여기서 법을 초월한다는 것은 합법적인 유혈 허용이 아니라 자기 양심에 따라서 남의 피를 흘리는 것까지 용인할 수 있다는 것을 의미한다. 법보다 양심에 따른 자의적인 판단을 우선시하는 것이다. 이러한 초인(超人)사상을 견지한 라스콜니코프는 나폴레옹을 대표적인 예로 들면서 역사상 이름을 남긴 위대한 위인들 모두 예외 없이 그렇게 유혈을 허용했음을 강조한다. 이러한 그릇된 자

---

* 이 글은 러시아문학연구논집 제34권에 실린 역자의 논문(벌할 수 없는 죄: 무의식의 코드를 통해 본 『죄와 벌』) 중 일부를 발췌하여 수정, 가필한 글이다.

의식은 급기야 망상으로 발전해서 그는 인근에 살고 있는 고리대금업자인 전당포 노파를 살해하기에 이른다. 라스콜니코프의 노파살해는 도스토옙스키의 『죄와 벌』 완역본 중 1부에 발생한다. 즉, 마지막 에필로그를 제외하고 총 6부로 구성되어 있는 완역본 중에서 노파살해사건 자체는 상당히 초반에 기술되어 있으며 나머지는 살인 이후 주인공이 자수하기까지의 과정을 다루고 있다. 라스콜니코프의 끝없는 사유는 다음 제시된 에필로그에서도 한동안 계속된다.

'내가 가졌던 사상의 어떤 부분이 그렇게 이상하다는 것인가? 내가 저지른 행동이 무엇 때문에 그렇게 사악하다는 건가? 죄악이라는 단어는 무슨 뜻이지? 내 양심은 평온하고 꺼림칙한 곳이 없어. 그렇게 따진다면 스스로 권력을 거머쥐었던 인류의 위대한 은인들도 법률을 뛰어넘는 순간 사형에 처해졌어야 해. 하지만 그들은 앞으로 전진했던 반면 나는 그렇게 하지 못했던 것뿐이야.' 그는 바로 그 점 때문에 자수를 했다는 사실을 인정하지 않을 수 없었다. 그는 또한 자신이 물속에 몸을 던져 자살하지 않은 것을 괴로워했다. '나는 왜 자수를 했던 것일까? 살고자 하는 욕망이 그토록 강했던 걸까? 죽는 것을 그렇게 두려워했던 스비드리가일로프조차 살고자 하는 욕망을 내려놓지 않았던가?'

인용문에서 살펴볼 수 있듯이 주인공은 시베리아에서 수감 생활을 하면서도 자신의 죄를 선뜻 인정하지 않는다. 그는 살인을 저지른 죄로 인해 괴로워하는 것이 아니라 자살을 선택하지 않고 자수를 통한 삶을 선택했다는 비굴함 때문에 괴로워한다. 이처럼 라스콜니코프는 자신의 죄를 전적으로 뉘우치고 회개하지 않지만 에필로그에서 소냐를 통해 점차 구원에 이르는 길에 들어서는 모습을 보이고 있다.

『죄와 벌』은 죄와 그로 인한 고통, 그리고 구원에 이르는 여정의 서막을 묘사하고 있지만 독자들은 이러한 성서적, 신앙적 측면 외에 작품 속에 등장하는 다양한 인간군상을 통해 강렬한 인상을 받게 된다. 소설 초반에 등장하는 마르멜라도프를 보면서 그를 비난하는 이들도 있지만 그에게서 모종의 연민을 느끼는 독자들도 적지 않다. 한편 비열하고 치졸한 행동을 일삼는 루쥔이지만 그것과는 별도로 그가 설파하는 경제이론은 일정 정도 재고의 여지를 남기는 것이 사실이다. 또한 예심판사 포르피리와 주인공 사이의 불꽃 튀는 설전은 논리와 심리를 아우르며, 레베쟈트니코프가 주장하는 진보적 가치관이나 카테리나 이바노브나가 절규하며 외치는 정의 등은 그저 스쳐 지나가는 일회성 발언으로 간과할 수만은 없는 의미 있는 발언들이다. 이처럼 주요 주인공과 부차적 주인공들을 포함한 등장인물들의 다양한 목소리는 말 그대로 다성악(多聲樂) 소설이 되어 독자들에게 깊은 반향을 주고 있다. 또한 주인공 라스콜니코프와 스비드리가일로프에게서 찾을 수 있는 유사성, 그리고 라스콜니코프와 루쥔 사이에서도 성립될 수 있는 소위 우월한 인간에 대한 부분 역시 분신(分身) 모티프로 해석되면서 이분법적인 선악구분을 지양하도록 만든다. 보다 다양한 관점에서 이들을 분석하는 이러한 해석과 더불어 다음에서 소개하는 무의식의 관점 역시 작품을 보다 풍성하게 만드는 새로운 이해의 지평을 제공함은 물론이다.

『죄와 벌』의 주인공 라스콜니코프가 좋아하는 광장이 있다. 바로 센나야 광장이다. 광장을 생각하면 우리는 흔히 광화문이나 여의도처럼 넓고 쾌적한 장소를 떠올리기 쉽지만 그 당시 주인공이 거닐었던 센나야 광장은 그렇지 못했다. 그곳은 넓고 깨끗한 장소가 아니라 더럽고 악취가 나며 시끄럽고 혼잡한 곳이었기 때문이다. 『죄와 벌』에서 도스토옙스키가 묘사하고 있는 센나야 광장의 모습은 다음과 같다.

> 그가 센나야 광장을 지나던 시각은 9시경이었다. 상인들은 모두 노점상의 좌판과 물건들을 안으로 들여놓거나 정리한 다음 여느 손님들처럼 귀가 준비를 하고 있었다. 지하에 있는 허름한 식당과 센나야 광장의 더럽고 악취가 진동하는 마당, 무엇보다 선술집 근처에는 여러 부류의 노동자들과 누더기 차림의 사람들이 가득했다. 라스콜니코프는 아무 생각 없이 밖에 나갈 때엔 특히 이 거리와 근처 골목들을 다니길 좋아했다.

위의 글을 읽다 보면 떠오르는 한 가지 의문이 있다. 과연 이러한 광장을 좋아할 사람이 있을지에 관한 질문이다. 그런데 작가는 주인공 라스콜니코프가 좋아하는 광장이며 좋아하는 거리라고 분명히 기술하고 있다. 앞으로 살펴보게 될 부분은 바로 이 지점에서 출발한다. 왜 그는 더럽고, 악취로 불쾌하기 짝이 없으며, 소음이 진동하는 가운데 여러 부류의 노동자들과 누더기 차림의 사람들이 뒤엉켜 혼잡하기 이를 데 없는 이러한 장소를 좋아하게 되었는지를 살펴보고자 한다. 그것은 결국 주인공의 의식과 심리상태를 연결 짓지 않고는 풀 수 없는 문제이기도 하다. 도스토옙스키는 바로 그렇게 사유하고, 또 사유하는 의식의 과잉에 사로잡힌 주인공들을 창조해낸 작가이기 때문이다.

라스콜니코프의 모자

주인공 라스콜니코프는 이지적이며 신념이 확고한 젊은 대학생이다. 비록 결과적으론 뒤틀린 자기 신념의 희생자라는 꼬리표를 달게 되지만 그 과정에서 자신의 주관을 뚜렷이 내세웠던 인물이다. 그러나 지금 그는 가난으로 인해 휴학한 상태이고, 과외 자리도 끊겼으며 집세도 내지 못해 식사도 제공받지 못한 채 전전긍긍하고 있는 실정이다. 설상가상으로 그에게 날아든 어머니의 편지에는 사랑스런 여동생 두냐의 탐탁치 않은 약혼 소식과 함께 모녀가 곧 페테르부르크로 온다는 소식이 적혀 있는데 이 소식 또한 자존심 강한 그에게는 극심한 스트레스로 다가온다. 주인공을 둘러싼 모든 상황이 시시각각으로 그를 옥죄어 오는 상황은 말 그대로 억압 상황이라고 볼 수 있다. 이러한 억압 상태를 단적으로 나타내는 것은 바로 라스콜니코프 자신이 착용한 모자이다.

> 이때 마침 어떤 주정뱅이가 커다란 마차에 실려 가면서 그를 향해 '어이, 거기, 독일 모자!'라고 소리를 질렀다. 청년은 갑자기 놀라면서 모자를 움켜잡았다. 그 모자는 침메르만 제품이었으나 낡고 빛이 바랜데다 군데군데 얼룩이 묻어 있었고 모양도 찌그러진 상태였다.

주인공의 억압상태를 거론하면서 갑자기 그의 모자를 언급하는 것이 일견 부적절하게 보일 수도 있다. 그러나 도스토옙스키는 자신의 작품 속에 담긴 끝없는 고뇌와 번민, 심오한 사상 등으로 인해 지금까지 각계각층의 수많은 사람들에게 다양한 영감과 커다란 반향을 불러일으켰던 작가였다. 그만큼 그의 등장인물은 치열하게 사유했고, 그 의식의 기저에 있는 심리묘사에 많은 이들이 공감했다는 뜻이기도 하다. 이것은 여기서 등장인물의 심리상태를 분석하기 위해서 지그문트 프로이트(Sigmund Freud)를 거론하는 이유이기도 하다. 우리에게 『꿈의 해석』으로 잘 알려진 프로이트 역시 「도스토옙스키와 아버지 살해」라는 글을 쓰면서 도스토옙스키 소설이 갖는 인간 내면에 대한 깊은 통찰에 큰 관심을 표명한 바 있기 때문이다.

즉, 라스콜니코프가 쓰고 있는 모자는 프로이트의 시각에서 볼 때 현재 주인공이 처한 성적 억압을 직설적으로 보여주는 대표적 사례에 해당한다고 볼 수 있다. 프로이트는 모자의 가운데 부분이 위로 솟아있고 양 옆은 밑으로 처진 것이 남성 생식기일 수 있다고 언급하면서 여성이 시집을 갈 때 '모자 밑으로 들어간다(unter die kommen)'는 표현을 사용하는 점을 환기시킨 바 있다. 주인공 라스콜니코프가 활력이 넘치고 건강하며 아무런 근심 걱정이 없는 쾌활하고 멋진 젊은이가 아니라 풀이 죽고 병약한데다 극도의 스트레스에 시달리며 노심초사하고 있는 상황임을 그가 착용하고 있는 모자가 극명하게 나타내고 있는 것이다. 물론 혹자는 라스콜니코프의 볼품없는 모자에 대해서 별다른 주의를 기울이지 않았을지도 모르며, 주인공의 억압 상태와 모자의 상관관계에 대해 동의하기 어려울지도 모른다. 하지만 모자에 대한 프로이트의 이와 같은 견해를 뒷받침하는 사례는 나중에 라주미힌의 대사 속에서도 발견된다. 모자가 볼품없을 경우에는 드러내놓고 쓰지를 못하고 부끄러워서 벗게 된다는 것이다. 다음 제시되는 인용문에서 '모자'를 프로이트의 관점에서 '남근'으로 대치시켜도 문맥상 크게 문제되지 않는다.

> 모자는 말이야, 옷 중에서 제일 첫 번째로 쳐주는 품목이고, 일종의 자기소개나 다름없어. 톨스챠코프라는 내 친구가

있는데, 그 녀석은 어디를 가든지 공공장소에만 가면 다른 사람들은 전부 모자나 학생모를 쓰고 있는데도 자기 혼자 꼭 모자를 벗는단 말이야. 사람들은 그게 그 친구 노예근성 때문이라고 생각하는데, 천만의 말씀이야. 녀석은 다만 새둥지 같은 자기 모자가 부끄러워서 그런 거야. 수줍어하는 성격이거든!

모자와 남성의 성적 상관관계를 보여주는 다른 사례는 루쥔에게서도 찾아볼 수 있다. 비좁고 허름한 라스콜니코프의 하숙방을 불쑥 찾아온 루쥔은 특유의 거만함으로 좌중을 무시하는데 이때 두드러지게 묘사되는 그의 특징 가운데 하나가 모자이다.

양복점에서 새로 맞춘 그의 정장은 너무 새 것이어서 그 목적을 뻔히 드러내고 있다는 점만 빼면 상당히 훌륭했고, 심지어 한껏 멋을 낸 둥근 새 모자도 그러한 목적을 잘 나타내고 있었다. 표트르 페트로비치는 과도한 느낌이 들 정도로 모자를 소중히 대했고, 그것을 아주 조심스럽게 손에 들고 있었다.

루쥔은 두냐의 약혼자 신분으로서 장차 매제가 될 예정인 라스콜니코프를 방문한다. 루쥔이 지닌 약혼자 신분이란 정당하게 여성을 취할 수 있는 법적, 사회적 자격을 갖는다는 뜻으로서 루쥔은 두냐라는 한 여성을 놓고 타 남성들에 비해 다분히

성적인 우월성을 확보한 위치에 있다고 보아야 한다. 그런 면에
서 볼 때 루쥔에 대한 라스콜니코프의 격한 반응은 루쥔이 두
냐의 법적 약혼녀이며, 스비드리가일로프가 실패했던 것을 법적
으로 얻기 위해 가고 있었다는 지적은 상당히 일리 있는 해석이
다. 루쥔이 모자를 각별히 대하는 이 인용문에서 '모자'를 남성
의 '상징'으로 대치시켜도 내용 전개상 큰 문제가 없는 것은 이러
한 사정에 기인한다. 모자와 남성 사이의 성적인 상관관계는 라
주미힌의 대사에 이어서 여기에서도 정확히 입증되는 것이다.

매 맞는 암말 꿈

라스콜니코프는 사람들이 가혹하게 암말을 매질하는 꿈을
꾼다. 이 매 맞는 암말 꿈의 발단이 된 일로 흔히 어머니의 편지
마지막 부분이 거론된다. 무엇보다도 어머니의 편지 끝 부분에
아버지와의 행복했던 순간이 짤막하게 언급됨으로써 라스콜니
코프로 하여금 부친에 대한 기억을 상기시켰으며, 이것이 꿈속
에서 아버지의 등장으로 연결된다고 보는 것이 타당할 것이다.

매질을 하는 데 동참하는 이들은 대부분 농부들과 청년들이
며, 그러한 매질의 희생자는 힘없고 나이 든 말이다. 즉, 피해자
는 홀로 서 있는 작은 말이고, 폭력을 행사하는 사람 및 이를
지켜보는 이들은 대부분 남성들이다. 말은 '올라서 타는' 동물이
다. '올라서 탄다'는 것은 이미 성적인 의미를 담고 있는 것으로
볼 수 있는데, 마침 폭력에 가담하는 이들은 모두 남성이고, 매

맞는 말은 암말이며, 이 암말의 폭력에 사용되는 도구 또한 채찍이라는 점에서 여성에 대한 일종의 성폭력으로 확대 해석될 수 있다. 프로이트는 프로이센 군대의 진군하는 꿈을 해석하면서 '한없이 길어지는' 말채찍에 주목한 바 있음을 상기할 필요가 있다. 채찍, 지팡이, 창 비슷한 것들은 이미 익숙한 남근 상징으로 이러한 채찍이 팽창능력을 갖고 있다면 그 꿈은 명백한 성적 상징을 내포하고 있다는 것이다. 하지만 불쌍한 암말을 죽도록 후려치는 이 가혹한 현장에 혈기왕성한 젊은이들만 있는 것은 아니다. 심지어 처음에 이러한 매질을 질책하던 한 노인도 나중에 가서는 뒷발질을 하는 암말을 보고는 미소를 짓는다: "암말은 쏟아지는 매질을 견디지 못하고 탈진한 나머지 힘없이 뒷발질을 하기 시작했다. 그러자 노인도 참지 못하고 웃음을 터뜨렸다. '정말 이 말라비틀어진 말도 꼴에 암말이라고 뒷발질까지 하네!'" 뒷발질과 관련하여 말발굽이 여성 성기 입구의 모양을 그대로 반복하고 있다는 프로이트의 주장을 상기한다면 노인의 웃음이 비로소 이해될 수 있다. 그런데 이 현장엔 노인뿐만 아니라 여인도 등장한다. 암말이 끌고 갈 수레에 남정네들에 이어 뚱뚱한 아낙도 한 명 올라타는데, 이 여인도 현재 벌어지고 있는 상황이 싫지만은 않은 듯한, 아니 오히려 이것을 은근히 즐기는 듯한 인상을 주고 있다. 수레에 탄 여인의 낯빛은 붉은 색으로 다소 흥분된 상태임을 알 수 있는데, 그녀는 뭇 남성들과 함께 탄 수레에서 이 상황을 보면서 대담하게 손으로 호두를 까고 있다. 매 맞는 말을 보면서 남성들도 웃고 있고, 남성성을 상징하는 호두를 소리 내며 까고 있는 여인도 또한 웃고 있다.

　　"자, 형제들, 불쌍하게 보지 말고 모두 채찍이나 들고 타라고!"
　　"그래, 어디 실컷 후려쳐 볼까!"
　　모두들 떠들썩하게 웃으면서 한편으론 긴박하게 미콜카의 수레에 올라탔다. 여섯 명 정도가 탔지만 자리는 아직 더 여유가 있었다. 사람들은 뚱뚱하고 붉은 빛깔이 도는 얼굴을 한 어떤 아낙을 태웠다. 붉은 무명옷에 유리구슬로 장식된 두건을 두르고 모피 신발을 신은 그녀는 호두를 까면서 웃고 있었다. 주위에 있는 사람들 역시 웃고 있었다.

　　마침 호두 까는 여인이 신고 있는 신발의 재질이 모피이며, 입고 있는 옷의 색깔 또한 정열적인 붉은 색이라는 점 역시 의미하는 바가 크다. 프로이트는 신발이나 슬리퍼가 여성성을 연상시킨다고 언급하면서 모피 또한 성적인 감정을 일으키는 물건임을 강조한 바 있기 때문이다. 즉, 탈진, 뒷발질, 홍조를 띤 여인의 안색, 호두를 까고 있는 여인 등과 같은 이미지들은 매 맞는 말을 단순한 폭력으로 보기 보다는 노골적인 성적 유희(遊戲)로 해석할 때 '웃음'과 연결 짓는 것이 가능해진다. 가혹하게 매질을 해서 결국 말을 죽게 만드는 상황에서 이를 지켜보면서 웃는다는 것은 좀처럼 이해하기 어려운 일이기 때문이다. 그러나 이 가혹한 상황을 채찍으로 대변되는 물리적인 폭력이 아니라 남근으로 대변되는 일련의 성적인 유희로 해석한다면 상황은 달라진다. 문자 그대로 유희이기 때문에 웃을 수 있고, 웃을 수 있기 때문에 그토록 가혹하게 매질을 하는 가운데서도 노래까지 부를 수 있는 것이다. 아낙의 거침없는 행동도 계속 이어진다: '자, 노래를 부르자, 형제들! 노래를!' 누군가 수레에서 외치자 수레에 탄 사람들 모두가 노래를 따라 부르기 시작했다. 방탕한 노래가 울려 퍼졌고, 사람들은 탬버린을 찰랑거리며 후렴으로 휘파람을 불었다. 뚱뚱한 아낙은 호두를 까면서 웃고 있었다." 일련의 군중들에 의해 한 마리 말에 가해진 집단폭력을 지켜보는 나이 어린 라스콜니코프는 어른들의 '웃음'을 이해할 수 없는 것은 물론이거니와 말할 수 없는 두려움에 휩싸이게 된다. 성인들의 '유희'를 이해하지 못하는 어린아이가 부모의 성관계를 처음 목격했을 때 이를 어머니에 대한 아버지의 폭력, 즉 사디즘으로 오해하는 것과 같은 이치다. 문제는 이처럼 매 맞는 암말을 여성에 대한 성폭력으로 이해할 수 있는 근거, 즉 어떻게 암말을 여성으로 볼 수 있는가 하는 점이다. 이 문제와 관련해서 우리는 카테리나 이바노브나의 임종 장면을 떠올릴 필요가 있다.

카테리나 이바노브나는 몸을 팔아 자신의 가족을 부양해야 했던 소냐를 가리켜 여윈 말을 너무 부려 먹었다는 표현을 사용한다: "소냐, 이 어여쁜 것, 너 여기 있니?" 사람들은 다시 그녀를 일으켰다. "이제 됐어...! 때가 됐어...! 잘 있어라, 불쌍한 것! 여윈 말을 너무 부려먹었어...! 녹초가 됐어...!" 라스콜니코프가 보았던 매 맞는 암말의 이미지는 꿈속 장면으로 무의식의 세계에서 벌어진 일이지만 임종 직전에 카테리나 이바노브나가 한 말은 꿈이 아닌 현실에서의 일이다. 다시 말해서 라스콜니코프가 꿈꿨던 매 맞는 암말이 갖는 성적 이미지는 단지 무의식에 국한되는 것이 아니며 현실에서도 그대로 적용될 수 있음을 증거한다. 가족의 생계를 위해 거리에서 몸을 파는 소냐를 여윈 말이라고 지칭한 계모의 표현을 통해서 암말과 여성의 등치관계가 성립되는 것이다.

선술집과 《수정궁》

라스콜니코프는 은시계를 저당 잡히고 받은 돈으로 선술집을 찾는다. 센나야 광장의 거리와 근처 골목은 수많은 술집들로 역겨운 냄새를 풍기는 곳이며, 대낮에도 끊임없이 취객들이 쏟아져 나오는 곳이다. 게다가 도심 한가운데에서 느끼는 무더운 여름 날씨도 주인공의 신경을 곤두서게 만든다. 소설 도입부에서 라스콜니코프가 느꼈던 점은 바로 이러한 혼란스러움이었다.

거리는 지독히도 무더웠다. 날씨는 후텁지근했고 곳곳에 놓인 석회석과 목재더미, 벽돌들, 먼지 등으로 길가는 번잡했다. 또한 도시 근교에 별장을 소유하지 못한 페테르부르크 사람이라면 누구나 익숙한 한여름의 독특한 악취 등은 가뜩이나 혼란스러운 청년의 마음을 더욱 더 심란하게 만들고 있었다.

하지만 센나야 광장은 술 냄새와 악취만 풍기는 곳이 아니라 수공업자들과 공장 노동자들이 우글거리는 곳이며 창녀촌이 운집한 곳이다. 바로 이 거리와 이 골목을 라스콜니코프는 좋아했다는 점에 주목할 필요가 있다. 그가 술에 취한 노동자나 악취를 풍기는 거리, 지하에서 파는 싸구려 음식을 선호했다고 직접적으로 묘사된 곳은 없다. 그럼에도 불구하고 센나야 광장에 대해 느꼈던 혼란스러움은 점차 사라지며 라스콜니코프는 이 거리를 좋아하기에 이른다. 라스콜니코프의 은밀한 취향의 종착지가 어디일지 가늠케 하는 부분이다. 앞서 살펴보았던 부분을 다시 살펴볼 필요가 있다.

지하에 있는 허름한 식당과 센나야 광장의 더럽고 악취가 진동하는 마당, 무엇보다 선술집 근처에는 여러 부류의 노동자들과 누더기 차림의 사람들이 가득했다. 라스콜니코프는 아무 생각 없이 밖에 나갈 때엔 특히 이 거리와 근처 골목들을 거닐기를 좋아했다.

선술집은 시원한 맥주로 갈증을 풀어주는 곳이기도 하고, 주위 취객들의 끈적끈적한 음담패설을 자의든 타의든 언제든지 들을 수 있는 곳이다. 선술집은 '아내를 1년 내내 애무했다'는 식의 말 같지도 않은, 질펀한 노래를 거리낌 없이 부를 수 있는 곳이며 동시에 그런 노래를 제한 없이 들을 수 있는 곳이기도 하다. 또한 마르멜라도프가 자신의 딸 이야기를 하면서 '노란 딱지'를 언급할 때에도 주위 사람들이 킬킬대며 비웃는 장소이기도 하다. 술에 취해 음담패설을 지껄이는 취객이 있는 반면 이를 들으면서 흥분하는 사람 또한 존재하는 곳이 선술집인 것이다. 즉, 욕구 해소를 위한 일종의 분출구 역할을 하는 곳이 바로 선술집이다. 주목할 점은 라스콜니코프는 예전에는 선술집에 단 한 차례도 간 적이 없었다는 사실이다. 이런 곳에서 맥주 한 잔을 들이켜고 난 후에야 비로소 그의 심란함과 혼란스러움은 눈 녹듯 사라진다. 그의 '내면'을 흥분시키는 기제는 리자베타에 관한 대목에서도 드러난다: "대학생은 야릇한 미소를 지으며 계속 웃었고, 장교도 호기심에 속옷 수선을 시키도록 리자베타를 보내달라고 부탁했다." 대학생과 젊은 장교는 리자베타가 항상 임신 중이어서 배가 불룩하다고 말하면서, 그녀의 성격이 온순하고 고분고분해서 많은 이들이 좋아한다는 사실도 얘기를 한다. 지척에서 듣게 된, 취중 내면의 본색이 드러난 젊은 사내들의 이야기는 동년배인 라스콜니코프를 충분히 자극시키고 남았을 개연성이 있다. 프로이트는 음담패설이 성적인 자극을 주는 어떤 특정한 사람을 겨냥하며, 그 사람은 음담패설을 들음으로써 음담패설을 하는 사람의 흥분을 깨닫게 되어 스스로도 성적으로 흥분된다는 사실을 지적한 바 있다. 문제는 돈이다. 옆

자리에 앉은 또래의 사내들은 술 한 잔 걸치면서 여자를 농락할 이야기나 주고받을 정도로 여유로운 반면 라스콜니코프는 과외 자리도 끊기고 집세도 내지 못해 전당포를 전전하는 상황에 처해 있다. 작금의 사정만 놓고 본다면 라스콜니코프에게 있어 '여자'는 현실에서는 불가능한, 먼 나라 꿈속에서나 가능한 일이다. 주인공은 옆 테이블에 앉은 동년배 청년들에 비해 다분히 침체되고 억눌린 상황에 놓여있는 것이다.

선술집이 주인공을 둘러싼 다양한 인간군상의 뒤틀린 욕망을 투영했다면 '수정궁'은 라스콜니코프 자신의 본심을 여과 없이 내비쳤다는 점에서 의미가 있다. 주인공은 자묘토프 사무관을 '수정궁'에서 만나자마자 누군가로부터 향응을 받고 있는 게 아니냐면서 비아냥거린다. 일개 사무관이 고급 술집을 드나들며 샴페인을 마시고 있는 사실을 비꼰 것이다. 라스콜니코프가 나타내는 적개심은 단순히 고급 술집에 대한 반감 때문만이 아니라 '수정궁'이라는 이름 자체에 기인한다. 즉, 도스토옙스키는 1864년 자신의 저서 『지하로부터의 수기』에서 수학적으로 계산되고 통제된 세상에서 소위 수정궁이 완성될 것이라고 경고하면서 인간의 이성과 과학문명에 대해 비판적인 입장을 취한 바 있다. 1851년 영국 런던 만국박람회 당시 실재했던 최첨단 건물인 수정궁(Crystal Palace)을 비판하는 의미도 물론 있지만 과학기술의 발전과 과시를 통해 유토피아 제시를 목표로 했던 만국박람회 자체에 대한 도스토옙스키의 경계심을 엿볼 수 있는 부분이다. '수정궁'에서 라스콜니코프는 살인범 특유의 광기에 가까운 분노를 억누르듯 자묘토프에게 표출하지만 주인공의 이러한 적의 및 불편한 심기는 곧 '수정궁'에 대한 작가의 심정으로 보아도 무방하다고 볼 수 있다.

노파살해사건의 성적 코드

매 맞는 말에 대한 꿈이 단순한 폭력을 뛰어넘어 성적인 유희로 해석될 수 있듯이 라스콜니코프가 전당포 노파를 찾아가 살해하는 장면도 성적인 코드로 해석될 수 있는 부분이 있다. 노파살해는 꿈속에서의 장면이 아닌 실제 상황이지만 이 살인이 우발적인 살인이 아니라 계획된 의도 하에 실행된 범죄이고, 이것이 또한 라스콜니코프의 잠재의식의 발현이라는 점을 고려한다면 노파살해가 지니는 성적 암시 역시 라스콜니코프의 억압된 무의식의 표출로 인식할 수 있다.

프로이트의 정신분석 연구에 의하면 '층계를 오르는 것'은 모종의 성행위를 의미하는 상징적 표현이다. 이 점에 대해 프로이트는 독일어의 관용어를 예로 들면서 다음과 같이 설명한다. 'steigen(올라가다)'이라는 단어는 '여자의 뒤꽁무니를 쫓아다니다(den Frauen nachsteigen)', 혹은 '늙은 방탕아(ein alter Steiger)'라는 표현으로 확대되어 쓰이고, 프랑스어에서는 'la marche'가 계단이라는 뜻인데, 바람둥이를 지칭하는 말로 '계단을 올라가는 노인(un vieux marcheur)'이라는 표현을 쓴다는 것이다. 층계를 오를수록 흥분이 커지고 숨이 가빠진다는 것인데, 흥분의 원동력은 다분히 리비도적인 것으로 파악된다. 이러한 흥분은 다음 장면에서의 라스콜니코프가 느끼는 그것과 매우 유사하다. 마침 당시 라스콜니코프가 가지고 있던 것이 남성성을 상징하는 대표적 물건인 '도끼'라는 점도 흥미롭다: "대문 바로 오른쪽으로 노파에게 올라가는 계단이 있었다. 그는 계단 앞에 서서 숨을 한번 크게 들이쉬었다. 그리고 두근거리는 가슴을 어루만지고 도끼를 한번 만지작거린 후 계단을 오르기 시작했다." 라스콜니코프는 노파가 자신이 가져온 전당물을 살펴볼 때 옷 속으로 도끼를 부여잡고는 그녀를 내리칠 순간만을 기다린다. 이때 그는 양손에 힘이 빠져 있었고, "두 손이 점점 마비되는 것"을 느낀다. 살인이 이뤄진 직후 라스콜니코프는 노파의 옷에서 열쇠를 빼내어 서랍장을 뒤지는데 이때 "서랍장에 열쇠를 집어넣자 열쇠 꾸러미에서 철컥 소리가 들렸고 그는 곧 경련이 일어나는 것 같은 느낌"을 받는다. 살인이 행해지기 전후와 관련하여 극도로 긴장한 나머지 손이 마비되고 몸에 경련이 일어날 것 같은 느낌을 받는 것이다. 서랍장에 열쇠를 꽂고 서랍을 여는 것을 명백한 성행위의 상징이라고 전제했을 때 극도의 긴장으로 인한 손의 '마비' 및 몸의 '경련' 모두 실제 발생할 수 있는 현실 상황과 흡사하다. '열쇠'와 관련한 부분은 이후 소냐와의 대화 장면에서 다시 등장한다. 라스콜니코프의 방에서 함께 나온 라주미힌은 라스콜니코프에게 방문을 잠그지 않느냐고 묻는다. 이에 라스콜니코프는 한번도 문을 잠근 적이 없다고 말하지만 2년 동안 자물쇠를 사고 싶었다고 덧붙인다. 그런 다음 그는 문을 잠글 필요가 없는 사람들은 행복한 사람들이지 않겠느냐고 소냐에게 묻는다. 문을 잠그는 행위, 즉 성과 관련된 문제로 고민할 필요가 없는 사람들은 행복할 것이라는 의중이 무심코 튀어나온 것으로 해석할 수 있는 부분이다.

라스콜니코프가 자신의 범행사실을 소냐에게 고백하기 직전에 앉은 곳이 다름 아닌 침대였고, 그녀의 침대에 옮겨 앉은 순간 노파를 살해하던 당시 느꼈던 감각을 그대로 느끼며 전율했던 것도 이와 무관하지 않다: "그는 아무 말도 하지 않고 그녀의 침대로 옮겨 앉았다. 바로 그 순간은 노파의 등 뒤에서 도끼를 꺼내면서 더 이상 한순간도 지체할 수 없다고 느꼈던 그 당시와 끔찍할 정도로 똑같았다."

한편, 라스콜니코프가 수많은 인명을 살상한 나폴레옹을 예로 들면서 노파살해와 관련된 발언을 한 부분("나폴레옹, 피라미드, 워털루, 그리고 마르고 추한 14등 문관 미망인, 노파, 고리대금업자, 침대 밑 붉은 궤짝... 과연 포르피리 페트로비치가 이것들을 이해할 수 있을까...! 어떻게 이것들을 이해할 수 있겠는가...! 미학적으로도 설명하지 못할 것이다. 과연 나폴레옹이 노파의 침대 밑에 기어들어가겠느냐 말이야! 아아, 말도 안 되는 얘기다...!") 역시 노파살해를 단순한 폭력살인으로 볼 수 없게 만드는 부분이다. 예심판사 포르피리 페트로비치를 만나고 온 라스콜니코프는 이처럼 나폴레옹을 거명한 후 곧이어 이집트의 피라미드 및 워털루를 언급한다. 피라미드와 워털루는 주지하듯이 나폴레옹에 의해 수많은 폭력과 살인이 행해진 전장(戰場)이다. 이러한 피라미드와 워털루, 그리고 노파 다음에 언급되는 것이 바로 붉은 궤짝이다. 전당포 노파의 집이나 방이 아니고 단도직입적으로 붉은 궤짝이 언급됨으로써 붉은 궤짝은 나폴레옹이 치른 전쟁과 등가(等價)의 성격을 갖는 폭력의 장(場)으로 승격된다. 곧이어 라스콜니코프는 나폴레옹이 노파의 침대 밑으로 기어들어가는 것을 상상할 수 있을지 자문한다. 앞서 지적했듯이 붉은 궤짝을 열려고 시도한 행위는 성적인 상징을 표현하는 것이므로 '폭력 및 살인을 상징하는 대표적 인물'과 '침대 밑으로 기어 들어간 행위' 자체의 연결은 '폭력'과 '성'의 결합이라고 할 수 있다. 다시 말해 나폴레옹 같은 위인이 노파를 상대로 성폭력을 행한 것을 누군들 상상이나 할 수 있겠느냐며 스스로 위안을 삼은 것이나 마찬가지다. 여기서 나폴레옹이라는 존재는 물론 라스콜니코프 자신이 투영된 결과이다. 초인사상에 사로잡힌 라스콜니코프가 자신의 망상을 정당화하면서 내세우는 대표적 인물이 나폴레옹이기 때문이다. 즉, 라스콜니코프의 이 발언은 자신이 노파를 상대로 성폭력을 휘두른 것을 포르피리 페트로비치도 알 수 없을 것이라는 자기 오만의 표현으로 해석될 수 있다. 노파살해는 이처럼 폭력과 성이 실타래처럼 뒤엉킨 문제임을 더욱 공고히 보여주는 장면이라 할 수 있다.

'고함치는' 피

라스콜니코프가 처한 억압상태를 하녀 나스타시야가 날카롭게 지적하는 부분도 주목할 만하다. 전당포 노파를 살해한 라스콜니코프는 하녀 나스타시야로부터 '피' 이야기를 듣자 순간적으로 노파살해와 연관된 것으로 오인하면서 대경실색한다. 그러나 나스타시야가 말하는 '피'는 라스콜니코프가 현재 처한 상태를 정확히 '진단'한 것이었다.

> "조금 전에 말이야... 30분 전에, 일리야 페트로비치 부경찰서장이 계단에서... 주인 아주머니를 그 사람이 왜 때린 거지?"
> 나스타시야는 인상을 쓰고 한참 동안 그를 쳐다보았다.
> "나스타시야, 왜 말을 안 하는 거야?"
> "그건 피 때문이에요." 그녀는 마침내 조용히 말했다.
> "피라고? 무슨 피...?" 그는 얼굴이 백지장처럼 하얗게 변하며 중얼거렸다. (...)
> "아무도 안 왔어요. 그건 당신 속에서 피가 고함치고 있어서 그래요. 피가 빠져 나가지 못하니 간장을 태우는 거고, 그러니까 환각이 보이는 거라고요... (...)"

하녀 나스타시야는 라스콜니코프 몸에서 피가 고함치고 있다고 말한다. 실제로 라스콜니코프는 피 끓는 20대의 혈기왕성한 청년이다. 말 그대로 피, 즉 혈기(血氣)가 빠져나가지 못해서 환각이 나타난다는 나스타시야의 주장은 혈기가 빠져나가야 정상적인 생활을 영위할 수 있다는 논리로 이해될 수 있다. 피가 고함치고 있는데 빠져나가지 못하는 것은 억눌린 것, 억압 상태에 있다는 뜻이다. 따라서 이것이 배출된다는 것은 억압 상태의 반대급부인 억압의 표출로 해석해야 마땅하다. 아울러 혈기가 빠져나가야 한다는 것은 바로 몸을 구성하는 기운, 즉 정기(精氣)의 배출을 의미하는 것으로써 라스콜니코프에게 성행위의 필요성을 일깨워준 것이라 할 수 있다. 라스콜니코프의 현 상태에 대해 정곡을 찌른 나스타시야의 날카로운 지적은 상당히 의미심장한 부분이 아닐 수 없다. 나스타시야의 이같은 충고가 나름대로 설득력을 지니는 이유는 특별히 하는 일도 없이 방구석에 틀어박혀 지내는 라스콜니코프의 일상을 가까이에서 늘 관찰한 때문이기도 하지만 그녀와 라주미힌과의 대화에서 드러나듯이 그녀가 '남녀 사이의 일'에 대해 적지 않은 관심을 가지고 있었던 사실에서 비롯된다. 여주인으로부터 상당한 호의를 받는 라주미힌이 그녀를 '파셴카'라고 부르며 매력을 칭찬하자 나스타시야는 어떻게 주인마님을 가리켜 '파셴카'라고 부를 수 있는지 중얼거리며 그들 사이를 시기하는 듯한 모습을 보임과 동시에 라주미힌이 주인마님에게 사탕발림을 하면서 아첨한 사실을 능글맞게 상기시킨다. 나스타시야는 라주미힌이 여주인과 무슨 말을 나누는지 엿들으러 아래층으로 내려가기까지 하는데, 라주미힌에게 반한 것처럼 보인다. 이성에 대한 관심이 있기에 이 모든 관찰이 가능했던 것이다.

경찰서 소환

한편, 라스콜니코프는 채무를 여주인에게 돌려달라는 독촉 건으로 인한 소환장을 받고 경찰서에 출두한다. 그 경찰서에서 라스콜니코프의 주의를 끄는 인물들로는 화려하고 사치스런 옷으로 치장한 검붉은 안색의 여인, 그리고 경찰서 사무관과 부경찰서장, 경찰서장 등을 들 수 있다. 노파를 살해한 직후 소환장을 받게 된 라스콜니코프는 두려운 마음으로 경찰서에 가지만 자신의 소환 이유가 노파살해와는 무관하다는 것을 깨달으면서 점차 호기를 부리게 된다. 허름한 옷차림과 대비되는 그의 의젓한 태도는 부경찰서장인 육군 중위 일리야 페트로비치의 심기를 건드리고, 이는 나아가 화려하고 사치스런 드레스를 입은 여인을 향한 부경찰서장의 화풀이로 이어진다. 여기서 부경찰서장 일리야 페트로비치와 화려하고 사치스런 옷을 입은 루이자 이바노브나가 나누는 대화가 있다. 주인공 라스콜니코프와는 아무런 관계가 없는, 그야말로 부차적인 인물들이 주고받는 부차적인 이야기이다. 하지만 이들의 이야기가 라스콜니코프에게 어떻게 영향을 미치는지 주목하고자 한다. '화약 중위'로 불릴 정도로 다혈질인 부경찰서장의 폭언이 잠잠해지길 기다린 끝에 가까스로 말할 기회를 잡은 화려하고 사치스런 옷차림의 부인은 소동에 대한 진상을 자세히 밝힌다. 여기서 이 부인, 즉 루이자 이바노브나는 자신의 집을 '고상한 집'이라고 말하고 있지만 실상은 술집을 운영하는 주인이다. 루이자 이바노브나는 부경찰서장에게 진술하기를, 사람들 중 한 명이 "다리를 들어서 피아노를 바로 연주"했다고 말하면서 이는 자신의 고상한 집에서는 있을 수 없는 일임을 재차 강조한다. 프로이트의 해석에 의하면 피아노는 건반으로 인해 역시 각 음마다 단계가 있기 때문에 '층계'의 연장선상에 있다고 볼 수 있다. '피아노'와 관련하여 주목할 부분은 뒷부분에서 다시 찾아볼 수 있다. 라스콜니코프를 진찰하고 나온 의사 조시모프에게 라주미힌이 여주인에 대해 온갖 미사여구를 동원하여 칭찬을 한 뒤 그녀의 방에 묵을 것을 청하는 장면이다. 라주미힌은, 여주인 집에 "피아노가 있거든. 그런데 난 조금 더듬대는 수준"이고, 조시모프는 "피아노의 대가"라고 추켜세우면서 그녀와 하룻밤을 지내면 후회하지 않을 거라는 말도 덧붙인다. 조시모프는 상당한 바람둥이이며 자제할 줄 모르는 인물로 소개된다는 점을 떠올릴 필요가 있는 것이다. 그런데 부경찰서장이 전하는 에피소드 속에서 '피아노를 연주'한 그 사람은 곧 이어 경비원의 눈을 때리고 부인의 뺨까지 때리는 폭행을 계속한다. 부인이 비명을 지르자 그제서야 창문을 통해 달아나려고 했다는 것인데, 이를 붙잡고 제지하던 와중에 옷소매가 떨어져 나가자 옷값으로 15루블을 요구했고, 이에 부인은 5루블을 주었다고 부경찰서장에게 해명한다. 또한 부인은 이러한 소동을 일으킨 장본인이 이 일을 풍자문으로 써서 잡지에 기고하겠다고 말했다는 사실을 전함으로써 그의 신분이 작가임을 노출시킨다.

한편, 부인으로부터 소동의 전말을 전해들은 부경찰서장은 다음과 같은 말을 덧붙인다.

> "엊그제 선술집에서는 이런 일이 있었어. 어떤 녀석이 점심 식사를 하고 난 다음에 돈을 내지 않더라는 거야. 그러고도 뭐 잘났다고 '내가 당신들을 상대로 풍자문을 쓰겠다'라고 했다지. 또 지난주에는 다른 사람이 배를 타고 가다가 존경하는 5등 문관의 부인과 딸을 상스런 말로 모욕을 했다고 해. 그리고 최근에 한 식료품 가게에서는 어떤 사람을 안에 들어오지도 못하게 밀쳐냈다고 하지. 이런 작자들이 다 문인이니 작가니 대학생이니 하는 진리의 선포자들이야..."

부경찰서장이 전한 첫 번째 이야기에 등장하는, 점심값을 내지 않고 대신 풍자문을 쓰겠다던 사람도 저당 잡힌 물건 값을 제때 갚지 못하고 결과적으로 살인을 통해 이를 덮으려 한 것으로 비쳐질 수 있는 라스콜니코프와 일맥상통하는 면이 있다. 그 사람은 풍자문을 쓰겠다면서 자신의 행위를 옹호하려 하지만 라스콜니코프는 실제로 '범죄에 관하여'라는 논문을 씀으로써 자신의 이론을 정당화한다. 부경찰서장이 말한 두 번째 이야기에서 존경하는 어떤 가정의 모녀를 상스러운 말로 모욕했다는 사람도 어머니와 여동생을 사랑하지만 동시에 그로 인한 극심한 스트레스로 고심하던 라스콜니코프를 겨냥하고 있는 점에서 큰 차이가 없다: "어머니, 누이동생을 난 너무나 사랑한다! 그런데 지금은 왜 그들을 증오하는 걸까? 그들이 내 곁에 있는 것을 참을 수가 없다..."

  마지막으로 식료품 가게에서 어떤 사람을 밀쳐 내쫓았다는 부분 역시 식료품, 즉 식생활과 관련된 라스콜니코프의 문제점이 노출된 것으로 보아야 한다. 실제로 라스콜니코프는 2주 동안이나 집주인으로부터 식사를 제공받지 못할 정도로 심각한 상태에 놓여 있었다. 그나마 하녀 나스타시야로부터 차와 야채 수프 정도를 따로 제공받을 뿐인데, 제대로 된 식사라고 볼 수 없는 이런 형편없는 식사는 라스콜니코프의 집을 방문했을 때 라주미힌이 제공받았던 식사와 비교할 때 현격한 차이를 보인다. 라주미힌은 그 자리에서 마치 자신이 그 집의 집주인이라도 되는 듯 감자와 쌀을 넣은 수프에 소고기를 대접받지만 이마저도 성이 차지 않는지 맥주까지 여주인에게 주문해 줄 것을 하녀 나스타시야에게 요구하고, 나중에는 딸기잼까지 갖다 달라고 주문한다. 주인 아주머니가 어디서 딸기잼을 얻을 수 있겠느냐며 나스타시야가 반문하자 라주미힌은 딸기는 가게에서 사오면 되는 것이라며 훈수를 둔다. 가게에서 딸기잼을 사는 것 정도를 아무렇지도 않게 생각하는 라주미힌은 집주인에게 어떻게 하다가 식사도 제공받지 못하는 상태가 됐는지를 라스콜니코프에게 한심하다는 듯이 묻는다. 라주미힌이 받는 융숭한 식사대접은 여주인과의 '애틋한' 관계에 대한 보상이다. 라주미힌은 집주인 파셴카가 그렇게 매력적일 줄은 몰랐다고 토로하면서도 나중에는 자기 대신 조시모프에게 집주인과 하룻밤을 보내 줄 것을 부탁하기까지 한다. 식료품 가게 출입을 대수롭지 않게 생각하는 라주미힌과 달리 라스콜니코프는 하녀 나스타시야로부터 가게에 가서 소시지를 사다 달라는 부탁도 거절당한 상황임을 기억할 필요가 있다. 부경찰서장이 전하는 얘기 속에서 식료품 가게 출입이 제지되었다는 사람과, 하녀 나스타시야의 부탁 거절로 인해 결과적으로 식료품 가게에서 소시지를 사먹지도 못하게 된 라스콜니코프는 이처럼 유기적 관련성을 지닌다.

또한 라주미힌은 라스콜니코프의 몸 상태가 정상이 아니라는 판단 하에 의사 조시모프를 불러 오는데 여기서 조시모프는 라스콜니코프가 먹어도 될 음식과 먹어서는 안 될 음식을 구분해서 지시한다: "뭐든지 다 줘도 돼요. 수프, 차... 다 괜찮아요. 그런데 버섯과 오이는 주면 안 되고, 물론 소고기도 주면 안 됩니다..." 버섯과 오이는 남근을 상징하는 대표적 음식이다. 소고기 역시 육식을 대표한다는 점에서 남성성을 상징하는 음식은 전부 라스콜니코프에게 금지된 것으로 보아야 하는데, 음식과 성의 상관관계를 적나라하게 보여주는 단적인 예라고 할 수 있다. 망상에 시달리며 힘없고 무기력한 라스콜니코프가 하녀 나스타시야에게 빵과 소시지를 사다 달라고 부탁을 할 때에도 나스타시야는 (남근을 연상시키는) 소시지 말고 야채 수프가 있다면서 그것을 가져오겠다고 말한다. 반면에 수많은 여성들을 농락하고 두냐에게까지 흑심을 품는 호색한으로 등장하는 스비드리가일로프가 자살하기 전날 주문하는 식사가 다름 아닌 소고기 요리인 점은 시사하는 바가 크다.

부경찰서장은 위에서 언급된 세 가지 사건을 전하면서 이와 같은 일을 저지른 사람이 문인과 작가, 대학생이라면서 이들을 동일시하고 비판한다. 부경찰서장이 말한 세 사건은 의도하진 않았지만 모두 라스콜니코프를 공통으로 지목하는 결과를 초래했고, 그의 이러한 '동일시'에 따른 비난과 무시를 경찰서장과의 대화에서 다시 드러냄으로써 이 모든 라스콜니코프의 행동들이 다 잘못된 것이고 비난받아야 할 일임을 재차 강조한다: "아니, 그게 아니고, 작가 양반인지, 아니 예전 대학생이라는 사람이 차용증을 써줬다가 돈도 갚지 않고선 방을 비워주지도 않고 있어서 탄원이 들어온 겁니다." 라스콜니코프에게 부경찰서장의 이야기가 더 이상 남의 이야기로 들릴 수 없는 까닭이 여기에 있다. 엄밀히 말해서 부경찰서장은 문인과 작가, 대학생을 다 같이 비판했을 뿐, 이들을 '동일시'하는 주체는 부경찰서장이 아니라 무의식 속의 라스콜니코프라고 할 수 있다. 현실에서 이를 인지했다면 모종의 반응이 있었을 것이기 때문이다. 즉, 경찰서에서는 이들 세 사건이 자신을 지향하고 있음을 인식하지 못했다 하더라도 이어지는 여주인 폭행 꿈과의 관련성을 고려해볼 때 세 사건의 인물들은 무의식 속에서 라스콜니코프 자신과 동일시되어 라스콜니코프 자신을 억압했다고 보아야 한다. 채무 독촉 때문에 경찰서에 갔던 그는 결국 (그곳에서 듣게 된) 남들이 행한 다른 모든 잘못도 전부 자신이 저지른 것이라는 얘기를 듣고 온 것과 다를 바 없다. 따라서 면전에서 공개적으로 예상치 못했던 수모를 당한 라스콜니코프에게 의식하지 못하는, 무언의 압력이 그에게 가해졌음은 불문가지이다. 다음에 제시하는 매 맞는 여주인 꿈이 이 점을 뒷받침한다.

매 맞는 여주인 꿈

경찰서에서 돌아온 라스콜니코프는 가택 수색을 염려한 나머지 집으로 돌아와 훔친 장물을 들고 밖으로 나가 적절한 장소를 발견한 후 조심스럽게 땅에 묻는다. 그 후 라주미힌의 집에 들러 번역을 제안받지만 거절하고 집에 돌아오는데 이때의 귀가 시간은 저녁 무렵이었다. 이렇게 밖에서 시간을 보낸 라스콜니코프는 집에 돌아와 지쳐 잠이 든 후 꿈을 꾼다. 이 꿈속에서 부경찰서장은 여주인을 폭행한다. 현실에서는 여주인 및 그 대리인으로부터 촉발된 채무 독촉이 부경찰서장을 통해 라스콜니코프를 억압하지만, 곧 이어 라스콜니코프는 꿈속에서 바로 이 부경찰서장을 통해 여주인에게 폭행이 가해지는 꿈을 꾼다. 꿈속에서의 상황이 현실과 정반대로 연출된 사실은 꿈속에서의 라스콜니코프 자신의 말처럼 "세상이 뒤집힌 것"을 의미한다.

통곡하는 소리와 욕설은 점점 더 심해졌다. 그러다가 그게 여주인의 목소리라는 것을 알고 라스콜니코프는 소스라치게 놀랐다. 여주인은 비명을 지르면서 울부짖고 있었다. 계단에서 얻어맞고 있던 그녀는 때리는 것을 그만 멈춰달라고 알아들을 수 없는 말로 애원하듯 내뱉고 있었다. 때리고 있는 사람도 광기에 사로잡혀 숨을 헐떡이며 말을 했기 때문에 곧바로 알아들을 수 없었으나 라스콜니코프는 갑자기 온몸이 떨리기 시작했다. 그 목소리의 주인공은 일리야 페트로비치였던 것이다. 일리야 페트로비치 부경찰서장이 집에서 여주인을 때리고 있는 것이었다! 그는 그녀에게 발길질하고 있었고, 그녀의 머리를 계단에 내려 찧고 있었다. 이게 어떻게 된 일인가, 세상이 뒤집히기라도 한 것인가?

라스콜니코프가 직접 나서지 않고 부경찰서장이라는 대리인을 통해 여주인을 폭행하는 이 꿈에 대해서도 주의를 기울일 필요가 있다. 부경찰서장의 폭행 꿈은 겉으로 보기에 그다지 성적인 뉘앙스를 많이 풍기고 있다고 보기 어렵다. 광기에 사로잡힌 부경찰서장의 모습에 라스콜니코프가 몸을 떨면서 두려워했다는 부분이나, 울부짖는 소리, 통곡 소리 등은 여타 단순한 폭력 사건과 진배없는 부분이다. 다만 굳이 성적인 암시를 주는 곳을 찾는다면 얻어맞고 있던 곳이 "계단"이고 그 계단에서 때리기를 멈춰 달라고 하는 부분과 가해자도 "숨을 헐떡이며" 다급히 말을 했다는 것 정도이다. 하지만 꿈속에서 벌어진 여주인에 대한 부경찰서장의 폭행을 성적인 코드로 해석할 수 있는 근거는, 현실에서 벌어진 루이자 이바노브나를 향한 부경찰서장의 폭언 및 이에 대한 그녀의 반응에서 찾을 수 있다. 라스콜니코프는 꿈에서 깬 이후에도 하녀 나스타시야에게 부경찰서장이 왜 여주인을 때렸느냐고 물음으로써 꿈과 현실을 정확히 인식하지 못하고 있음을 드러낸다. 꿈의 원인을 현실에서 찾아야 하는 당위성은 이러한 상황에 기인한다.

여기서 먼저 화려하고 사치스런 드레스를 입고 있던 부인, 즉 루이자 이바노브나가 말한 소동을 다시 생각하지 않을 수 없다. 물론 라스콜니코프는 루이자 이바노브나가 진술한 소동과 직접적인 관련이 없는 제삼자의 입장에 있는 것이 사실이다. 하지만 술값도 계산하지 않고 여자를 폭행하며('피아노 연주'를 통해 섹스를 즐긴 다음 '피아노를 망가뜨리는' 폭행을 저지르며), 돈 한 푼 내지 않은 채 창문을 통해 몰래 빠져나가려 소동을 일으킨 장본인은, 전당포가 있는 4층까지 "계단을 올라가서" 노파를 "도끼"로 살해하고('계단'과 남근을 상징하는 '도끼'가 지니는 성적인 부분) 노파로부터 돈을 훔친 뒤 범죄현장에서 황급히 도망치듯 빠져나온 라스콜니코프와 별반 다르지 않다. 또한 창문을 통한 탈출이 제지될 때 찢어진 옷소매 역시 노파를 살해하고 그곳을 탈출한 라스콜니코프가 나중에 핏자국이 묻은 자신의 바짓부리를 스스로 잘라내는 장면을 연상시킨다는 점에서 상당한 유사점을 보인다.

결국 앞에서 살펴보았듯이 부경찰서장이 말한 세 가지 에피소드에 나오는 사람들만 라스콜니코프를 지칭했던 것이 아니라, 루이자 이바노브나가 진술한 소동에 등장하는 사내도 라스콜니코프를 지향하고 있었던 것이다. 바흐친의 표현대로 발화의 특징이 지닌 지향성과 수신자 정향성을 염두에 둘 때 발화의 수신자는 전혀 정의되지 않거나, 구체화되지 않은 타자일 수 있다는 점에서 부경찰서장의 발언이나 루이자 이바노브나의 진술 모두 결국은 절반 정도 가려지거나 은폐된 타자의 말이라고 할 수 있다. 따라서 이 사실을 다른 곳도 아닌 경찰서에서 발설한 루이자 이바노브나는 라스콜니코프에게 있어 잠재적인 압력을 가한 인물로 인식될 수밖에 없다. 여주인이 채무 독촉에 따른 소환이라는 '보이는' 외형의 압력을 행사했다면, 루이자 이바노브나는 '사실은 라스콜니코프가 범인'이라는 식의 진술을 통해 '보이지 않는' 무형의 압력을 행사함으로써 궁극적으로 같은 가해자들이라는 위상을 자연스레 획득한다. 바로 라스콜니코프에게 억압을 행사한 자들이다.

즉, 라스콜니코프 입장에서는 꿈속도 아닌 현실에서, 억압자이자 가해자인 루이자 이바노브나를 향해 행해지는 부경찰서장의 언어폭력에 별다른 거부감이 생길 까닭이 없다. 바로 이러한 상황에서 부경찰서장의 폭언에 대해 루이자 이바노브나가 어떤 반응을 나타냈는지 주목할 필요가 있다. 앞서 언급했듯이 부경찰서장은 상당히 고압적인 태도로 부인에게 성을 내며 다그치는데, 그의 이러한 폭언에 라스콜니코프도, 루이자 이바노브나도 처음에는 무척 당황해한다. 특이한 점은 부인의 다음 반응이다.

> 화려한 드레스를 입은 부인은 처음에 부경찰서장의 청천벽력 같은 호통에 몸을 떨었다. 그러나 이상한 일이었다. 부경찰서장의 욕설이 심하면 심해질수록 부인은 더욱 상냥해지고 매혹적인 미소를 보이는 것이었다.

무례할 정도로 당당한 라스콜니코프의 태도 때문에 가뜩이나 자존심이 상해 얼굴이 벌겋게 달아오른 부경찰서장의 심리는 다분히 억눌린 상태이며, 화려한 드레스를 입은 여인을 향한 폭언은 그에 따른 명백한 분풀이에 다름 아니다. 문제는 이러한 부경찰서장의 분풀이를 그녀가 상냥하고, 또 매혹적으로 받아주고 있다는 데 있다. 그뿐만이 아니다.

> "만약 너희 집에서, 다시 한 번만이라도 너희 그 고상한 집에서 소동이 일어나면, 그땐 내가 직접 나서서 채찍질을 하겠어. 그것도 좋게 말해서 그렇게 하겠다는 뜻이야. 내 말 알아들었어? (...) 퉤! 넌 이제 가 봐! 조금 후에 내가 가서 볼 테

야... 그러니 조심해, 알아들었어?"

　　루이자 이바노브나는 애교를 부리면서 무릎을 굽혀 인사하고는 문까지 뒷걸음으로 가다가 마침 방으로 들어오는 경찰서장 니코짐 포미치와 부딪쳤다.

　부경찰서장의 언어폭력의 강도가 심해지면 심해질수록 상냥하고 매혹적인 모습으로 변하는 부인의 모습은 암말에게 매질을 하면 할수록 웃고 떠들기를 즐겼던 주변 사람들 장면을 떠올리게 한다. 암말에 대한 매질을 단순한 폭력이 아니라 성이라는 관점으로 전환시키도록 만든 이들이 바로 그들이다. 듣기 민망할 정도의 폭언이 쏟아지는 가운데서도 계속해서 애교를 부리는 부인은 암말 매질 장면에서 웃고 떠들던 그들과의 유대성을 더 한층 강화시킨다. 자신이 직접 나서서 채찍질을 하겠다는 부경찰서장의 말 속에서 단순한 물리적 형벌 이상의 의미를 찾아야 하는 이유이기도 하다. 라스콜니코프의 꿈에서 작고 힘없는 암말에게 수레채로 매질을 가한 일(나중에는 쇠지렛대로 때림)과, 스비드리가일로프가 라스콜니코프에게 언급한 '기차 안에서 어떤 독일 여자를 채찍으로 때렸다는 사람'을 상기시킨 일 역시 성적인 암시를 담고 있는 부분이다. 스비드리가일로프는 이 대목에서 '그런 도발적인 독일 여자'에 대해서는 절제할 필요성을 느끼지 못할 것이라고 말한 바 있다. 직접 형벌을 가하겠다는 부경찰서장의 강압적인 표현에도 불구하고 부인은 애교를 띠며 절을 하고 뒷걸음질을 치며 물러난다. 암말을 때리기 시작할 때부터 웃기 시작한 남정네들과 아낙, 매 맞는 암말이 뒷발질을 하는 모습을 보면서 실소를 금치 못하는 노인, 리자베타 이야기를 하면서 히죽히죽 웃는 대학생, 그리고 부경찰서장의 거친 언사로 인해 처음엔 당황했지만 곧 사태를 파악하고 부인에 대한 언어폭력을 면전에서 바라보면서 웃고 싶어 하기까지 한 라스콜니코프 모두 매한가지이다. 루이자 이바노브나가 전하는 소동을 들으면서 부경찰서장과의 반응을 지켜보던 라스콜니코프가 다음과 같이 웃을 수 있었던 것도 성과 웃음이라는 공통분모가 있었기에 가능한 일이다: "라스콜니코프는 손에서 서류를 놓칠 뻔 했으나 그렇게 처참하게 욕을 먹고 있는 화려한 드레스를 입은 부인을 보면서 어떤 일인지를 깨닫고는 곧 그 이야기에 커다란 관심을 갖기 시작했다. 그는 정말 큰 소리로 웃고 싶어졌다. 그의 온 신경은 미칠 듯이 흥분하고 있었다." 폭력을 단순한 폭력 이상의 그 무엇으로 해석하게 만드는 일차적 원인은 그 폭력이 '웃음'을 동반하는 데 있으며, 그 '웃음'의 기저에 무의식에 바탕을 둔 성적인 코드가 자리 잡고 있음은 부인하기 어렵다. 매 맞는 암말을 바라보면서 어린 라스콜니코프는 공포를 느꼈고, 꿈속에서 매 맞는 여주인의 비명을 지척에서 들으면서 라스콜니코프가 느꼈던 것도 공포였다. 그러나 이러한 모든 공포를 역시 단순한 폭력에 따른 결과로 볼 수만은 없다. 지금까지 살펴보았듯이 공포심을 유발할 정도의 잔인한 폭력 뒤에는 성 문제가 그

림자처럼 따라다니고 있기 때문이다.

부경찰서장의 입장에서 본다면 현실(경찰서)에서 행해진 (채찍질 경고) 폭언이 꿈속에서의 성폭력으로 성취된 것이고, 라스콜니코프의 입장에서 본다면 세 가지 이야기를 전하면서 사실상 자신을 압박한 부경찰서장을 무의식 속에서 (광기에 사로잡혀 폭력을 휘두르는) 가해자로 만듦으로써 라스콜니코프는 경찰서에서 당한 모욕을 꿈속에서 되갚아주고 있다.

또한 라스콜니코프의 시각에서 본다면 현실에서 빚 독촉장을 통해 무의식적으로 자신을 억압한 가해자인 여주인이 꿈속에서 성폭행됨으로써 자신의 억압이 대리 표출된 결과가 된다. 꿈속에서 라스콜니코프가 직접 징벌자로 나서지 않고 대리인인 부경찰서장을 통해 폭력을 행사하는 것은, 루이자 이바노브나가 진술한 소동이나 부경찰서장이 말한 에피소드 속 사건과 자신은 무관하다는, 즉 자신에게는 죄가 없음을 무의식적으로 드러내는 것으로 파악해야 한다. 라스콜니코프는 적어도 현실이 아닌 꿈속에서만큼은 제삼자이고 싶은 것이다.

부경찰서장의 모자

라스콜니코프는 예심판사 포르피리 페트로비치에게 자신의 죄를 실토하는 것이 아니라, 소냐와 부경찰서장에게 자신의 죄를 고백하고 자수한다. 소냐는 라스콜니코프의 성 본능을 승화시키는 데 커다란 역할을 한 여인이다. 또한 공개적인 자리에서 공식적으로 자수를 토로하는 대상이, 심문 과정에서 끊임없이 자신을 추궁하면서 밀고 당기는 심리전을 계속했던 예심판사가 아니라 꿈속에서 여주인을 폭행하고, 루이자 이바노브나에게 성적인 폭언을 퍼부었으며, 라스콜니코프가 자수를 하는 그 순간까지 '모자' 운운하면서 알 듯 말 듯한 상징적 의미만 던지던 부경찰서장이었다는 점은 무의식이 지닌 위력을 역설적으로 보여주는 방증이 아닐 수 없다. 부경찰서장을 향한 라스콜니코프의 다음 발언은 부경찰서장이 자신의 무의식을 꿰뚫고 있다고 인식하면서부터 느끼게 되는 그와의 긴밀한 유대감의 발로이다: "난 포르피리한테는 가지 않을 거야. 그자는 지겹거든. 차라리 나와 사이가 돈독한 화약 중위한테 가겠어." 라스콜니코프가 자수를 하러 경찰서에 갔을 때 부경찰서장이 언급하는 모자 이야기는 다음과 같다.

모자를 예를 들어보겠습니다. 모자는 과연 무엇을 의미하는 걸까요? 모자는 평범합니다. 저는 모자를 침메르만 상점에서 살 겁니다. 그러나 모자 밑에 간직하고 있는 것, 모자로 가리고 있는 것을 살 수는 없습니다!

각종 폭력 및 성적 암시를 담고 있는 꿈들로 점철된 소설의 실질적인 결말 부분은 주인공의 범행자백 장면이라고 할 수 있다. 엄숙하면서도 진지해야 할 이 장면에서 뜬금없이 부경찰서

장이 모자 운운하는 모습은 농담으로 보기에도 실로 난감할 정
도지만 그의 발언을 유심히 살펴볼 필요가 있다. 프로이트는 농
담이 정곡을 찌르는 확실성에서 탁월하며, 심오한 농담보다는
내용 없는 농담이 더욱 가치 있다고 말한 바 있다. 부경찰서장
은 자신의 모자를 침메르만 상점에서 사겠다고 말한다. 라스콜
니코프가 착용하던 모자도 침메르만 모자였다. '모자 밑에 간직
하고 있는 것, 모자로 가리고 있는 것'이 의미하는 바는 명확하
다. 비록 모자는 같은 상점에서 구입한다고 해도 모자 밑에 가
려진 것을 사지는 않겠다는 부경찰서장의 말은 결국 라스콜니코
프처럼 성과 관련된 문제를 일으키지 않겠다는 뜻으로 받아들
여야 한다. 이는 라스콜니코프를 반면교사로 삼아 좋은 교훈을
얻었다는 부경찰서장의 자기고백이나 다름없는 것이다. 앞서 언
급했듯이 방문을 한 번도 잠그지 않았지만 자물쇠를 사고 싶다
는 생각을 2년 동안이나 한 라스콜니코프가 결국은 '죄'를 지었
고, 문을 잠글 필요가 없는 사람들은 행복할 것이라고 무심코
내뱉은 그의 말이 실언이 아니었음은 부경찰서장의 이러한 '모
자' 발언과 함께 이해되어야 한다. 소설의 도입부에 묘사된 라
스콜니코프의 찌그러진 모자 부분과 소설 결말 부분의 부경찰
서장에 의한 모자 발언은 이처럼 소설을 앞뒤로 감싸면서 우리
를 무의식의 세계로 인도한다. 분명한 성적 상징을 담고 있는 노
파살해는 명백한 살해의도를 지닌 라스콜니코프의 정상적 의식
상태에서 이뤄진 것으로 단죄 받아 마땅하지만, 살인 전후로 계

속 이어진, 다양한 성적 코드로 얼룩진 여러 폭행 꿈들은 무의식 중에 발생한 일로 벌할 수 없는 죄라 할 수 있다. 인간의 무의식 기저에 자리 잡은 본능에 천착하면서 누구도 드러내놓고 담론화하길 꺼려했던 성을 대담하게 공론화, 체계화시킴으로써 커다란 파장을 일으켰던 프로이트와 일치하는 부분이다.

꿈으로 모든 것을 해석할 수는 없다는 프로이트 자신의 말처럼 도스토옙스키의 모든 작품을 무의식을 통한 정신분석으로 해석할 수는 없을지도 모른다. 다만 도스토옙스키의 작품들 어딘가에 그간 우리가 놓쳐왔던 부분들이 아직 있다면, 텍스트 곳곳에 숨겨진 무의식을 발견하고 새롭게 의미를 재부여할 수 있다면 정신분석의 존재 이유는 충분하리라 본다.

표도르 도스토옙스키 연보

1821년 모스크바의 자선 병원 의사인 미하일 안드레예비치의 7남매 중 둘째로 태어남.

1834년(13세) 형 미하일과 함께 체르마크 중등학교 입학.

1838년(17세) 페테르부르크 공병학교에 입학.

1839년(18세) 아버지가 영지 다로보예에서 농노들에게 살해됨.

1842년(21세) 소위로 승진.

1843년(22세) 공병학교 졸업 후 페테르부르크의 육군성에 근무. 발자크의 소설 『으제니 그랑데』 번역.

1845년(24세) 『가난한 사람들』 원고를 그리고로비치를 통해 벨린스키, 네크라소프에게 보여 주고 호평받음.

1846년(25세) 『가난한 사람들』을 『페테르부르크 문집』에 발표하고 연이어 『분신』, 『프로하르친 씨』 발표.

1847년(26세) 「아홉 통의 편지로 된 소설」을 『동시대인』에 발표, 페트라솁스키 써클에 참석, 「여주인」을 『동시대인』에 발표.

1848년(27세) 「남의 아내」, 「약한 마음」, 「정직한 도둑」, 「크리스마스 트리와 결혼식」 등의 단편과 「백야」를 『조국 수기』에 발표.

1849년(28세) 미완의 장편인 『네토치카 네즈바노바』를 『조국 수기』에 발표. 4월 페트라솁스키 써클에서 벨린스키의 "고골에게 보내는 편지"를 낭독하고, 이로 인해 4월 23일 체포되어 페트로파블롭스크 요새에 수감되어 사형을 선고받음. 12월 세묘노프 광장에서 사형 집행 도중 사면되어 4년의 시베리아 수형과 4년의 군복무를 언도받음.

1850년(29세) 옴스크 감옥에 수감됨.

1854년(33세) 감옥에서 풀려나 세미파라틴스크에서 사병으로 복무. 마리야 이사예바를 만나 교제 시작.

1857년(36세) 마리야 이사예바와 결혼.

1859년(38세) 페테르부르크로 이주. 희극 소설 『아저씨의 꿈』과 『스테판치코보 마을 사람들』 발표.

1861년(40세) 형 미하일과 함께 잡지 『시대』를 발간하고 자신의 소설 『상처받은 사람들』 연재. 자신의 유형 생활을 토대로 한 소설 『죽음의 집의 기록』 발표.

1862년(41세) 독일, 프랑스, 영국을 방문하며 게르첸, 바쿠닌 등의 러시아 사상가들을 만남.

1863년(42세) 유럽 여행에 대한 인상을 『여름 인상에 관한 겨울 메모』를 통해 발표. 잡지 『시대』가 폐간됨.

1864년(43세) 잡지 『세기』 발간, 장편 『지하로부터의 수기』 발표. 아내가 폐병으로 사망하고 3개월 뒤 형 미하일 사망.

1865년(44세) 재정난으로 잡지 『세기』 정간.

1866년(45세)	『죄와 벌』 발표. 바덴바덴에서의 도박 경험을 토대로 소설 『도박자』 탈고. 속기사인 안나 그리고리예브나에게 자신이 구술하는 『도박자』를 속기하도록 함. 안나 그리고리예브나에게 청혼.
1867년(46세)	안나 그리고리예브나와 결혼하고 유럽을 여행하며 드레스덴, 제네바, 플로렌스 등에 거주.
1868년(47세)	첫 딸 소피야가 제네바에서 사망.
1869년(48세)	장편 『백치』 완성, 드레스덴에서 둘째 딸 류보프 탄생.
1870년(49세)	『영원한 남편』 발표.
1871년(50세)	페테르부르크로 돌아와서 『러시아 소식』에 『악령』 발표. 첫 아들 표도르 탄생.
1875년(54세)	『미성년』 발표, 둘째 아들 알료샤 탄생.
1876년(55세)	『온순한 여자』 발표.
1877년(56세)	『우스운 인간의 꿈』 발표.
1878년(57세)	세 살이던 아들 알료샤가 간질로 사망. 철학자 솔로비요프와 함께 옵티나 푸스틴 수도원 방문함.
1879년(58세)	『카라마조프 씨네 형제들』 발표 시작, 이듬해 단행본으로 완성.
1880년(59세)	푸쉬킨 동상 제막 연설에서 슬라브 민족의 단결을 역설하여 좋은 반응 얻음.
1881년(60세)	1월 폐기종 파열로 사망, 알렉산드르 넵스키 수도원에 영면.

1821년 모스크바의 마린스키 자선 병원의 수석 의사인 미하일 안드레예비치와 상인 가문 출신의 마리야 표도로브나의 7형제 중 둘째로 태어났다. 모스크바의 사립 기숙학교를 졸업한 뒤 아버지의 뜻에 따라 페테르부르크의 공병학교에서 수학했다. 이후 공병국에 취직했지만 1년 동안 다니다가 퇴직했고 이 무렵 발자크의 『으제니 그랑데』를 번역하며(1834) 작가의 길을 가기로 결심한다. 이후 처녀작 『가난한 사람들』을 발표하여 당대 러시아의 영향력 있는 비평가 벨린스키로부터 '제2의 고골'이라는 호평을 받았다. 하지만 이후 발표한 일련의 소설들(『분신』, 『프로하르친 씨』 등)은 그다지 좋은 반응을 얻지 못하였다. 1849년부터 페트라솁스키가 주도하는 비밀 사상 조직에 가담하여 프랑스의 공상적 사회주의에 심취했고, 얼마 후 체포되어 벨린스키의 "고골에게 보내는 편지"를 낭독했다는 이유로 사형을 선고받았으나 사면되어 시베리아 유형에 처해진다. 그는 옴스크에서 4년간의 유형생활을 마치고 나서 세미파라틴스크에서 일병으로 복무하며 1857년에 과부인 마리야 드미트리예브나와 결혼한다. 1859년에 작가는 '희극적인 소설'을 기획하여 『스테판치코보 마을 사람들』과 『아저씨의 꿈』을 집필함으로써 문단에 복귀한다. 그러나 무엇보다 작가의 명성을 드높인 소설은 화자인 고랸치코프를 통해 자신의 유형 경험을 세밀하게 기록한 소설 『죽음의 집의 기록』(1861)이다. 이 소설은 톨스토이로부터도 극찬을 받은 것으로 알려진다. 이후 작가는 『상처받은 사람들』을 발표하고 처음으로 유럽 여행길에 오른다. 자신의 여행에 관한 인상을 『여름 인상에 관한 겨울 메모』에 기록한다. 그는 서유럽 국가들의 화려함 뒤에 숨겨진 모순과 비인간적인 측면들에 비판적 시각을 던진다. 그리고 이듬해 여대생인 아폴리나리야 수슬로바와 유럽으로 사랑의 도피 여행을 떠난다. 하지만 수슬로바는 스페인 의대생과 사랑에 빠짐으로써 작가에게 상처를 준다. 당시 작가는 형 미하일과 함께 잡지 『시간』, 『세기』를 발간하여 경제적으로 어려웠다. 작가는 잡지에서, 모든 것을 포용하는 러시아의 대지를 기반으로 하여 민중과 인텔리의 단결을 강조하는 '대지주의'를 역설하며 체르느이셉스키와 피사레프와 논쟁을 벌였다. 그런데 1864년에 폐병을 앓던 아내와 형이 차례로 사망하는 비극을 맞게 된다. 이러한 비극적인 상황 속에서도 작가는 1860년대의 공리주의와 이성주의에 대한 반박을 은닉된 논쟁의 형식으로 풀어 나간 소설 『지하로부터의 수기』를 발표하여 이후 관념적인 장편소설로 가는 교량을 마련한다. 1865년에 수슬로바에게 청혼하였으나 거절당하고 독일의 비스바덴에서 룰렛 도박에 빠지게 되는데, 작가는 자신의 도박 경험을 토대로 소설 『도박자』를 썼다. 당시 자신이 고용한 속기사 안나 그리고리예브나와 사랑에 빠져 그녀와 재혼하게 된다. 이후 작가는 5대 장편, 즉 초인 사상에 빠진 대학생 라스콜니코프의 살인 및 죄와 회개를 다룬 『죄와 벌』, 그리스도와 돈키호테를 모델로 긍정적으로 아름다운 주인공 므이시킨을 제시한 『백치』, 1860년대 러시아 허무주의와 무신론에 빠져 동료를 살해하는 젊은이들의 비극을 다룬

『악령』, 두 아버지 사이에서 방황하는 아르카디의 수기를 근간으로 한 『미성년』, 그루센카라는 여인을 두고 사랑을 쟁취하고자 하는 부자간의 경쟁과 친부 살해, 이반의 대심문관에 대한 서사시로 나타나는 반신론과 인신론, 동생 알료샤와 조시마 장로의 겸허한 사랑, 신인론과 대립되는 모티프를 다룬 『카라마조프 씨네 형제들』을 발표하면서 러시아 문학을 대표하는 대문호의 반열에 오르게 된다. 뿐만 아니라 1880년 모스크바에서 열린 푸쉬킨 동상 제막 연설에서 러시아 민족의 단결과 형제애를 강조하며 청중들의 열광적인 반응을 불러일으켰다. 그리고 이듬해 페테르부르크에서 폐기종 파열로 사망하여 알렉산드르 넵스키 수도원에 묻혔다.

옮긴이　김종민

고려대학교 노어노문학과를 졸업하고 러시아 상트페테르부르크 국립대학에서 석사학위를 받았다. 러시아 학술원 문학연구소에서 박사학위를 받았고 현재 강남대학교 글로벌학부 교수로 재직 중이다. 저서로는 『러시아어 문법』(공저), 『알렉산드르 소쿠로프: 폐허의 시간』(공저), 『러시아영화 다시 읽기』등이 있으며, 역서로는 『안나 카레니나』와 『첫걸음』(공역), 『갈매기』, 『카멜레온』 등이 있다. 그 외에 「벌할 수 없는 죄: 무의식의 코드를 통해 본 죄와 벌」, 「미성년에 나타난 성서적 기저 텍스트」, 「각색된 오블로모프의 금기」, 「영화 〈더블: 달콤한 악몽〉을 통한 도스토옙스키의 『분신』 재해석」, 「드라마 〈안나 카레니나: 브론스키의 회상〉에 대한 소고」 등 다수의 논문이 있다.

가볍게 읽는 도스토옙스키의 5대 걸작선

죄와 벌

초판 발행 2020년 9월 29일
초판 3쇄 2023년 11월 8일

지은이 표도르 도스토옙스키
옮긴이 김종민
펴낸이 김선명

펴낸곳 뿌쉬낀하우스
편집 엄올가, 송사랑
디자인 김율하
주소 서울특별시 중구 퇴계로20나길 10 202
전화 02)2237-9387
팩스 02)2238-9388
이메일 book@pushkinhouse.co.kr
홈페이지 www.pushkinhouse.co.kr
출판등록 2004년 3월 1일 제 2004-0004호

ISBN 979-11-7036-042-1 04890
       978-89-92272-48-3 04890(세트)

Published by Pushkinhouse. Printed in Korea
Korean Translation Copyright ⓒ2020 by 김종민 & Pushkinhouse

*잘못된 책은 바꿔드립니다.

Классика Льва Толстого

레프 톨스토이 클래식

톨스토이 클래식은 톨스토이의 가치관을
한눈에 담아 볼 수 있는 톨스토이즘의 집약체로서
소장 가치를 올려주는 러시아 전문가들의
정확하고 품격 있는 번역본입니다.

톨스토이 클래식은 레프 톨스토이의 문학작품뿐만 아니라
그간 국내에 출간되지 않았던 사회 평론, 종교적 테마의 작품들까지 총망라하여
새롭게 선보이는 레프 톨스토이 전집 시리즈입니다.